作家榜®经典名著

读经典名著,认准作家榜

[日]三岛由纪夫 著　尤海燕 译

本书译自

1960年新潮社版《金阁寺》(『きんかくじ』)

口吃的人,在为发出第一个音而无比焦躁时,简直就像要把身子从内部的浓厚粘胶里拼命挣脱出来的小鸟一般。等好不容易挣脱出来,却为时已晚。

最后的夏天，最后的暑假，最后的一天……
我们的青春，站在了令人头晕目眩的顶端。

请让我心中的邪恶繁殖,无穷无尽地繁殖,绽放光彩,和眼前这些无数的灯一一对应起来吧!请让包容邪恶的我心中的黑暗,变得和这包容无数灯火的夜的黑暗一模一样吧!

如果只凝思美这件事，人类就会在不知不觉中碰上世间最黑暗的思想。人类大概生来就是如此。

我们突然变得残暴,你不觉得就是一瞬间吗?比如在这个春光和煦的下午,躺在精心修剪的草地上,呆呆地望着从树叶间隙漏下来的跳跃的阳光,这样的瞬间。

吹奏者成就的短暂的美,将一定的时间变成纯粹的持续而断不反复,宛如蜉蝣那样短命的生物,是生命本身完全的抽象和创造。没有比音乐更像生命的东西了。

这里才是真正的里日本的海！是我所有不幸和阴暗思想的源泉，我所有丑恶和力量的源泉。

美可以委身给任何人,但又不属于任何人。

我觉得夕阳的易逝和肉体的易逝在我心中结合了。于是,这眼前的肉体也像夕阳一样,不久就会被黄昏的云彩层层包裹,横卧在夜之墓穴的深处了吧。

为了我能真正地面对太阳,世界必须毁灭……

《金阁炎上》

日本近代著名画家川端龙子（1885—1966）根据金阁寺纵火事件所作，于事件发生两个月后展出。

目 录

初遇金阁
001 / 第一章

禅房生活
030 / 第二章

罪业
053 / 第三章

柏木
081 / 第四章

同游
107 / 第五章

重逢
134 / 第六章

出走

155 / 第七章

决意

192 / 第八章

肉欲

218 / 第九章

纵火

238 / 第十章

三岛由纪夫和《金阁寺》

262 / 译后记

三岛由纪夫年表

272

第一章　初遇金阁①

　　从小时候起,父亲就经常对我讲起金阁②。

　　我出生的地方是位于舞鹤东北方的一个伸向日本海的荒凉海角。父亲的故乡并不是那里,而是舞鹤东郊的志乐。他被人恳求着当了和尚,成了这偏僻海角的寺院的住持,又在当地娶妻,于是有了我这个孩子。

　　成生岬寺院的附近没有合适的中学。不久,我就离开了父母的膝下,寄宿在父亲故乡的叔叔家,从那里每天走去东舞鹤

---

① 本书章节标题为编者所加。
② 日本室町幕府第三代将军足利义满建造的三层建筑。义满从将军位子上退下来之后,于1397年在京都北山投入巨额资金建造了豪华的别墅。这别墅在他死后成为了禅宗的鹿苑寺(又称金阁寺)。金阁的名称来源于其中贴满了金箔的舍利殿。金阁是北山文化的精华,室町幕府鼎盛时期的象征,昭和二十五年(1950)被烧毁,昭和三十年(1955)重建。

中学上学。

父亲的故乡,是一片阳光灿烂的土地。但是,每年到了十一、十二月的时候,即便是万里无云的大晴天,一天里也会下四五次寒冷的骤雨。我变幻无常的心情,肯定就是这片土地养育出来的吧。

在五月的傍晚,我放学回来后,就会从叔叔家二楼的学习室,眺望对面的小山。夕阳照在新叶青葱的山腰上,好似在原野正当中竖起了一扇金色的屏风。看到此景,我就不禁开始想象金阁了。

虽然经常在照片和教科书上看到真实的金阁,但在我心目中,还是父亲讲述的梦幻的金阁更胜一筹。父亲绝对没有给我讲过现实中的金阁多么金光闪闪。父亲只是说,世上没有比金阁更美的东西了。而且,无论是从"金阁"的字面上,还是从发音上,我心中描画出来的金阁,都是无与伦比的。

远处的水田在阳光下闪着光。我想,那就是看不见的金阁的投影。福井县和京都府交界处的吉坂坡,正好位于正东方向。太阳从坡上升起。虽然与现实的京都方向相反,但我从那山谷的朝阳里,看到了金阁向着早晨天空高耸挺立的雄姿。

就这样,金阁无处不在,但又不是现实。这一点与这里的海非常相似。舞鹤湾位于志乐村西一里半①,海被山遮住,从陆

---

① 日本的一里约为3.927公里。此处一里半就是将近6公里。

地上看不见。但是这片土地上,总是飘荡着海的预感。风中有时能闻到海的气味,海上波涛汹涌时,成群的海鸥就会逃到陆上,飞落在水田里。

我本来就身体孱弱,无论是跑步还是单杠都比不过别人,再加上天生的口吃,越发使我消极退缩。大家都知道我是寺院的孩子。顽童们学口吃和尚结结巴巴地念经来嘲笑我。讲谈①中,一出现口吃捕快的场景,他们就故意大声读出来给我听。

口吃,无疑在我和外界之间设置了一道屏障。我老是不能顺畅地发出第一个音。第一个音是我的内部和外界之间的大门上的一把锁,但这锁从来没有顺利地打开过。一般人都能够自由地运用语言打开自己内部和外界之间的大门,使内外畅通无阻。而我,却无论如何也做不到。我的这把锁彻底锈住了。

口吃的人,在为发出第一个音而无比焦躁时,简直就像要把身子从内部的浓厚粘胶里拼命挣脱出来的小鸟一般。等好不容易挣脱出来,却为时已晚。的确,外界的现实有时也会在我苦苦挣扎的时候,停下来等我。但是,等待我的现实已经不是新鲜的现实了。尽管我大费周章才到达了外界,那里却总是瞬间就变色了,偏离了——只有如此才是适合我的、失去了鲜度

---

① 日本类似评书的一种曲艺形式,讲述人利用一桌一扇,为观众讲述历史故事(朝代更迭、英雄征战和游侠传)和虚构故事等。

的现实,半散发着腐臭的现实。这样的现实挡在了我的面前。

不难想象,这样的少年会拥有两种相反的权力意志。我喜欢历史上关于暴君的记录。如果我是一个口吃且沉默的暴君,臣下们就会终日战战兢兢,看着我的脸色度日吧。我根本不需要用明确流畅的语言来使我的残暴正当化,因为,我的沉默会把所有残暴正当化。这样,我一面沉浸在幻想着将平日轻蔑我的老师和同学依次处刑的快乐里,一面又徜徉在我是自己内部世界的王者,是静默洞悉一切的大艺术家的空想里。从外表看我的确是贫弱少年,但内心比谁都富足。一个有着难以抹去的缺陷的少年,悄悄想象自己是个不为人知的天选之子,难道不是理所当然的吗?我感到,这个世界上的某个角落,还有一个连我自己也不知道的使命在等待着我。

……不禁想起了这样一段往事。

东舞鹤中学是一所有着明亮校舍和广阔运动场的新式学校,被连绵的群山包围着。

五月的一天,我们的学长、舞鹤海军轮机学校的一个学生,请假来母校玩。

他皮肤晒得黝黑,从压得很低的制服帽檐可以看到高挺的鼻梁。从头顶到脚尖,都可谓是不折不扣的年轻英雄的风姿。他对着我们这些后辈净讲那些军纪严明的艰苦生活。他用讲述极尽豪奢的生活的口吻,来描述那些本应悲惨的生活,一举手一投足都充满了自豪。他那样年轻,却完全知晓自身谦逊的分量。他像迎着海风前进的船头雕像一般,挺着白条横纹制服的前胸。

大谷石砌成的二三级石阶通向下面的运动场,他当时就坐在那个台阶上。在他周围,是四五个听得入迷的学弟。斜坡上的花圃里开满了五月的花朵,郁金香、香豌豆、银莲花、虞美人争相绽放。头顶上,厚朴树盛开着丰硕的白色大花。

说话人和听话人,个个都像纪念雕像一样一动不动。我呢,就在离他们大约两米远的运动场的长椅上,一个人坐着。这就是我的礼仪,是我对五月的花朵、充满自豪的制服和明朗笑声的礼仪。

不过,比起他的那些崇拜者,年轻的英雄好像对我更加在意。因为只有我看起来完全不把他当回事,这伤害了他的自尊。他向大家打听了我的名字,然后对着初次见面的我打起了招呼:"喂,沟口。"

我依旧沉默着,死死地盯着他。他那面对着我的笑脸里,有种类似权力者的屈尊俯就。

"不回答点什么吗?你是哑巴吗?"

"他是结、结、结巴。"他的一个崇拜者替我回答了。

大家都笑弯了腰。嘲笑是一种多么耀眼的东西啊。在我看来,这些同级的少年们,他们青春期特有的残酷的笑声,简直就像闪闪发光的繁叶,粲然夺目。

"原来是结巴呀。你不想进海机吗？结巴啥的，一天就能给你掰过来！"

不知为何，我马上口齿清晰地回答了他。语言流畅，和意志无关，一下子脱口而出。

"不想进。我要当和尚。"

大家一瞬间安静了。年轻的英雄低下头，随手摘了一根草茎，衔在嘴里。

"嗯，这样的话，几年后我也要承蒙你关照了啊。"

那一年，太平洋战争已经爆发了。

……此刻在我心里，确乎生出了一种自觉。我在黑暗的世界里张开双臂等待着。不久，五月的花朵、制服、不怀好意的同级生们，都会落入我张开的双臂之中。我将在底下把这个世界用力拧紧，抓住……但是，若是这种自觉成为少年的自豪，也未免太沉重了。

自豪必须是更加轻快、明亮、能清晰可见、粲然夺目的。我想要清晰可见的东西。我想要谁都可以看得见，能够成为我的骄傲的东西。比如说，他腰间垂着的那把短剑，正是这样的东西。

中学生谁都向往的短剑，真是一个美丽的装饰品。据说海军学校的学生偷偷地用那短剑削铅笔。把这样庄严的象征故意用在日常琐事上，是多么的风雅啊。

正好，海军学校的制服被他脱了下来，随意地搭在了涂着白漆的栅栏上，还有制服裤子和白色的衬衣……这些衣物紧挨着花朵，散发着带有汗臭的年轻肌肤的气息。蜜蜂也弄错了，停歇在白色耀眼的衬衣之花上。装饰着金色缎带的制服帽子，就像戴在他头上一样，端正地、深深地扣在一根栅栏上面。原来他被学弟们下了战书，去里面的摔跤场比赛相扑了。

这些被脱下的衣物，给人一种荣誉墓地的印象。而无数五月的花朵，又加深了这种印象。特别是帽檐折射着漆黑反光的制帽，还有旁边搭着的皮带和短剑，和他的肉体割裂开来，反而散发着抒情的美，它们本身就像回忆一样完整……就是说，看起来宛如年轻英雄的遗物。

我确认了周围没有人。摔跤场那边传来了欢呼声。我从口袋里掏出了一把生锈的削铅笔的小刀，偷偷地靠近，在他那美丽短剑的黑色剑鞘的里侧，深深地划了两三条丑陋的刻痕……

……看了前面的叙述，也许马上就会有人断定我是一个诗意少年吧。但是迄今为止，岂止是诗，就连手记这样的东西我都不曾写过。用别的才能去填补自己低于常人的部分，并以此出类拔萃——这样的冲动，我是没有的。换言之，我过于傲慢，以至于并不想当一个艺术家。想当暴君和大艺术家的梦想充其量只不过是梦想而已，我根本没有着手将它们变成现实的打算。

因为不被他人理解成为了我唯一的自豪，所以我再也没有为了让人去理解什么而努力表达的冲动。我觉得，我天生就没有被赋予能引人注目的东西。孤独疯狂地长大，简直就像猪一样。

我突然回忆起我们村里发生的一个悲剧事件。这件事明明和我没有半点关系，但是，我的确与它相关并且参与其中的感觉，却挥之不去。

这个事件，让我一下子面对了世间的一切——人生、肉欲、背叛、恨和爱，所有的一切。而其中潜藏着的崇高的要素，我的记忆却自作主张地否定并忽视了。

与叔叔家相隔两栋房子的人家，有一个漂亮的女儿，叫作有为子。她有一双澄澈的大眼睛，也许是因为家境殷实吧，整天一副高傲的样子。虽然被大家宠爱呵护，但她老是独来独往，不知道在想些什么。善妒的女人们散布谣言，说有为子虽然可能还是个处女，但看她那面相，分明就是石女啊。

有为子当时刚从女校毕业，进了舞鹤海军医院当特别志愿护士。从家到医院距离不远，可以骑自行车通勤。可是上早班时天蒙蒙亮就要出门，比我们的上学时间要早两个多小时。

有天晚上，我思恋有为子的身体，沉浸在阴郁的空想里，一夜都没睡好。于是很早就从被窝里出来，穿上运动鞋，走进夏天黎明前黑暗的户外。

思恋有为子的身体，那晚不是第一次。起初一有机会就想象的东西，渐渐地凝固起来，像思念形成的团块，有为子的身体凝结成了一个洁白、充满弹性的、浸在幽暗阴影中的芳香肉体。我想象着触摸它时手指的灼热，又想象着它反抗我手指时的弹力和花粉般的香气。

我沿着微曦中的道路笔直地奔跑。连石头都不曾羁绊我的脚，黑暗在我面前自由自在地开辟了道路。

就在那里，道路变宽了，我来到了志乐村安冈的村头上。那里有一棵巨大的榉树，树干被朝露濡湿了。我躲在树根那里，等着有为子从村子那边骑着自行车过来。

我只是等着，没有想做什么。我气喘吁吁地跑过来，在榉树下休息着，并不知道这之后要做什么。但是，因为我一直过着和外界无缘的生活，所以我产生了一种一旦闯入外界，就无所不能的幻想。

花蚊子叮了我的腿。鸡鸣四起。我透过晨雾眺望路上。远处升起了白色朦胧的影子，看起来好像曙色，其实那就是有为子。

有为子骑着自行车，开着前照灯。自行车无声地滑行而来。我从榉树后面跑到了自行车前。自行车慌忙地急刹车了。

那时，我感到自己瞬间石化了。意志，欲望，所有的一切都变成了石头。外界和我的内部毫无关系，再次成为了包围着我的无法撼动的事实。从叔叔家跑出来，穿着白色运动鞋，沿着黎明前的黑暗道路跑到这榉树下的我，只不过是一口气沿着自己内部世界的道路跑过来了而已。隐约浮现在熹微晨光中的村里重叠的屋顶、黑色的树林、青叶山的黑色山顶,甚至连眼前的有为子,都已经完全失去了意义,令人悚然。不等我的参与,现实就横在了那里。而且,以我从未经历过的分量,这无意义的、巨大的、漆黑的现实,被沉甸甸地交给了我,向我逼来。

语言应该是此刻唯一的救星吧,我依旧这么想着。这是我特有的误解。有必要采取行动的时候,我总是纠结着语言。因为语言很难从我的嘴里发出,所以我只纠结于它而忘记了行动。我一直以为,光怪陆离的行动总是会伴随着光怪陆离的语言。

我什么也没看。但是现在想来,有为子可能刚开始很害怕,可一旦发现了是我,就一直盯着我的嘴看了。那个在熹微晨光中徒劳地蠕动着的、无趣的黑暗小洞,就像是野生小动物的巢穴一般脏污丑陋的小洞——也就是我的嘴——她恐怕是一直盯着看的吧。然后,当她确定了从那里没有发出任何与外界联结的力量时,就安心了。

"干什么呀!也不学好,你这个小结巴!"

有为子开口了,那声音里有着晨风般的端正和飒爽。她按着车铃,踩上脚踏板,像避开石头一样绕开了我。明明前面没有一个人,骑车离去的有为子却好几次按响车铃,直到消失在远处的田野那头。那铃声,在我听起来就像是嘲笑一般。

——那天晚上,因为有为子告状,她的母亲来到了我叔叔家。我被平日温和的叔叔狠狠地训了一顿。于是我诅咒有为子，希望她去死。结果几个月之后，我的愿望实现了。打那以后，我对诅咒的力量深信不疑。

无论睡着还是醒着，我都诅咒有为子死掉。我从心里希望我奇耻大辱的见证人就此消失。只要没有了证人，我的耻辱就会从世界上彻底消失吧。他人都是证人。可是，如果没有他人，耻辱就不会产生。我从有为子的面影，从她在微熹中像水一样闪闪发光、一直盯着我嘴巴的眼睛后面，看到了他人的世界——绝不会让我们一个人独处的，甚至进而成为我们的同犯和证人的他人的世界。他人必须全部灭亡。为了我能真正地面对太阳，世界必须毁灭……

我被有为子告状的两个月后，有为子从海军医院辞了职，待在家里不出门了。村里的人议论纷纷。到了秋末，那个事件发生了。

……我们做梦也没想到，村子里混进了海军的逃兵。中午村公所来了宪兵，不过宪兵来村里也并不是什么稀奇事，所以我们也都没太在意。

那是十月末的一个清朗秋日。我像往常一样去了学校，回家做完作业，准备睡觉了。正要熄灯时，村里道路上传来了众人像狗群一样喘着气奔跑的声音。我跑下楼，门口一个同学站在那里，朝着起身的叔叔婶婶和我，睁圆了眼睛大喊道：

"刚才就在那边，有为子被宪兵抓住了！一起去看吧！"

我靸拉着木屐就跑了出去。月光皎洁，收割后的稻田里到处都落下了稻架清晰的影子。

在一片树丛底下，黑魆魆的人影攒动。穿着黑色衣服的有为子坐在地上，脸色惨白。周围是四五个宪兵和她的父母。其中一个宪兵把一个便当包袱似的东西伸到她面前，大声怒喝着。父亲不停地四处转动脑袋，时而向宪兵们道歉，时而呵斥女儿。母亲就蹲在地上哭。

我们在一田之隔的垄上眺望着。看热闹的人渐渐多了起来，都肩并着肩沉默无语。月亮像被拧了水一样变小了，挂在我们的头上。

同学悄悄在我耳边说明了事情的经过。

说是拿着便当包袱从家里出来，正准备去旁边村子的有为子被埋伏着的宪兵抓住了。那个便当一定是要去送给逃兵的。逃兵和有为子在海军医院好上了，有为子怀了孕被海军医院赶了出来。宪兵逼问她逃兵的藏身之地，有为子就坐在那里一动不动，顽固地沉默着……

我呢，则目不转睛地盯着有为子的脸。她像是一个被抓住的疯女，在月光下静默着。

我从来没有见过那样一张写满拒绝的脸。我觉得自己的脸是被世界拒绝的脸。但是，有为子的脸却拒绝了全世界。月光毫不留情地泻在她的额头上、眼睛上、鼻梁上、脸颊上。可她那纹丝不动的脸只是被月光洗过而已。只要稍微一眨眼、一张嘴,她企图拒绝的世界就会以此为信号,从那里崩塌陷落吧。

我屏气凝神地看着。历史在那里中断,只有一张无论是向着过去,还是向着未来,都一言不发的脸。那样不可思议的脸,我们有时会在刚被伐倒的树桩上见到。即便带着新鲜水灵的色彩,但成长已经在那里断绝,沐浴着原本不可能感受到的风和阳光,突然暴露在原本不属于自己的世界的树桩断面上。那美丽的木纹刻画出来的不可思议的脸,只是为了拒绝,向着这边的世界伸出来……

我不由得感到,有为子的脸如此美丽的瞬间,无论是在她的一生里,还是在看着它的我的一生里,都不可能再有第二次了。但是,它持续的时间,并没有我预想的长。那张美丽的脸上,突然发生了变化。

有为子站了起来。那时我好像看见她笑了。我好像看到了月光下她那洁白的门牙闪闪发光。对于这变化,我无法记录更多。因为起身后的有为子的脸,从明亮的月光下逃开,隐进了树丛的阴影里。

没能看到有为子决心背叛的那一瞬间的变化,我感到遗憾。如果仔仔细细地看到那个过程,我也许会萌发出宽恕人类的心,宽恕所有丑恶的心。

有为子伸手指向邻村的鹿原山阴处。

"金刚院!"

宪兵们叫了起来。

之后，我也感到了一种像小孩子赶庙会般的喜悦。宪兵们分头从四面包围了金刚院，并请求村民们给予帮助。我出于一种不怀好意的兴趣，和其他五六个少年一起加入了押着带路的有为子的第一队。月光下，有为子被宪兵簇拥着走在前面，步伐坚定，我感到了惊讶。

金刚院是座名刹。它位于距离安冈步行约十五分钟的山麓，里面有高丘亲王亲手种植的椰树，以及相传是左甚五郎①所建的优雅的三重塔。我夏天经常去后山的瀑布玩水。

河边有大殿的围墙。残破的墙上芒草茂密，那白色的穗子就是夜里看起来也丰美润泽。大殿的大门旁边盛开着山茶花。一行人默默地沿着河边走着。

金刚院的佛堂建在更高处。走过独木桥，右边是三重塔，左边是红叶林，尽头高耸着一百零五级长满青苔的石阶。台阶是石灰石的，很容易滑脚。

在过独木桥之前，宪兵们回头用手势止住了一行人的脚步。据说过去这里有运庆、湛庆②所建的仁王门。从那再往里，九十九谷的群山都是金刚院的领地。

---

① 安土桃山时代到江户时代初期的著名工匠首领，受到丰臣秀吉和德川家康的宠爱。
② 运庆，生殁年不详，镰仓时代初期的佛像雕刻家。他将写实的新风引入传统的定式化雕刻，创造出了生动的雕刻样式。湛庆（1173-1256），运庆之子，雕刻家。与父亲一起进行了东大寺和兴福寺的佛像制作。

……我们都屏住了呼吸。

宪兵催促了有为子。她一个人走上独木桥,我们也马上紧随其后。石阶的下方被阴影笼罩着。但是从中段往上,就进入了明亮的月光之中。我们分头躲在石阶下方的阴暗角落。开始变色的红叶,在月光下显得黑魆魆的。

石阶之上是金刚院的正殿。从那里向左斜架出一条游廊,通向神乐殿①似的空佛堂。那空佛堂模仿清水寺舞台的样子伸向空中,组合起来的大量柱子和横梁,从悬崖底下支撑着它。佛堂、游廊和支撑的梁柱,都在风雨的洗礼下,变得像白骨一样,清净洁白。在红叶繁茂的季节,红叶的颜色和这白骨一般的建筑显现出美丽的和谐。夜晚,到处沐浴着斑驳月光的白色梁柱,看起来既怪异,又妖艳。

逃兵好像藏身在舞台上方的佛堂里。宪兵想要把有为子当作诱饵来捕捉他。

我们这些证人躲在阴影里,大气不敢出。尽管被十月下旬的寒冷夜气笼罩着,我的脸颊依然发烫。

有为子独自一人,走上了一百零五级的石灰石台阶,就像狂人一样自豪……黑色的衣服和黑色的头发之间,只有那美丽的侧脸洁白如玉。

月亮、星星、夜空的云、以茅杉的棱线和天空接壤的群

---

① 神社内用于演奏神乐的殿舍。

山、斑驳的月影、白茫茫浮现出的建筑,所有的这一切里,有为子背叛的清澄的美让我沉醉。她有资格一个人挺胸登上这白色的石阶。这背叛,就如同星星、月亮以及茅杉。即,她和我们这些证人一起住在这个世界,接受这个大自然。她是作为我们的代表,向上攀登着石阶的。

我不禁这么想着,呼吸急促。

"因为背叛,她终于接受了我。她现在是我的了。"

……所谓事件,会在某个地点从我们的记忆中坠落消失。攀登一百零五级布满苔藓的石阶的有为子还在眼前,她好像会永远不停地爬上去。

可是,在那之后她突然变了一个人。也许是登上石阶尽头的有为子,再一次背叛了我,背叛了我们。从那时起她并不是全盘拒绝这世界,也不是全盘接受。她只是屈服于爱欲的秩序,堕落成了为一个男人献身的女人。

所以,我只能把它当作旧石版印刷一般的光景来回忆了……有为子穿过了游廊,向着佛堂的黑暗处呼喊。男人的身影出现了。有为子对他说了些什么。男子向着下面的石阶,开枪射击了。应战的宪兵们,也从石阶途中的树丛里开枪还击。男人再一次握枪瞄准,向着企图逃向游廊的有为子背后连发数弹。有为子倒下了。男人将枪口对准自己的太阳穴扣动了扳机……

——以宪兵们为首,人们沿石阶蜂拥而上,奔向二人的尸体，而我却躲在红叶的影子里一动不动。白色柱梁纵横交错，在我的头顶上耸立着。众人跑过铺着木地板的游廊时杂乱的足音，变成了极其轻快的声音，从上面飘落下来。两三束手电筒的电光交错，穿过了栏杆，照到了红叶的树梢上。

我只觉得这一切都是遥远的事情。钝感的人们，只要没有流血就不会慌张。然而，流血都是悲剧发生之后了。我不知不觉打起盹来。醒来的时候，大家已经忘记我，四周鸟声婉转，朝阳的光芒直射进了红叶林的深处。白骨似的建筑从地板下面迎接着晨曦，苏醒了过来，静静地，骄傲地，朝着长满红叶的山谷，伸出了空佛堂。

我站起身来，打了一个寒战，将身体各处揉搓了一遍。只有寒冷留在了身体里面。留下来的，也只有寒冷。

* * *

第二年春假时，父亲在国民服[①]外披着袈裟，来到了叔叔家，说是要带我去京都过几天。父亲的肺病已经很严重，他的衰弱让我吃了一惊。不光是我，连叔叔婶婶都劝他不要去京都，但他不听。之后我才领悟到，父亲是想趁自己还活着的时

---

① 1940 年日本制定的类似军服的国民常用服装，二战期间被男子广泛穿着。

候,把我引见给金阁寺的住持。

当然,去拜访金阁寺是我长年以来的梦想。可是,和无论怎么强打精神,任谁看来都是重病之人的父亲一起旅行,我就不太情愿了。随着尚未谋面的金阁越来越近,我却心生踌躇。无论如何,金阁都必须是美的。于是,比起金阁本身的美,我将一切都赌在了想象金阁之美的我内心的能力上。

按少年的头脑能够理解的程度,我也算是通晓金阁了。一般的美术书,都是这么讲述金阁历史的:

"足利义满接手了西园寺家的北山殿,在这里建设了规模宏大的别墅。其主要建筑有:舍利殿、护摩堂、忏法堂、法水院等佛教建筑,以及宸殿、公卿间、会所、天镜阁、拱北楼、泉殿、看雪亭等居住建筑。舍利殿被倾注了最多的心血,这就是之后被称为'金阁'的建筑。难以确定什么时候开始被叫作'金阁'的,据说是从应仁之乱之后。到了文明年间,这个叫法就已经非常普遍了。

"金阁是一座面向广阔苑池(镜湖池)的三层楼阁。一三九八年(应永五年)左右建成。一二层是中古贵族居住形式的寝殿风格,设有格子板窗;第三层是方三间的禅堂、佛堂式风格,中央是门上有纵横框架、内装薄板的唐风双开门,左右是花头窗①。桧树皮覆盖的宝塔形屋顶上,镀金的铜凤凰展翅

---

① 上部为曲线状的禅宗风格的窗户。

欲飞。而人字形屋顶的钓殿（漱清亭）伸向池面，打破了整体的单调。屋顶的斜坡平缓，屋檐由稀疏的椽子组成。各部分尺寸比例精细，优美而轻快，是住宅风格和佛堂风格融为一体的庭园建筑杰作，是充分吸收了贵族文化的义满趣味的体现，非常传神地再现了当时的气氛。

"足利义满死后，依照他的遗命，北山殿改为禅宗寺院，号鹿苑寺。其间的建筑也移到他处或者荒废，只有金阁幸存了下来……"

正如夜空中的月亮一般，金阁是作为黑暗时代的象征而建造的。因此，我梦想中的金阁，必须要有涌向其四周的黑暗做背景。在黑暗中，金阁美丽纤细的柱子结构，从内部发出微光，稳固而安静地坐在那里。无论人们向它倾诉什么，这美丽的金阁，总是无言地展示着它纤细的骨架，忍受着周围的黑暗。

我又想起了屋顶上那只经历了几百年风吹雨打的镀金铜凤凰。这只神秘的金色大鸟，既不报晓，也不振翅，一定已经忘记了自己是一只鸟吧。但是，看起来不飞，并不意味着它不在飞。其他的鸟是在空间里飞翔，这只金凤凰是展开闪光的翅膀，永远地在时间里飞翔。是时间拍打着它的双翼，向后方流逝。因为是在飞翔，凤凰只需保持不动的姿势，圆睁怒眼，高展双翼，让尾羽迎风飞扬，用它那庄严的金色双脚踏踏实实地抓牢屋顶就好。

这么想着,我不禁感觉,金阁本身就是一艘飞渡时间之海的美丽的船。美术书上所说的"墙壁很少、四面通透的建筑",会让人联想到船的构造,而这复杂的三层屋形船前面的池塘,又令人想到大海。金阁穿过了无数的黑夜而来。这是无穷无尽的航海。白天,这艘不可思议的大船若无其事地抛锚静驻,任凭众人前来观赏。夜晚,它从周围的黑暗里借了力量,将屋顶像风帆一样张满,继续起航前行。

我人生中最初碰到的难题,可以说就是"美"。父亲是一个朴素的乡下僧人,语言贫乏,只会告诉我"世上没有比金阁更美的东西了"。在我未知的地方已经存在着美,我不由得为这种想法感到不满和焦躁。因为,如果在那里,美确实存在的话,那么,我的存在,就是被美排除在外了。

可是金阁对我来说,绝对不是一个虚幻的观念。它是一个实体,虽然有群山阻隔,但只要我想见,就可以去见它。美,就是这样能够用手指触摸,能够清晰地映入眼帘的物体。我一直都知道,我也一直都相信,在世界万千的变幻里,不变的金阁依然实实在在地存在着。

我有时候觉得金阁是能够被我一手掌握的精致小巧的手工艺品,有时候又觉得它是高耸入云占据整个天空的巨大怪物般的伽蓝[①]。美,应该是不大不小、纤秾合度,可惜当时只是少年

[①] 佛教寺院建筑物的总称。

的我并不知道。于是，当我看到娇小的夏花在朝露里散发着朦胧的光彩时，就会想这真像金阁一样美丽啊。当我看到群山对面乌云密布、雷声阵阵，看到那黑云闪闪发光的金边时，也会想到金阁的宏伟壮观。最后，就连看到美人的脸庞，我也会在心中形容"像金阁一样美"了。

这次的旅行令人悲伤。列车沿着舞鹤线行驶，从西舞鹤站开始，在真仓、上杉等小站每站停车，经过绫部，向着京都前进。车厢里很脏，在保津峡沿线的隧道遍布之地，煤烟呼呼地灌进车里，令人窒息。父亲一个劲地猛咳不止。

乘客大多是多少和海军有关的人。三等车里坐满了下士、水兵、工人以及去探望海军军团后回来的家属们。

我看着窗外阴沉沉的春日天空。我看着父亲在国民服外披着的袈裟，看着健康年轻的下士们金色扣子在制服上跳跃着的胸脯。我感到自己好像处在他们两者之间。我成年后也会被军队征兵的。但是，我即便是当了士兵，也能像眼前这些下士们一样忠于职守吗？总之，我脚跨着两个世界。我虽然还这么年轻，但已感觉在我丑陋顽固的额头下面，父亲所掌管的死的世界和年轻人的生的世界，正以战争为媒介渐渐纠缠在一起。我就是那个将二者连在一起的结吧。如果我战死，有件事情应该就会明了——无论走眼前岔道的哪一条，不用说结局都是相同的。

我的少年时代呈微明色地浑浊着。漆黑的世界固然令人恐惧，但白昼一样清晰可见的生，也不属于我。

我一边悉心看护着咳嗽不止的父亲，一边不时看着窗外的保津川。保津川呈现出像化学实验用的硫酸铜那样浓厚的深蓝色。每当列车钻出隧道，就会看到保津峡一会儿远离铁路，一会儿又出乎意料地逼近眼前，被光滑的岩石包围着，轰隆隆地转动着那深蓝色的辘轳。

父亲有些不好意思地在车里打开了白米饭团的便当。

"这可不是黑市的米。既然是施主们的心意，咱们得高兴地领受才好啊。"

父亲用能让周围听见的音量这么说着，吃了起来。可是并不算大的饭团，他也勉强只吃下了一个。

我不觉得这列被煤烟熏黑的旧火车是驶向京都的，我感觉它在朝着死亡的车站前进。这么一想，每次经过隧道就充满车厢的煤烟，闻起来都有一股火葬场的气味了。

……但是，当我终于站在鹿苑寺山门前的时候，我的心还是怦怦直跳了。因为我马上就可以看到这世上最美的东西了。

日已西斜，群山被烟霞笼罩着。几名观光客和我们一起进了大门。在大门左边，钟楼的四周有一片挂着残花的梅林。

父亲站在种着一棵大麻栎树的大殿正门处，请求引见。回复说住持正在接待客人，要我们等二三十分钟。

"那就趁机看下金阁吧。"父亲说。

父亲大概是想让我看看他能利用关系,不花钱就带我进去参观。但无论是卖票的还是检票的,都完全不是十几年前父亲经常来时的面孔了。

"下次再来的时候又会换人了吧。"父亲有点心寒地说道。可是,我感到父亲已经不能确信还有"下次再来的时候"了。

但是,我故意装出一副少年姿态(只有在这种时候,只有在需要特意的演技的时候,我才像个少年),精神抖擞地抢在父亲前面,几乎是一溜小跑地奔去了。于是,一直那样梦想着的金阁,轻易地对我展现了真容。

我站在镜湖池的这边,金阁隔着池水,把正面暴露在夕阳下。左侧对岸,漱清亭若隐若现。斑驳浮现着荇藻和水草的池面上,映着金阁精致的倒影,那倒影看起来比真实的金阁更加清楚。夕阳将池水的倒影,荡漾在每一层外廊的内侧。和周围的亮度相比,这外廊内侧的反射太过炫目鲜明,金阁就像夸张运用透视法的绘画一样,给人一种高耸威严的倨仰之感。

"怎么样,漂亮吧?一层叫作法水院,二层叫作潮音洞,三层叫作究竟顶。"

父亲把瘦骨嶙峋的手放在了我的肩膀上。

我不断地变换角度,侧首凝望。可是,心里没有涌起任何感动。那只不过是一座古旧的、发黑的、小小的三层建筑而已。屋顶上的凤凰,看上去也只是像一只停在那里的乌鸦。哪里谈得上美,甚至给人一种不和谐、不稳定之感。我心想,所谓美,就是这样不美的东西吗?

如果我是一个谦虚的、爱学习的少年,也许会在如此轻易失望之前,先感叹一下自己鉴赏能力的欠缺吧。但是我心中被对无上之美的预期所背叛的痛苦,夺走了我其他所有的反省。

我想,是不是金阁伪装了它的美,变成什么别的东西了呢?美有可能为了保护自己而欺骗人的眼睛。必须更接近金阁,排除让我眼睛感到丑的障碍,一个一个地检查细节,用这双眼去观察美的核心。既然我只相信眼睛能看到的美,就必须采取这个态度。

之后,父亲带着我,恭恭敬敬地登上了法水院的缘廊。我先看了收纳在玻璃橱里的精致的金阁模型。这个模型甚合我意,不如说这个模型更加接近我梦想中的金阁。大金阁的内部放着这样一个一模一样的小金阁,就像大宇宙里面存在着一个小宇宙那样令我联想到无限的对应。至此,我终于能够想象了——比这个模型更小的并且完整的金阁,以及比真实的金阁还要无限大的、几乎可以容纳整个世界的金阁。

可是,我不能一直在这个模型前流连驻足。接着,父亲带我参观了被称作国宝的足利义满像。这座木像是以义满出家后的法名——"鹿苑寺殿道义"来命名的。

在我看来，这也不过是一尊被煤烟熏黑的奇怪木像而已，没有任何的美感。接着我们来到二层的潮音洞。无论是据传由狩野正信①亲笔作的天人奏乐的壁顶画，还是三层究竟顶的各个角落里留下的落寞的金箔痕迹，都不能让我感受到美。

我倚着细细的栏杆，茫然地俯瞰着水面。在夕阳的照射下，像生锈的古代铜镜一样的水面上，金阁的倒影笔直地落了下来。水草和荇藻的下方深处，映着傍晚的天空。那天空和我们头顶的天空不同。那是一片澄明的、充满佛光的天空，它从下方，从内侧，整个吞噬着这地上的世界。金阁就像一块结满黑锈的巨大的纯金船锚一般沉落其中……

住持田山道诠和尚，是父亲禅堂时代的同学。道诠和尚与父亲曾经同吃同住，是共度三年禅堂生活的交情。两人为了加入义满将军建立的相国寺的专门道场，一起经历了"门前自省"②"三日坐禅"③等程序才得以入众④。不仅如此，很久以

---

① 狩野正信（1434—1530），室町时代的画家。狩野派的始祖。作品涉及肖像画、佛画、山水画等广泛领域，把中国的水墨画与大和绘相结合，对中国画的日本化做出了很大的贡献。
② 原文作"庭诘"。禅宗规定，云游僧进入专门道场修行，必须先在正门处终日坐在自己的行李上低头自省。
③ 原文作"旦过诘"。云游僧经过"庭诘"后，须再于小屋中坐禅三日。
④ 与僧众共同起居、共同参与佛教活动之意，又作交众。经过以上两种修行的云游僧，方可成为寺院僧众的一员。

后,道诠师父高兴的时候才说起过,他和父亲不光是修行时共苦的学友,更是就寝时刻后偷偷翻过院墙溜出去找女人时同甘的伙伴。

在拜谒了金阁之后,我们父子俩再次拜访大殿的正门。我们被人领着穿过长长的走廊,来到了能将有名的陆舟松庭院一览无余的大书院的住持房间。

我身穿学生服,蜷缩着膝盖,拘谨地坐在那里,父亲却一下子显出轻松之色。可是,父亲虽与住持出身相同,却面相各异。父亲一副病弱之身,穷苦之相,脸上惨白干皱,而道诠和尚简直像一个粉红色的点心。和尚的桌子上面,从各界各地寄来的包裹、杂志、书籍和信件堆起了小山,都还尚未启封,和这华丽的寺院倒是很相配。和尚用胖胖的手指拿了剪刀,灵活地打开了一个包裹。

"从东京寄来的点心呢。现在这种点心很少见了。听说只进贡到军队和官府里去,店里买不到呢。"

我们喝着淡茶,吃了这种从没吃过的类似西洋干点心的东西。越是紧张,点心粉末就越是止不住地往下掉,都落在了我发光的黑色哔叽裤子的膝盖上。

父亲和住持说到军队和官僚只重视神社而轻视寺院,愤慨他们何止是轻视甚至是压迫,又讨论了今后寺院应该如何经营下去等话题。

住持微胖,当然也有些皱纹,不过连那一条条皱纹的深处,都洗得干干净净。圆圆的脸上只有鼻子很长,像流淌的树脂凝固了的形状。脸虽是这一副样子,可剃光的脑袋却显现出威严之风,好像全部精力都集中在头上似的,也只有这脑袋极具动物性。

父亲和住持的话题,转到了禅堂时代。我一直在看庭院里的陆舟松。这棵巨松的树枝低低盘踞着,呈现船型,只有船头部分的枝条,一齐高耸着。临近闭园时间,来了一批团体游客,隔着墙都能听见从金阁方向传来的高声喧闹。那些脚步声和人声,被春日夕暮的天空所吸收,听起来并不尖锐,而是柔和圆满。脚步声就像潮水一般远远退去,宛如踏过地面的众生的足音。我抬头凝视着金阁顶上将黄昏残照聚集于一身的凤凰。

"这个孩子啊……"听到了父亲的话,我扭头转向了他。在近乎黑暗的房间里,我的未来,被父亲托付给了道诠师父。

"我已经来日无多了。到时候请一定关照这个孩子。"

道诠师父果然没有虚情假意地安慰。

"明白了。交给我好了。"

让我吃惊的是那之后两人间愉快的对话,谈及了各种各样名僧之死的趣闻。有位名僧说着"啊,不想死啊"就死了,有位名僧模仿歌德说"再给我点光吧"就死了,还有位名僧一直到死还在计算自己寺院的账目。

住持请我们吃了一顿"药石饭"①，当晚就住在寺院里。晚饭后我催促父亲又去看了一趟金阁，因为月亮升起来了。

父亲因和住持久别重逢而亢奋，已经十分疲倦，但一听金阁二字，他就喘着粗气，扶着我的肩膀跟来了。

月亮从不动山的山际升了起来。月光照着金阁的背面，金阁叠映着复杂的暗影，静寂无声。只有究竟顶花头窗的窗框上，有光润的月影滑过。究竟顶的结构四面通透，好像那里住着朦胧的月光。

从苇原岛的阴影处，夜鸟鸣叫着飞了起来。我感到了肩膀上父亲瘦骨嶙峋的手的分量。当我将目光投向肩膀，我看到在月光的照射下，父亲的手变成了白骨。

* * *

曾经那样令我失望的金阁，在返回安冈之后的日子里，它的美又在我心中一天天地复苏了，并且不知何时，变得比见它之前更美了。我说不出它到底哪里美。看来被梦想培养出来的

---

① 从前禅宗和尚因不吃晚饭，会怀抱一块温热的石头以防饥饿和寒冷。之后指禅寺中充当晚饭的粥或泛指晚饭。本书中出现的"药石"因均指禅寺的晚餐，故之后全部译为"晚饭"，不再特别说明。

东西,一旦经过了现实的修正,反而给梦想以新的刺激了。

我已经不会再从看到的风景和事物里追寻金阁的幻影了。金阁渐渐变得深厚、坚固和实在。那一根根的柱子、花头窗、屋顶和凤凰,所有的一切都触手可及、历历在目。纤细的局部和复杂的整体互相照应,就像回忆起音乐的一个小节,整首曲子就能流淌出来,无论拿出其中的哪一个部分,金阁的全貌都会共鸣起来。

"世上最美的东西就是金阁,您说的很对。"

在给父亲的信里,我第一次这样写道。父亲把我带回叔叔家后,马上又返回了荒凉海角的寺院。

不久,母亲发回了电报。父亲因大量咯血去世了。

第二章　禅房生活

因为父亲的死,我真正的少年时代结束了。我惊愕于自己的少年时代完全欠缺对人的关心。这种惊愕,直到知道自己对于父亲的死毫不悲伤时,才变成了一种无法用惊愕来命名的、某种无力的感怀。

等我赶回去时,父亲已经躺在棺材里了。这是因为,我要徒步走到内浦,从那里乘船沿着海湾回到成生,花费了整整一天。正处梅雨季节前夕,夏日骄阳似火。我见了父亲之后,灵柩就被匆忙运往荒凉海角的火葬场,准备在海边焚烧了。

乡下寺院住持的死,是一件异样的事情。因为实在恰如其分,所以异样。他是那个地方的精神支柱,是每位施主一生的守护人,也是他们得以托付身后事的人。就是这样的他,死在了寺院里。这简直是曾经给予人们太忠于职守的感动、到处教人们如何去死的指导者,在亲自演示时不小心死掉那样的过失。

实际上父亲的灵柩安放得非常适得其所，就像完美地嵌进万事俱备的葬礼中一般。母亲、小和尚和施主们都在灵柩前哭泣。小和尚磕磕绊绊地诵经，好像也多半是倚仗着灵柩中父亲的指示。

父亲的脸埋在初夏盛开的花丛中。花儿们还在散发着勃勃生机，令人恐惧。花儿们好像是在窥探着井底。因为死人的脸和活着的时候不同，从存在的表面无限地陷没下去，陷入再也无从打捞的深渊，留下来的只有朝向我们的面具边框一样的东西。所谓物质，离我们多么遥远，其存在方式又是多么的不可企及——没有什么能比死人的脸更生动地说明这个事实了。精神就这样通过死亡变成了物质，我才得以接触到这样的场景。现在，我终于能够渐渐理解，为什么五月的花朵、太阳、桌子、校舍、铅笔……这些物质都对我那么冷淡，离我那么遥远了。

母亲和施主们默默看着我与父亲最后的会面。但是，我顽固的心并没有接受这个词所暗示着的生者世界的推理。并不是"会面"，我只是看着父亲死去的脸而已。

尸体只是被看着。我只是在看着。看这个动作，正如平时无意识地做那样；看这个动作，是如此确凿的生者权利的证明，也是人世间残酷性的展现。这对我来说，是一个新鲜的体验。不会大声唱歌，也不会高喊着四处奔跑的少年，学会了以这种方式来确认自己的生。

虽然我是个很自卑的人，可是，当我以一张没有一滴眼泪的明朗的脸面对施主们时，并没有感到羞愧。寺院在临海的悬崖上。吊丧的来客们的背后，日本海海面上盘踞的夏云升腾，遮住了天空。

起龛①的诵经仪式开始了，我也加入了其中。大殿很暗，挂在柱子上的经幡，悬在正殿横梁上的华鬘②，还有香炉、花瓶等陈设，在星星点点的灯火下光芒闪烁。海风不时吹进来，鼓起我的僧衣下摆。正在诵经的我，眼角不断地感受到渗入了强烈阳光的夏云的姿影。

灼热的外光不断倾注到我的半边脸上，那辉煌的侮辱……

——葬礼的队伍还差一二百米就要到火葬场时，突然遭遇了骤雨。正好经过一个好心的施主家门口，所以连棺材一起都能避雨了。雨没有要停的意思，而葬礼队伍必须前进。于是大家都带好雨具，把棺材用油纸盖好，运到了火葬场。

火葬场位于向村子东南方向突出的海角根部，是一片净是石头的狭小海滨。在那里焚烧的烟不会飘到村子里，因此自古以来就一直被当作火葬场。

那里岩石上波浪汹涌。就在惊涛拍岸、浪花四溅之时，雨点也不停地扎进那波动的水面。无光的雨滴只是在冷静地贯穿

---

① 禅宗葬礼时，在灵柩前进行的最后一道仪式，出殡前的诵经。
② 佛教供物。指经过人为编串，装饰身首的花，佛教五种供物之一。

着不同寻常的海面，但是海风却冷不丁地把雨刮向荒凉的岩壁。白色的岩壁像被泼上了墨汁似的变黑了。

我们穿过隧道来到这里，趁着工人们准备火葬的时候，在隧道里避雨。

看不见什么海景，只有海浪、打湿的黑色岩石和雨。浇上了油的棺材，显出鲜艳的原木色，被雨点拍打着。

火生起来了。由于为住持的死准备了充足的油，所以火苗反而盖过了雨的势头，发出了鞭打般的声音，熊熊燃烧起来。白天的火焰在浓烟中清晰地显现出了透明的身姿。烟雾冲天弥漫，渐渐地被吹向悬崖那边。一瞬间，在雨帘里面，只剩下火焰以端丽的形状燃烧着。

突然，发出了东西裂开的可怕声音。棺材盖弹了起来。

我看了一眼旁边的母亲。她两手握着佛珠站在那里，脸僵硬无比，就像能钻入手掌中那样，凝固成了小小的一团。

* * *

按照父亲的遗言，我去了京都，成了金阁寺的弟子，跟着住持剃度出家了。学费由住持替我出，作为回报，我负责打扫卫生，照顾住持起居，如同俗家所谓的书仆。

进了寺院，我马上就发现了，严厉的舍监被征入伍，寺里面除了老人就是小孩。来到这里,从各种意义上我都松了一口气。再也不会像在俗家的中学里那样,被人嘲笑是寺院的孩子了,因为在这里的都是同类了……与他们不同的是,只有我是结巴和比大家难看些而已。

我从东舞鹤中学退学,在田山道诠和尚的帮助下,转到了临济学院中学。还有不到一个月,秋季学期就要开始,之后我就要去新学校上学了。可是我知道,学校一开学,我们就会被动员到不知何处的工厂去劳动了。现在,在新环境里,我面前还有几周的暑假。服丧中的暑假,处于昭和十九年战争末期的、不可思议的安静的暑假……寺院里的弟子生活每天都很有规律。在我的记忆里,那是最后的、绝对的休假。蝉鸣声依然不绝于耳。

……相隔数月后见到的金阁,在晚夏的阳光中静静伫立着。

我刚刚剃完发,头上还泛着青光。好像空气紧贴在头上,那种感觉,就像自己脑子里想的事情,隔着一层薄薄的、敏感易破的皮肤直接和外界接触一般,不可思议而危险。

抬着这样的头仰视金阁,金阁不仅进入我的眼帘,还从我的头部渗入了我的体内。就像这个头被骄阳照着就会变热,在晚风中马上就会凉下来。

"金阁啊,总算住到你身边来了,"我有时会停下拿着扫把的手,在心里自言自语,"不用马上,但愿有朝一日你能亲近我，把你的心扉向我敞开。你的美，好像再过一阵才能清楚地看到，现在还看不见。请把比我心里想象的更美、更真实的金阁清清楚楚地显现给我看吧。或者，如果你是世界上最美的，就请你告诉我你为何这么美，又何必这么美吧。"

那个夏天，悲惨消息纷至沓来，金阁寺把战争的黑暗当作饵食，变得越发生机勃勃、光芒四射了。六月里，美军已经登陆塞班岛，联军也已经在诺曼底平原上驰骋了。参观者的人数显著减少，金阁好像非常享受这孤独和静寂。

战乱和不安，成堆的尸体和大量的血，不消说滋养了金阁的美。金阁原本就是由不安建成的建筑，是以一位将军为中心，由众多怀有阴暗心理的人们企划的建筑。美术史家只看到它是不同建筑样式的折中，但其实它三层各自为政的设计，无疑是在探索能使不安结晶的建筑样式的过程中，自然而然地形成的。如果说它是以一种安定的建筑样式建成的话，就必定不能统摄那种不安，早就崩塌了吧。

……即便如此，我还是时常停下拿着扫把的手仰望金阁，为它近在眼前而感到不可思议。之前我和父亲在某个夜晚悄悄地造访金阁时，它都没有给过我这种感觉。而当我一想到，今后的漫长岁月里，金阁都会在我的眼前，就觉得难以置信。

在舞鹤时总感觉金阁永远都在京都的一角，而住到这里之后，却感觉金阁只有在我看它的时候才会出现在我眼前，而当夜里我在大殿睡觉的时候，金阁就不复存在了。因此，我每天都要跑好几次去看金阁,这也招来了一同修行的师兄弟们的取笑。我无论看多少次,都觉得金阁的存在不可思议。甚至会觉得,在看完了回大殿的路上,如果突然转身回去再看一眼的话,金阁就会像那个欧律狄克①一样,瞬间遁形,消失得无影无踪。

我打扫完金阁周围,终于避开了渐渐灼热的朝阳来到后山,登上通往夕佳亭的小路。因为还没有开园,山上空无一人。只有像是舞鹤航空队的战斗机编队,紧贴着金阁上空,留下低吼的轰鸣飞走了。

后山里有一个被水藻覆盖的寂静的沼泽,叫作安民泽。池中有个小岛,上面立着一座名叫白蛇冢的五重石塔。这里的早晨,鸟声喧嚣却不见鸟影,整个树林都在婉转歌唱。

池水前夏草茂密。小路和草地之间隔着一道低矮的栅栏。有个白衣少年躺在草地上。旁边的一棵小枫树上,靠着一把竹耙子。

少年一跃而起,那气势仿佛要剜取飘荡在夏日清晨的静谧空气。他看到了我,说:"原来是你啊。"

我昨夜刚被介绍给这位姓鹤川的少年。鹤川的家是东京

---

① 希腊神话中的神,俄耳甫斯之妻。被毒蛇咬死后居于冥界。俄耳甫斯费尽周折将她带回人间世界时,路上因触犯禁忌回头看了她,她瞬间永远消失。

近郊一所有钱的寺院，学费、零花钱和粮食，都由家里源源不断地供应。只是为了让他体验一下弟子修行的生活，才通过住持让他暂居在金阁寺的。暑假他回去探亲，是昨夜提前回来的。说着一口漂亮东京话的鹤川，从秋天开始就是我在临济学院的同学了。他那快人快语的爽朗话风，昨夜已经让我心生畏惧了。

刚才被他一说"原来是你啊"，我一下子说不出话来。可是，我的沉默，好像又被他理解成了一种非难。

"好啦，何必那么认真打扫呢。反正来了客人就会弄脏的，况且也没啥游客嘛。"

我微微笑了。我这样无意中流露出的无可奈何的笑，对某些人来说，就成了亲近的种子。我就是这样，总是在自己给别人留下印象的细节上不够负责。

我跨过栅栏，在鹤川身旁坐了下来。鹤川又躺回地上，头枕着胳膊。胳膊外侧被晒得很黑，但内侧却白皙得能隐约看到静脉。晨光透过树叶缝隙洒下来，在他胳膊上散乱映出淡青色的草影。直觉告诉我，这个少年并不像我那样爱着金阁。这是因为我不知不觉把对金阁的偏执，全都怪罪在自己的丑陋上了。

"听说令尊过世了，是吗？"

"嗯。"

鹤川快速地转动着眼珠，毫不掩饰自己那种少年特有的对推理的热衷，说："你之所以喜欢金阁，是不是因为你一看到它就想起令尊？比如说令尊也特别喜欢金阁什么的。"

对于这个猜中了一半的推理，虽然我知道我面无表情的脸上完全没有变化，但心里还是有一点点欢喜的。鹤川像喜欢制作昆虫标本的少年那样，把人的感情仔细地分门别类，收藏在自己房间的精致的小抽屉里，并时不时地把它们拿出来实地检验一番，以此为趣。

"令尊去世，你肯定非常悲伤吧。因为，你显得很寂寞呀。从昨夜我第一次见到你，就这么想了。"

我没有任何反感。这么被他一说，我从他觉得我寂寞的感想里得到了某种安心和自由，话也流利地脱口而出了。

"没有什么可悲伤的。"

鹤川抬起他那显得碍事的长睫毛，看了过来。

"欸？这么说，你是恨你父亲吗？至少，是讨厌？"

"也没有生气，也不是讨厌……"

"那，你为什么不悲伤呢？"

"我也说不清啊。"

"真不明白。"

鹤川被难住了，他又从草地上坐了起来。

"这样的话，你是有什么别的更悲伤的事情吗？"

"有什么啊，我不知道。"我说道。说完以后，我又反省自己为什么如此喜欢引起别人的疑问呢？对我自身来说，那根本算不上什么疑问，是不言自明的事情。我的感情里也有口吃，我的感情总是慢一步。结果就是，我父亲的死这件事和悲伤这份感情各自孤立，互不联结，没有交集。稍微一点时间的错位，稍微一点时间的迟误，就会把事件和我的感情拉回到分离状态——恐怕还是本质性的分离状态。如果我也有自己的悲伤，那它应该和任何事件及动机都没有关系，会突然地、毫无理由地袭击我的吧……

……然而，我还是没能把这一切都告诉眼前的新朋友。鹤川终于忍不住笑了出来。

"欸，你可真怪啊。"

他穿着白衬衣的肚子在起伏。树叶间洒落下来的阳光在那里跳跃，让我感到幸福。就像这白衬衣的褶皱一样，我的人生也泛起了涟漪。可是这白衬衣是多么的洁白耀眼啊！哪怕是带着褶皱……或许，我也可以这样？

和世间无关，禅寺每天按照禅寺的规矩来运行。因为是夏天，每天早晨最晚五点起床，叫作"开定"。起床后马上是早课诵经，叫作"三时回向"，要读三遍。然后是打扫房间，擦洗地板，吃早饭①。

粥有十利

饶益行人

---

① 禅宗称"粥座"，因饭前要诵《粥座经》。

果报无边

究竟常乐

诵完了《粥座经》就吃粥。饭后做除草、打扫庭院、劈柴等杂务。学校开学了的话,之后就去上学。从学校回来,不久就是晚饭。之后偶尔会有住持讲经。到九点是"开枕",也就是就寝。

我每天的日程就是如此。每天唤醒我的,是厨房的典座[①]绕着圈子敲响的铃声。

金阁寺,也就是鹿苑寺,原本应该有十二三人。可是因为应召入伍和征调别处,现在只有一位七十几岁的向导兼门房,一位近六十的炊事妇,执事、副执事,以及我们弟子三人了。老人们都已经半截入土了,少年们还是孩子。执事又叫"副司",忙着会计的工作,无暇顾及其他。

几天后,我被分配了给住持(我们都叫他"老师")的房间送报纸的差事。报纸送到寺里是早课结束、擦拭清扫完毕的时候。这么少的人,必须在短短的时间里打扫有三十多个房间的寺院的所有走廊,只能是应付了事。在门口取了报纸,经过神佛使者房间前面的走廊,绕一周到客殿后方,再穿过间廊,去往老师起居的大书院。我心里念叨着"赶快干吧",因为这

---

① 禅寺里负责杂务的僧人。

一路上的走廊，都是泼出半桶水粗粗擦拭、任其风干，地板各处的凹坑里，积水在朝阳下闪着光，把脚踝都打湿了。时值夏天，倒很舒服。但是，来到老师房间的拉门外面时就要跪下，说声"打扰您了"，等里面传来一声"嗯"的回答后，才能进入房间。我从同门那里学到了一个秘诀：进去之前，要先用僧衣的下摆飞速将濡湿的脚擦干。

我闻着油墨散发出的俗世的强烈气味，偷偷瞟着报纸的大标题，急匆匆地奔跑在走廊上。于是，"帝都空袭不可避免吗？"这个标题，赫然映入了眼帘。

想来也怪，迄今为止我从来没有把金阁和空袭联系在一起考虑过。塞班岛陷落以来，一般认为本土空袭无法避免，京都市的一部分也开始紧急强制疏散了。即便如此，金阁这个半永久的存在和空袭的灾祸，在我心中还是毫不相干的两个东西。我深知，金刚不坏之身的金阁，清楚地知道和那科学性的火焰彼此互为异类，一旦相逢就会闪开……但是，也许不久金阁就会被空袭的大火烧毁。如果这样下去，金阁的的确确就会变成灰了。

……自从这种想法在我脑海里形成，金阁它那悲剧的美再一次加深了。

那是暑假最后一天的下午，第二天学校就要开学了。住持带着副执事,到外面办法事去了。鹤川邀我一起去看电影,但是我不想去,于是他也突然不想去了。鹤川就有这样的特点。

我们请了几个小时的假,黄褐色的裤子打上绑腿,戴上临济学院中学的制帽,出了正殿。正是夏日最毒的时候,没有一个游人。

"去哪里?"

我答道,不管去哪里,去之前都要好好看看金阁。也许在明天这个时候就不能看到金阁了,也许我们去工厂的时候金阁就会毁于战火了。我结结巴巴地说着牵强的理由,鹤川一脸茫然和不耐烦地听着。

说完了这些,我就像说了什么不好意思的话似的,汗流满面。对金阁异样的执着,我只告诉了鹤川一个人。可是,即便听了这些,鹤川的表情里,也只有努力要听清我的结巴的那种常见的焦躁而已。

我碰到了这样的脸。无论是重大秘密的告白,还是对美的感动的倾诉,又或是掏心掏肺的吐露,我碰到的就是这样的一张脸。人一般来说,不会对别人显现出这样的脸。那张脸以无可挑剔的忠实,完全复制了我滑稽的焦躁,可谓成了映照着我的可怕的镜子。无论多么美丽的容颜,这个时候,都会变得和我一样丑陋。一看到这个,我想要表达的重要的东西,瞬间就变成了和瓦砾一样毫无价值的东西了……

在鹤川和我之间,夏日灼热的阳光直射下来。鹤川年轻的脸上泛着油光,阳光中一根根睫毛金光闪闪,鼻孔在闷热的空气里张开,等待着我把话说完。

我说完了,说完的同时,一股怒火涌上了心头。因为鹤川从初次见面直到现在,从来没有嘲笑过我的口吃。

"为什么?"我这么质问他。我说过多次,比起同情,嘲笑和侮辱更让我感到舒服。

鹤川脸上浮现出了无可名状的温柔的微笑,然后,这么说了:"可是,我天生就根本不在乎这个呀。"

我吃了一惊。在农村的野蛮环境中成长的我,完全不懂这种温柔。从我这个存在身上剔除了口吃,还能是我——这个发现,是鹤川的温柔教给我的。我深深体味到了被干脆利落地剥光的快感。原来鹤川那被长长的睫毛勾勒出来的眼睛,把我的口吃过滤掉,接纳了我。而那之前的我,一直莫名其妙地深信,如果我的口吃被无视,就等于我的存在被抹杀。

……我感到了感情的和谐与幸福。因此,我永世难忘那时看到的金阁,并非不可思议。我们两人从打瞌睡的门房老人前面经过,沿着空无一人的墙壁旁的道路一溜小跑,来到了金阁的近前。

……当时的情景历历在目。镜湖池的岸边,两个裹着绑腿的白衣少年并肩而立。两人的面前,金阁没有任何遮拦地矗立着。

最后的夏天,最后的暑假,最后的一天……我们的青春,站在了令人头晕目眩的顶端。金阁也和我们一起站在这顶端,和我们面对面、对话。对空袭的期待,令我们如此接近了金阁。

晚夏寂静的阳光,给究竟顶的屋顶贴上金箔,直射倾泻下来的光,将金阁内部填满了夜晚一般的黑暗。迄今为止,这个建筑以其不朽的时间把我压倒,与我隔离,但它不久就会毁于战火,悄悄地靠近了我们的命运。金阁或许会比我们先灭亡。于是,我不禁感觉金阁是和我们同呼吸共命运了。

环绕金阁的长满红松的群山,被蝉声笼罩着,就像无数看不见的僧人在念消灾咒一样。"佉佉。佉呬。佉呬。吽吽。入嚩啰。入嚩啰。钵啰入嚩啰。钵啰入嚩啰。"

这个美丽的东西不久就会化为灰烬了,我想。我心中的金阁和现实的金阁,就像透过绘绢描摹的画叠在了原画上,细节徐徐地重合在一起。屋顶和屋顶,向池水伸出的漱清亭和漱清亭,潮音洞的勾栏和勾栏,究竟顶的花头窗和花头窗,都重叠了起来。金阁已经不是岿然不动的建筑了。它化身成了现象世界的虚幻象征。如此想来,现实的金阁也变成了不亚于心中金阁的美丽之物。

也许明天,天上就会降下火焰,它那纤细的柱子、优雅的屋顶曲线将化为灰烬,再也不会映入我的眼帘。但是眼前的它,精致的身姿,沐浴着夏天火一般的阳光,泰然自若。

山边涌起了父亲出殡诵经时我眼角感受到的威严的夏云。

它荡漾着郁积的光,俯瞰着这纤细的建筑。金阁在如此强烈的晚夏的阳光下,失去了细节上的情趣,内部包裹着阴冷的黑暗,只以其神秘的轮廓,拒绝着周围流光溢彩的世界。只有屋顶上的凤凰,为了不向太阳扑倒,竖着尖利的爪子,紧紧地抓着底座。

厌倦了我久久的凝视,鹤川拾起脚边的小石头,以干脆利落的投手动作,扔向了镜湖池中金阁倒影的中心。

波纹推开池面的水藻扩散开来,一瞬间,美丽精致的建筑崩塌了。

* * *

从那以后直到战争结束的一年间,是我与金阁最为亲密、最担心它的安危、最沉溺于它的美的时期。怎么说呢,那是我在把金阁拉低到和我同样高度的假定中,得以毫不畏惧地爱着金阁的时期。我还没有从金阁那里受到坏影响,或者说还没有受到它的荼毒。

世间有着我和金阁共同面临的危难,这激励了我。我发现了把美和我联系在一起的媒介。我感觉在我和一直拒绝我、疏远我的东西之间,架起了一座桥梁。

烧死我的火也会烧毁金阁吧,这个想法几乎让我迷醉。在同样的灾祸、同样的战火的命运下，金阁和我住的世界终于属于同一个次元了。和我丑陋脆弱的肉体一样，金阁有着虽然坚硬，但极易燃烧的碳元素的肉体。这么一想，我感觉我能把金阁藏在我肉体中，藏在我身体组织当中而逃匿，就像逃走的盗贼在紧急时刻会把珍贵的宝石吞下去隐匿起来那样。

那一年里，我既没有学经，也没有读书，只是日复一日地重复修身、军训和武道训练，还有去工厂劳动和帮忙强制疏散，从早到晚地忙碌着。我爱做白日梦的性格得以助长。托战争的福，人生离我远去了。战争对我们少年来说，是一个梦一般虚幻而慌乱的体验，是遮蔽了人生意义的隔离病房一样的存在。

昭和十九年十一月，B29战机开始了东京轰炸。会不会明天就要轮到京都了呢，一时间人心惶惶。我偷偷地想象着京都全市被战火包围的景象。这个都城过度守护着古老久远的东西保持原貌，众多的神社佛寺都忘却了从它们当中诞生的灼热的灰烬的记忆。一想到应仁之乱如何使这都城荒废殆尽，我就觉得因为京都已经把战火造成的不安忘却了太久，所以减损了几分它的美。

明天金阁就会烧毁吧。它那顶天立地的形态就会消失吧……那时屋顶上的凤凰就会像不死鸟一样苏生，飞向空中吧。然后，被形态所束缚的金阁，也会身轻如燕地离开础石，闪着微光，漂浮在湖的上空，黑暗的海潮上空吧……

等啊等啊，京都还是没有迎来空袭。第二年的三月九日，即便东京平民区已经是一片火海,灾祸还是离我们很遥远,京都上面只有澄澈的早春晴空。

我一边半绝望地等待着,一边想去相信,这早春的天空就像闪亮的玻璃窗那样,虽然看不见里面,但内部已经是隐藏着火焰和破灭了。前面已经说过,我缺乏对人的关心。父亲的死,母亲的贫穷,基本没有左右我的内心生活。我只是一直在梦想着一个巨大的天之压榨机那样的东西,能把灾祸、世界末日和惨绝人寰的悲剧,无论是人还是物质,美的还是丑的,都统统不作区分地压碎。早春的天空非同寻常地灿烂,不禁令人认为那就是覆盖大地的巨斧的锋利寒光。我只是在等待着它的落下,连思考的时间都不给人留地、迅速地落下。

有件事我至今都感到不可思议。原本我并不是被黑暗的思想所囿。我所关心的,摆在我面前的难题,应该只有"美"。但是我不认为是战争影响了我,使我抱有了黑暗的思想。如果只凝思美这件事,人类就会在不知不觉中碰上世间最黑暗的思想。人类大概生来就是如此。

我不禁想起战争末期在京都发生的一件事。那几乎令人难以置信。不过目击者不止我一个人,在我身边的还有鹤川。

某个停电日,我和鹤川一起去了南禅寺。我们还没拜访过南禅寺。我们横穿过宽阔的公路,走过索道上的木桥。

那是五月的大晴天。索道已经废置不用,拉拽船体的斜面轨道锈迹斑斑，几乎埋没在了杂草丛中。杂草开着小小的十字形白花，在风中摇曳着。一直到索道的斜坡都积满了污浊的水，将岸上叶樱树行的影子浸透在里面。

我们在小桥上无聊地眺望着水面。战争期间的种种回忆里，这种短暂而无意义的时间，反而给我留下了鲜明的印象。百无聊赖、漫不经心的短暂时光，就像偶尔能从云缝里看到的蓝天那样，无处不在。这样的时间，简直就像强烈的快乐记忆那样鲜活，真是不可思议。

"真好啊。"我又微笑着说了一句毫无意义的话。

"嗯。"鹤川也看着我微笑了。两人切身地感受到这两三个小时就是我们自己的时间。

宽阔的沙子路旁，有一条荡漾着丰美水草的清冽水沟。不久，那著名的山门就挡在了我们的面前。

寺内空无一人。新绿之间许多塔头①的瓦顶，好似巨大的倒扣着的银锈色的书，高耸俊秀。战争，在这一瞬间，到底是什么呢？在某一场所，某一时间，战争好像只是发生在人类意识之中的奇怪的精神事件。

传说中石川五右卫门②把腿靠在楼上栏杆，欣赏满目繁花的地方，应该就是这个山门了吧。虽然已是叶樱季节，我们还

---

① 禅宗高僧的墓塔。
② 安土桃山时期的大盗。

是带着孩子气，想用和五右卫门相同的姿势看风景。付了极少的门票钱，我们登上了陡峭的木制楼梯，木色已经完全变黑。爬到楼梯尽头的停脚处时，鹤川的头碰到了天花板。刚一笑话他，我也突然撞上了。我们两人又拐了个弯，登上了一段楼梯，来到了楼上。

钻出地窖般的狭窄楼梯，一下子将全身暴露在广大的景色之中，这种紧张感让人无比畅快。我们眺望叶樱和松树，眺望对面隔着一片人家远远盘踞着的平安神宫的森林，眺望京都市区尽头朦胧的岚山，以及北方、贵船、箕之里、金毗罗等连绵的群山。尽情欣赏过这些景色后，我们按寺院里弟子的规矩，脱了鞋恭恭敬敬地进入了佛堂。黑暗的佛堂里铺着二十四叠榻榻米，释迦牟尼像在中间，十六罗汉的金色瞳仁在黑暗中闪着光。这里叫作五凤楼。

南禅寺虽然同属临济宗，但是和相国寺派的金阁寺不同，是南禅寺派的总本山。也就是说我们身处同宗异派的寺院里。但是我们也和普通中学生一样，一手拿着导览图，环视着据说出自狩野探幽守信①和土佐法眼德悦②之笔的色彩鲜明的壁顶画。

---

① 即狩野探幽（1602-1674），日本江户时代初期画家。名守信，号探幽斋。幕府的御用画师。作品有画于二条城、名古屋城等处的幛子屏风画多种。
② 土佐法眼德悦，生卒年不详，据说擅长墨画观音像。

壁顶的一边画着飞翔的仙人，以及奏乐的琵琶和笛子，另一边则是捧着白牡丹的迦陵频伽展翅欲飞。那是栖息在天竺雪山上能发出美妙乐音的神鸟，上半身是丰满的女子形象，下半身是鸟。中央壁顶上是金阁屋顶上凤凰的同类，却和那威严的金色大鸟完全不同，像一道华丽的彩虹。

释迦像前，我们合掌跪拜，然后离开了佛堂。但是不忍从楼上离去，于是靠在刚才爬上来的楼梯旁边的南向栏杆上，俯瞰下方。

我感到好像哪里有一小团色彩美丽的漩涡，看起来像是刚才看过的壁顶画的色彩缤纷的残像。丰富的色彩凝聚于一身，就像壁顶上那迦陵频伽似的一只鸟，隐藏在一片嫩叶和苍松的枝条之间，华丽翅膀的一端若隐若现。

但事实并非如此。我们的眼底下，隔着道路是天授庵。庭院里种植着静谧低矮的树木，石径由四方的石块角对角拼接而成，弯弯曲曲地贯穿其中，通向拉门大开的宽敞的榻榻米客厅。客厅里面，壁龛和多宝架都一览无余。那里好像经常搞供奉神佛的献茶或对外的茶会活动，铺着深红色的纯毛地毯。一个年轻的女子坐在那里。映入我眼帘的东西就是这些。

战争期间，根本看不到穿着如此华丽的长振袖和服的女人。打扮得这么漂亮出门，肯定半路上就会被责怪而不得不返回吧。她的振袖和服就是如此华美。虽然看不清细部的花纹，但水蓝色的底子上绣着繁花，深红的带子上金丝在闪光，夸张地说,那一片都在熠熠生辉。年轻女子端然而坐,白色的侧脸像浮雕一样,令人怀疑她是否是个活人。我极度口吃地说:"她,真的是活人吗?"

"我刚才也这么想来着,就像人偶一样啊。"鹤川将胸脯紧紧地贴着栏杆,眼睛盯着女子答道。

这时,从里面出现了一个身着军服的年轻陆军士官。他彬彬有礼地在女子一二尺前,面对着她正坐下来。半晌,两人一直默默对坐着。

女子站了起来,静悄悄地消失在走廊的黑暗中。不多一会儿,她手捧一个茶杯,衣袂飘飘地走了回来,向男子献茶。按照礼仪给男子进了淡茶之后,又坐回了原处。男子不知道在说些什么,根本不喝茶。那时间异样地长,异样地紧张。女子深深地低着头……

那之后,发生了令人难以置信的事情。女子保持着端坐的姿势,猛地松开了领口。我几乎听到了从那坚硬的带子里面向外拉绸衣的声音。洁白的胸脯露了出来。我屏住了呼吸。女子用自己的手,把一只白皙丰满的乳房整个拽了出来。

士官捧着深暗色的茶杯膝行向前。女子用两手揉捏着乳房。

我不确定是否都看见了,但是一切就像发生在眼前,历历在目。白色温热的乳汁,飞溅着注入深色茶碗里泛着泡沫的嫩绿色茶水中;她收回乳房,乳头上还残留着奶滴;静寂的茶面上由于混合了白色的乳汁而浑浊起泡。

男子端起茶杯，将这杯不可思议的茶一口气喝干了。女子洁白的胸脯也藏了起来。

我们两人，脊背硬挺挺地看得入迷了。回头仔细一想，应该是怀了那士官孩子的女子，和就要出战的士官之间的分别仪式吧。但是那个时候的感动，拒绝任何解释。因为看得太入神，以至于好长时间之后，我才发觉那对男女不知何时已经从客厅消失，只剩下了宽阔的深红地毯。

我看到了那浮雕般的白色侧脸和无与伦比的白色胸脯。女子离去之后，那天剩下的时间，还有第二天、第三天，我都执拗地在想，那个女子，千真万确，就是复活过来的有为子本人啊！

第三章　罪业

父亲的一周年忌到来了。母亲起了一个奇怪的主意。因我在劳动动员中无法回乡,母亲就决定带着父亲的牌位来京都,请田山道诠和尚给老友忌日念上几分钟的经。原本就是没钱请人念经,只是希望和尚顾念旧情,就给和尚写了封信。和尚答应了,并且把信的内容也转达给了我。

对于这个消息我完全没感到欣喜。直到现在我故意不写母亲,是有理由的。因为我心里并不想提及母亲。

关于某个事件,我不曾苛责过母亲一句,从来没有说出口。母亲恐怕也没有发觉我知道那件事。但是打那以来,我内心就没有原谅母亲。

那是我被寄养在叔叔家,去东舞鹤中学读书后的第一年暑假回家省亲的时候。那时,母亲有一个叫作仓井的亲戚,因为在大阪做生意失败,回到成生来了。他是入赘女婿,住在娘家的老婆不让他进门。于是在事态平息之前,他不得已寄住在我父亲的寺院里。

寺院里蚊帐很少。母亲、我和身患肺结核的父亲共用一顶蚊帐,居然没被传染。之后又加入了仓井。我还记得夏天深夜蝉在院子里的树枝上飞来飞去,发出吱吱的嘈杂叫声。应该是那声音把我吵醒了。潮音轰鸣,海风吹着蚊帐嫩绿色的下摆。蚊帐的晃动非同寻常。

蚊帐不停地鼓满风,过滤风,身不由己地晃动着。被吹起的蚊帐的形状并不是风原来的形状,那时风已显颓势,失去了棱角。蚊帐下摆发出了像小竹叶划过榻榻米那样的声音。可是,在蚊帐里传开来的并非风发出的动静。那是比风更细微的响动,像涟漪一样扩散到整个蚊帐。它让蚊帐粗糙的布料痉挛不已,从内侧看到的蚊帐的巨大表面,好像是溢满了不安的湖面。湖上有远远驶来的船推动的前浪,还有已经驶过的船渐远的余波……

我心惊胆战地将眼睛转向那波浪的源头。于是,我黑暗中瞪得大大的眼珠,像是被锥子扎了一般刺痛了。

四个人拥挤不堪的蚊帐里,睡在父亲身旁的我,在翻身时不知不觉把父亲挤到角落里去了。于是,在我和我看到的东西之间,隔着满是皱纹的白色床单。我背后,父亲曲着身子睡着,我能感到后衣领上他的呼吸。

我发觉父亲醒着,是因为我感觉到背后他拼命压抑咳嗽所带来的呼吸不规律的抽动。就在那时，十三岁的我睁大的眼睛，突然被一个巨大温暖的东西盖住，变成了瞎子。我马上明白了，是父亲的两个手掌，从背后伸过来蒙上了我的眼睛。

至今那双手掌的记忆还那么鲜活。无法比拟的巨大手掌，从背后围过来，把我看到的地狱一下子挡住的手掌，另一个世界的手掌。是出于爱，还是慈悲，还是屈辱，我无从得知。这双手掌把我接触到的恐怖的世界及时斩断，深深埋葬在了黑暗之中。

我在那手掌中轻轻地点了点头。父亲马上从我小脸的颔首里察觉到了谅解和会意，把手掌移开了……之后，我就按照那手掌的命令，即便手掌移开之后，我都一直紧闭着双眼，直到不眠之夜迎来黎明，耀眼的天光透过眼皮为止。

——请回想起来，几年后父亲出殡的时候，我急于看他死去的脸而没有流一滴眼泪。请回想起来，随着父亲的死，他手掌的羁绊被解除，我只是想通过看他的脸来确认自己的生。我对那双手掌——世间称作爱的东西，也没有忘记如此认真地复仇，但是对于母亲，虽然我没有饶恕那段记忆，但我最终没有考虑复仇。

……母亲在父亲忌日的前一天，得到允许来金阁寺住一夜。住持给我写信，让我忌日当天也请假回来。当时我每天都要去劳动动员。忌日前一天想到即将回鹿苑寺，我的心情十分沉重。

有着一颗透明单纯的心的鹤川，为我能和久未谋面的母亲见面感到高兴，寺院里的僧众也很好奇。但我憎恨贫穷卑贱的母亲。我苦于向热情的鹤川说明缘由，为何自己不愿见母亲。而他等工厂一收工，就匆匆地抓住我的手腕说道："快，赶紧跑回去吧。"

如果说我完全不愿见母亲，这有点夸张。我并非不想念母亲，只不过我讨厌露骨地表达我对亲人的爱，想试着为那厌恶找各种理由而已。这就是我的坏性格。一个率真的感情，通过各种理由把它正当化时还好，但有时，自己头脑中编造出来的无数理由，就会把自己也未曾料想到的感情强加给自己。这种感情本来并不是我的。

但唯有我的厌恶里存在一种正确的东西。那是因为，我本身就是个招人嫌的家伙。

"跑什么呀，太累了。拖着腿走回去就好了。"

"这样就会让你母亲同情你，你好撒娇是吧。"

鹤川总是这样，是对我充满误解的解说者。可是，他一点也不让我觉得讨厌，而且成了对我有用的人。他是我善意满满的翻译者，是把我的语言翻译成现世语言的、无可替代的朋友。

是的，有时候我甚至会觉得，鹤川就是那个从铅里提炼黄金的炼金术师。如果说我是照片的底片，他就是正片。一旦被他的心过滤，我浑浊黑暗的感情就消失殆尽，变成透明的放着光彩的感情。我不知多少次目瞪口呆地看着这神奇的变化！当我结结巴巴、踌躇犹豫之时，鹤川的手就把我的感情反转过来传达给外界了。从这些惊愕当中我学到的是——如果只停留在感情的层面，这世上最恶和最善的感情并无径庭，其效果也是相同的，杀意和慈悲心从表面上看也无异——但即便是大费周章地说明了这些，鹤川也不会相信的吧。可是对我来说，这是一个可怕的发现。因为即便倚仗着鹤川，我不再惧怕伪善，伪善于我也只不过是变成了相对的罪恶而已。

虽然京都没有遭到轰炸，但是有一次我被工厂派去出差，在拿着飞机零部件的订货单前去大阪总厂的路上，遇到了空袭，看到一个工人被炸得肠子都露了出来，被人用担架抬走了。

为什么露出来的肠子那么凄惨呢？为什么人一看到身体的内部就毛骨悚然，必须要捂上眼睛呢？为什么流血能给人以猛烈的冲击呢？为什么人的内脏那么丑陋呢？它们和柔嫩润泽的肌肤之美，难道不是一回事吗？如果说我是从鹤川那里学到了把自己的丑化为乌有的想法，他该会有什么样的表情呢？对于内面和外面，假如把人当作玫瑰花那样不分内外地观察，这种想法为什么会显得违背人性呢？如果人类能和玫瑰花瓣一样，肉体的内面和精神的内面都能柔韧地反转、翻卷开来，尽情地暴露在日光和五月的微风中的话……

——母亲已经到了,在老师的房间里聊天。我和鹤川,在初夏日暮的檐廊下跪坐着,说了一句"我回来了"。

老师只让我进了房间在母亲面前站好,说着"这孩子很努力"之类的话。我几乎没有看母亲一眼,一直低着头。只看见洗得发白的藏青色棉织劳动裤的膝头上,放着一双脏污的手。

老师对我们母子说,可以去房间休息了。我们数度鞠躬,走出了房间。小书院里一间南向的、面对中庭的五叠榻榻米的仓库,就是我的房间。在那里,只剩我们两人时,母亲哭了出来。

这事我早有预料,所以冷然不为所动。

"我已经是被托付给鹿苑寺的人了,等我学成前,请不要再来找我了。"

"我知道,我知道。"

用残酷的语言迎接了母亲,我感到很快意。但是母亲和从前一样,没有感觉,从不反抗,这也令我很不耐烦。可如果母亲跨越了界限进入我的领域,光是想想都觉得可怕。

母亲晒黑的脸上,有一对狡黠的、深陷的小眼睛。只有嘴唇像其他生物一样红润,里面是乡下人结实坚硬的大板牙。这个年龄的城市女子,就是浓妆也不稀奇。但是母亲却尽量让自己看起来丑陋不堪。可我敏感地发现,她的脸上像是哪里还残留着沉积的情欲,令我感到憎恶。

从老师那里退下，尽情地哭了一场之后，母亲拿出配给的人造短纤维毛巾，敞开晒黑的胸脯擦拭着。发着动物性光泽的毛巾，在浸湿了汗水之后，越发闪亮起来。

她从背包里拿出米，说是给老师的。我一直沉默不语。母亲又取出用灰色的旧丝绵层层包裹的父亲的牌位，放在了我的书架上。

"真是难得的好事啊。明天让和尚给念念经，你父亲也会高兴的吧。"

"父亲忌日过了以后，您也要回成生吧？"

母亲的回答令我意外。她已经把寺院转让给别人，把仅有的一点田地也处理了，还清了父亲治病的借款，说好今后一个人去投靠京都近郊加佐郡的伯父家。她这次就是来告诉我这件事的。

我没有可回去的寺院了！那个荒凉海角的村子里，再也没有什么迎接我的了。

不知母亲是如何理解此时我脸上浮现出的解放感的。她贴近我的耳边悄悄地说："听好了啊，你的寺院已经没有了。今后你只有成为金阁寺住持这一条路了！你必须要讨得和尚的欢心，让他把你当成接班人才行。好吗？这是妈妈活下去的唯一的盼头了。"

我惊慌失措，回头看了母亲的脸。可是我很害怕，不敢直视。

仓库已经昏暗。母亲的嘴贴近我耳边，这位"慈母"的汗味就飘散在我四周。我记得那时候母亲是笑着的。遥远的哺乳的记忆，浅黑色乳房的回忆，这些留在心里的印象，让我感觉特别不快。卑贱的野心的火苗，似乎被什么肉体性的强制力点燃，就是它让我恐惧不已。母亲后脑勺鬈缩的头发触到我的脸颊时，我看到薄暮的中庭长满苔藓的洗手钵上面，一只蜻蜓在停歇着翅膀休息。傍晚的天空落在了小小的圆形水面上。万籁俱寂，鹿苑寺当时就像一座空寺。

我终于能够直视母亲了。母亲满脸笑容，光滑的嘴唇边上金牙闪着光。我口吃得厉害，结结巴巴说不成句。

"说、说、说不定，我、我早晚会被军队捉去，死在战场上呢。"

"傻孩子。要是像你这种结巴都要去当兵，那日本真的要完蛋了。"

我挺直了脊背，越发憎恨母亲了。可是，结结巴巴说出来的话只能是遁词。

"金、金阁可能会因为空袭而被烧毁呢。"

"已经到这个地步了，京都不会遭空袭的，美国人会放过我们的。"

……我无言以对。寺院薄暮的中庭变成了海底的颜色。石头保持着激烈格斗的形状沉在海底。

母亲完全不把我的沉默当回事，站起来毫无顾忌地望着围绕五叠榻榻米仓库的遮雨板，说道："还不到晚餐的时候吗？"

——之后回想起来，这次和母亲的见面，给我的心里带来了不小的影响。如果说就是这个时候，我发觉母亲和我根本不是一个世界的人，那么也同样是这个时候，母亲的想法第一次这么强烈地作用于我。

母亲生来就是和美丽的金阁无缘的人，但是，她有着我不具备的对现实的感觉。尽管与我的期待相反，可京都没有空袭之虞，也许是事实。如果金阁在将来没有空袭危险，那么我就会失去生存的意义，我一直蛰居的世界就会瓦解。

另一方面，母亲出人意料的野心，虽然令我憎恨，但却把我俘虏了。尽管父亲从未吐露过，但他也许是出于同样的野心，才把我送到这个寺院里来的。田山道诠师父是独身。既然师父自己是受前代法师的嘱托而继承鹿苑寺，那么只要我肯努力，也许就可以成为师父的继承人。那样的话，金阁就会属于我了！

我的思想混乱了。第二野心一旦成为沉重的负担，就会回到第一梦想——金阁受到空袭，而一旦这个梦想被母亲明确的现实判断打破，又会回到第二野心。我前前后后地胡思乱想，结果脖子根上竟长出了一个红肿的大疙瘩。

我开始没在意。不承想肿块竟扎下了根，以灼热沉重的力量,从脖子后面压迫着我,让我无法安睡。在朦胧之间,我梦见脖子上长了一个纯金的光背①,椭圆形的光背围绕着我的后脑勺,并且越发光彩夺目。醒来后才发现那只不过是这可恶肿块的疼痛而已。

我终于发烧病倒了。住持把我送到了外科医生那里。身穿国民服、打着绑腿的外科医生,给这个肿块起了个简单名字,叫"疮疖"。他舍不得用酒精,就用火烧消毒后的手术刀来处置了。

我呻吟起来。我感到灼热沉重的世界,在我后脑勺裂开、萎缩、衰败……

* * *

战争结束了。在工厂里聆听停战诏书的广播时,我脑子里想着的,不是别的,正是金阁。

所以,一回到寺里,我就急匆匆地赶到了金阁面前。参观道路上的石子被盛夏的阳光晒得发烫,我那双质量低劣的运动鞋胶底,沾上了一粒粒的小石子。

听完了停战诏书,如果是在东京,人们应该就要去皇宫前

---

① 指佛、菩萨像背后之光相,象征佛、菩萨之智慧。

了吧。可在京都，居然也有很多人跑到空荡荡的京都御所去哭。京都有着许多这种时刻供人们去哭的神社佛阁。这一天无论哪里都是生意兴隆，唯独金阁门可罗雀。

就这样，灼热的石子上面只留下了我一个人的影子。应该说，金阁在对面，而我在这边。从我看到这天的金阁起，我感到"我们"之间的关系已经发生了变化。

金阁从战败的冲击、民族的悲哀等事物中超脱出来，冠绝尘俗，或者说伪装成超脱。直到昨天，金阁还并非如此。终于免于战火，从今往后也无需担心——一定是这些确信使得金阁重新恢复了这样的表情吧：自古以来我就立于此处，未来永远也都会立于此处。

内部陈旧的金箔依然如故，外墙被胡乱涂上的夏日阳光这层漆防护着，金阁仿佛是一个高雅无用的日用品，寂然无声。这是放置在森林的繁茂绿色前的、空无一物的巨大百宝架。适合这个百宝架尺寸的摆饰，只能是硕大无朋的香炉，或者广漠无垠的虚无。金阁已经使这些消亡殆尽，一下子洗去实质，不可思议地在那里构筑起一个空虚的外形。更加奇异的是，就是在金阁时常显现出的美当中，也没有比今天看起来更美的了。

从我的内心风景，不，从现实世界超脱出来，无论何种沧海桑田都岿然不动的金阁，从没有显示过如此坚固的美！它的美拒绝所有的意义，从没有如此熠熠生辉。

毫不夸张地说，看着它，我的腿在颤抖，额头上渗出了冷汗。曾几何时，看了金阁回家的我，感觉它的细节和整体像音乐的呼应一般发出响声，而现在，我所听到的，是完全的静止、完全的无音。在那里，没有任何流动的、变化的东西。金阁，就像音乐可怕的休止一样，像轰鸣的沉默一样，在那里存在着，屹立着。

"金阁和我的关系断绝了，"我想，"那么我和金阁住在一个世界里的梦想也破灭了。并且，比原本更加绝望的事态发生了——美就在那里，而我却在这里。只要这世界还继续下去，就不会改变的事态……"

战败对我来说，无外乎就是这种绝望的体验。即使是现在，我眼前还能看见八月十五日那天火焰般的夏日阳光。人们说所有的价值都崩塌了，可在我的内心，一切正相反，"永远"醒来了，复活了，开始主张它的权利了。那就是讲述着金阁未来历经永劫都将在那里存在的"永远"。

"永远"从天而降，贴在我们的脸颊、手和肚子，把我们埋葬起来。这令人诅咒的东西……是的，停战那天，从周围群山的蝉声里，我也听出了诅咒一样的"永远"。它把我完全封进了金色的墙土之中。

那天晚上睡前的读经之前，为了祈祷陛下安泰，给战死者慰灵，特别诵了很长的经。战争以来，各宗都只穿简略的环形袈裟①,今夜老师特别穿上了收藏已久的深红色五条袈裟②。

老师连皱纹里面都洗得干干净净,圆润的脸上,今天的气色也很好,一副极为满足的样子。夏夜闷热,衣褶沙沙的摩擦声显得分外清凉。

诵经之后,寺院的弟子都被叫到老师的房间,开始听他讲课。

老师选的公案是《无门关》第十四则的《南泉斩猫》。

《南泉斩猫》也见于《碧严录》第六十三则《南泉斩猫儿》和第六十四则《赵州头戴草鞋》,自古以来就是一桩以难解闻名的公案。

唐代时池州南泉山上有一位叫作普愿禅师的名僧。他也因山名被称作南泉和尚。

一天,全体和尚都去除草,在空寂的山寺里发现了一只小猫。大家都觉得稀奇就跑去追,不想抓到了以后,东西两堂开始争夺起来。两边都想把这只小猫当成自己的宠物。

看到了这一切,南泉和尚突然抓住猫脖子,将割草的镰刀架在上面说道:"大众得道即得救,不得道即斩却之。"

众僧都未答。南泉和尚当即斩了小猫扔掉了。

到了傍晚,他的高足赵州回来了。南泉和尚讲述了事情的

---

① 僧人的简便式袈裟。宽幅六公分左右的绫布做成环形,绕过脖子挂在胸前。
② 僧人袈裟的一种。由五条布缝合在一起做成的袈裟。

来龙去脉，征询赵州的意见。

赵州立刻将穿在脚上的草鞋脱下戴在头上，走出门去。

南泉和尚叹息道："啊，如果你今天在这里的话，这猫儿就得救了。"

——大体情节就是这样，特别是赵州头戴草鞋的一段自古难解。

但按老师的讲解，这并不是什么特别的难题。

南泉和尚斩猫，实际上是斩了自我的迷妄，断了一切妄念妄想的根源。通过这无情的实践，斩断了猫首，就斩断了一切矛盾、对立和自他的争执。如果把这个叫作"杀人之刀"的话，赵州的那个就是"活人之剑"。将沾满泥土、被人蔑视的草鞋，用无限的宽容把它放在头顶上，从而实践了菩萨道。

老师这么解释着，丝毫没有涉及日本的战败，就结束了讲课。我们像是被狐狸诓骗了一样。为什么要在日本战败的今天选择这个公案呢？完全摸不着头脑。

在回自己房间的走廊上，我问了鹤川这个问题。鹤川也摇了摇头。

"不知道啊。不经过僧堂生活，是不会明白的。不过即便如此，我觉得今夜的讲课有意思的地方，就是明明是战败日，却不讲这个而去讲什么斩猫的故事呢。"

虽说我绝不认为战败是不幸，但老师那满足幸福的脸却让我有些介怀。

一般来说，在一个寺院里，对住持的尊敬可以维持寺院的秩序。但过去一年，虽然受到老师很多照拂，我对他却敬爱不起来。这样也好。可是，自从被母亲点燃了我的野心以来，十七岁的我，却时常带着批判的眼光去看待老师了。

老师是公平无私的。然而，那种公平无私，我很容易想象得到，就是我当了老师也能做到吧。老师的性格里，也缺乏禅僧独特的幽默感。通常来说，幽默是他那种微胖身材的标配啊。

听说老师玩遍了女人。想象一下老师玩弄女人的情景，既可笑，又不安。被他那粉色的糯米点心一样的肉体抱着，女人该是一种什么样的心情啊。她会觉得这粉色柔软的肉体一直延伸到世界尽头，自己仿佛被这肉体的墓地所埋葬了吧。

禅僧也有肉体，我觉得太不可思议了。老师玩遍女人就是为了舍弃肉体、轻蔑肉体吧。可是，那被轻视的肉体却吸收了营养，光滑润泽，包含着老师的精神，这点让我不可思议。温顺的、谦虚的肉体，就像被驯化的家畜一样。对于和尚的精神来说，简直就像侍妾那样的肉体……

我得说明一下，战败对我来说意味着什么。

那不是解放，绝对不是解放，而是一种不变的东西，永远的东西，是融入了日常的佛教时间的复活。

从战败的第二天开始，寺里的日课就恢复了原状，继续下去：起床、早课、早餐、劳作、午餐、晚餐、沐浴、就寝……因为老师严禁我们买黑市的米，所以我们的大米只能靠施主的布施。或是执事为了长身体的我们，假称布施米而偷偷买来的黑市米，沉淀在薄粥的碗里。他也时常出去买甘薯。吃粥不只是早晨，就是中午和晚上也都是稀粥或者薯类，我们总是在挨饿。

鹤川时常拜托东京的父母寄来一些甜食。到了夜深之时，他就来到我枕边和我一起分享。深夜的天空不时会划过闪电。

我问他，为什么不回到富裕的老家，回到慈爱的父母身边呢？

"可是，这也是修行啊。反正我是要回去继承父亲的寺院的。"

他好像一点都不以诸事为苦，就像筷子盒里整齐地嵌进去的筷子。我进一步追着他说，也许我们今后会进入一个无法想象的新时代。那时，我想起了大家都谈论的一件事。战争结束后的第三天，我们去学校的时候，工厂的领导，一个军官，将装满一卡车的物资运回了自己的家。那个军官还公然说，今后他就要当黑市老板了。

那个大胆、残酷、长着一双锐利的眼睛的军官，真是在向着恶突飞猛进了。他那半长靴子跑向的道路前方，和战争中的死亡一模一样，有朝霞一样的无序。胸前飘着白绢的围巾，深弓着腰背着偷来的物资，脸上迎着黎明的风，他就这样出发了吧。他会以飞快的速度被磨灭殆尽吧。但是在更远的地方，钟楼闪着无序的光，轻快地鸣响钟声……

我与这所有的一切都隔绝了。我没有钱，没有自由，也没有解放。但是，当我说出"新时代"的时候，十七岁的我，的确已经有了一个虽然尚未有清晰样貌，但已经下定的决意了。

"如果说世间的人们用生活和行动来体味恶，那我就尽可能地深深沉入我内部的恶里面去吧。"

但是，我首先想到的恶，只不过是什么时候巧妙地讨好老师，把金阁据为己有而已；又或者是空想着毒杀老师，之后就占据金阁之类幼稚的梦而已。在我确认了鹤川没有同样的野心之后，这个计划甚至成了我良心的慰藉。

"你对未来没有什么不安或希望吗？"

"没有啊，什么也没有。就算有又能怎样呢。"

这么回答的鹤川的语调里，没有一丝阴暗或自暴自弃。那时的闪电，照亮了他脸上唯一纤细的部分——细长舒缓的眉毛。似乎是鹤川听任理发师的意见，让他剃掉了眉毛的上下部分。所以原本细长的眉毛愈发呈现出人工的精致，眉梢的一部分，还隐约可见青色的剃痕。

我瞥了一眼那青色，顿时感到不安。这个少年与我不同，他生命纯洁的末端燃烧着。在燃烧结束之前，未来隐藏不见。未来的灯芯浸在透明的冷油里。谁还有必要预见自己的纯洁无瑕呢？如果未来只剩下纯洁无瑕的话。

……那晚，鹤川回到他房间之后，残暑的闷热令我失眠了。而想要抵制自慰习惯的心情，也使我无法入睡。

我偶尔还会遗精。梦境里也没有什么确实的色欲的影像。比如一只黑色的狗奔过黑暗的城镇，张着火红的嘴在喘息，狗脖子上挂着的铃铛不停地响着让我兴奋，当铃铛响到极限时，我就射精了。

自慰时，我陷入地狱般的幻想。有为子的乳房出现了，有为子的大腿出现了。然后，我变成了一只无比小的、丑陋的虫子。

——我一蹴而起，沿着小书院的后面悄悄地溜了出来。

鹿苑寺的后面，从夕佳亭再往东，有座山叫不动山。山被红松覆盖，松树之间混杂着茂盛的小竹，还有溲疏、杜鹃等灌木。那座山我十分熟悉，即便夜里攀爬都不会绊着。登上山顶极目远眺，不仅上京、中京尽收眼底，甚至能望见遥远的比叡山和大文字山。

我爬上了山。不顾惊飞的鸟声，躲闪着树墩，专心向上爬。心无旁骛的攀登，马上让我感到了治愈。到了山顶，凉爽的夜风习习，席卷了我汗流浃背的身体。

眼前的眺望让我不敢相信自己的眼睛。解除了长期灯火管制的京都，目光所及，尽是灯火。战争结束后，一次都没有在夜里登上这里，所以这光景对我来说，简直就是奇迹。

灯光呈现出一个立体的形状。在地平面上四处散落的灯，失去了远近感,就像纯粹由灯火形成的一个透明的大建筑,长出复杂的角,张开翼楼,屹立在黑夜正中。这才是都城啊。只有京都御所的森林没有灯火,像一个巨大的黑洞。

天空那方,闪电不时从比叡山的一侧划过黑暗的夜空。

"这就是俗世。"我想,"战争结束了,在这些灯火下面,人们被邪恶的想法驱使着,众多男女在灯下互相凝视对方的脸,嗅着马上扑鼻而来的、死亡一般的行为的气味。一想到这无数的灯都是邪恶的灯,我的心就得到了安慰。请让我心中的邪恶繁殖,无穷无尽地繁殖,绽放光彩,和眼前这些无数的灯一一对应起来吧!请让包容邪恶的我心中的黑暗,变得和这包容无数灯火的夜的黑暗一模一样吧!"

* * *

来参观金阁的游客渐渐多了起来。为了应对通货膨胀,老师向市里申请,成功地提高了参观费。

之前的游客,都是身着军服、作业服和劳动服的不起眼的散客。不久,占领军到了,俗世的淫乱风俗在金阁四周集结起来。同时,献茶的习惯也恢复了,女人们穿上了曾藏在四处的华美衣装,登上了金阁。暴露在他们眼里的我们和我们身着僧衣的身姿,如今和她们形成了鲜明的对照,我们简直就像乘着酒兴扮演和尚一般,又像为了前来参观某地珍稀风俗的游客而特意固守过去陋习的当地居民一样……特别是美军,毫不客气地拉扯我们的僧衣,取笑我们,或者拿出点钱,让我们把僧衣借给他们拍照。这还不算,我和鹤川还时不时被借去充当半吊子的英语导游,以代替不会英语的向导。

战后最初的冬天来了。从一个周五的晚上开始下雪,周六也在不停地下。就是去上学的时候,我也盼望着中午回来,一睹雪中金阁的美景。

下午还在下雪。我脚蹬橡胶长靴,肩上挂着书包,沿着参观路线来到镜湖池畔。雪簌簌地下着。就像小时候经常做的那样,我仰面朝天地张大了嘴。于是雪花发出了碰到极薄的锡箔一样的声音,触碰到我的牙齿,我感到我温热的口腔里,角角落落都飘进了雪花,融进了我嘴里红色的肉的表面。那时我在想象着究竟顶上的凤凰的嘴,那只金色怪鸟的、光滑火热的嘴。

雪让我们恢复了少年心情。何况过了年我也才十八岁。我身体内部感到了少年般的跃动,这难道不是真实的吗?

被雪笼罩的金阁之美无与伦比。这四面通透的建筑任凭风雪飞入,细长的柱子在雪中屹立着,展现着清爽的素颜。

为什么雪不会口吃呢?我想。有时,它被八角金盘的叶子挡住时,也会像口吃一样落下,掉在地面上。可是,当我沐浴在从无遮无挡的天空畅快落下的雪中时,就会忘却心的扭曲,我的精神就像沐浴在音乐中一样,恢复了诚实的律动。

立体的金阁,在雪的映衬下,变成了与世无争的平面的金阁、画中的金阁。两岸红叶山的枯枝,几乎支撑不住雪的重量,那里的树林比平时看起来更加稀疏。远近松树上的积雪很壮丽。结冰的池面上又积了一层雪。也有的地方很奇怪,并没有积雪。那些白色的巨大的斑斑点点,宛如装饰画里大胆描摹的云彩。仿佛九山八海石与淡路岛都和池上的冰雪相连,那里繁茂的小松,就像是从冰雪原野的正中偶然生长出来的。

不住人的金阁,除了究竟顶和潮音洞两个屋顶,再加上漱清亭的小屋顶呈现清晰的白色之外,其余黑暗而复杂的木架组合,在雪中越发显现出生动的黑色。我们有时会怀疑南画①的山中楼阁中有没有人,突然把脸贴近画面窥探。金阁古老的木色黑得发亮,也让我产生了一种想要窥探里面究竟有没有人住的心情。可是,即使靠近过去,我的脸也只能碰到冰冷的雪之绢绘,无法再接近了。

通往究竟顶的门今天也向下雪的天空开放着。仰望着那里,我的心仔细凝视着雪花的命运:飘落下来的雪花,在究竟顶空无一物的狭小空间里飞旋飘舞,不久就停在壁面生锈的旧

---

① 日本画派。因受中国"南北宗论"影响而称"文人画"为"南画",形成宗派。

金箔上，停止了呼吸，结成了一颗颗小小的金色露珠。

……第二天，周日的早晨，老向导来找我了。

原来是寺院开门前，有个外国士兵来参观了。老向导用手势让他等着，跑来叫"能说英语"的我。不可思议的是，我的英语居然比鹤川都好，而且一说英语，我也不结巴了。

大门前停了一辆吉普。烂醉如泥的美国兵用手撑着大门的门柱，俯视着我轻蔑地笑着。

雪霁的前庭耀眼夺目。青年背对着那炫目的光，满是横肉、泛着油光的脸上呼出的白色气息混合着威士忌的酒气，扑面而来。面对着这种身量比我大太多的人，想象着他心中涌动的感情，我感到了不安。

我决定不做任何抵抗，只是说虽然还没有正式开园，但我会给你特别导游，请他缴纳参观费和导游费。这个醉酒的巨汉居然老实地付了款，然后向着吉普车里说了句"出来"之类的话。

雪的反射太过耀眼，看不清吉普昏暗的车内。车篷的采光窗里面，似乎有个什么白色的东西在动，像是兔子一样的东西。

吉普的踏板上伸出了一双穿着细长高跟鞋的脚。如此寒冷还不穿袜子，我吃了一惊。女人身披大红的外套，脚指甲和手指甲都染上了同样的鲜红色，一看就知道是给外国人服务的娼妓。外套的下摆绽开时，露出了有点脏的毛巾睡衣。女人也喝得烂醉，眼睛发直。男人倒是一身军服穿戴整齐，女人看似像刚钻出被窝，在睡衣上披了件外套，戴了条围脖就出来了。

在雪的反光中，女人的脸显得很苍白。没有血色的脸上，只有鲜艳的口红毫无生气地浮现出来。一下车女人就打了个喷嚏，细长的鼻梁上聚起了许多小皱纹，醉酒疲倦的眼睛看了下远方，又浑浊地黯淡了下来。她把"杰克"发成"夹克"，呼喊着男人的名字。

"夹克，太冷了，太冷了！"（英语）

女人的声音哀切地在雪上流淌。男人没有回答。

我是第一次感到这种女人的美，并不是因为她像有为子。没有丝毫相同，就像是刻意画得不要像有为子，如此反复推敲琢磨着描绘出来的肖像一般。怎么说呢，她仿佛是抗拒着关于有为子的记忆而形成的影像，带着一种反叛性的新鲜美。之所以我会感到她美，是因为在对人生最初感到的美之后的肉欲的反抗之中，我有一种类似谄媚的感情。

只有一点和有为子相同。对于没穿僧衣、身着肮脏工作服和橡胶长靴的我，女人完全不屑一顾。

那天清早，全体僧人出动，好不容易清理干净了参观道路上的雪。如果是团体游客可能有些麻烦，人数不多的话，可以排成一列通过。我在美国兵和女人前面走着。

美国兵来到池边，一看到美景就张开手臂，不知道高嚷着

什么,发出了欢呼声,还粗暴地摇晃着女人的身体。女人皱起眉头,只说了一声:

"噢——夹克,太冷了,太冷了!"(英语)

美国兵指着被雪压弯的青木叶间掩映着的鲜艳的红色果实,问我这是什么。我只能回答是"青木"。和那巨大的身体不相称,他看起来倒像个抒情诗人,但是他那澄澈的蓝眼睛让我感到了残酷。外国童谣《鹅妈妈》里,把黑眼睛唱成邪恶残酷的人。人们都把残酷的想象寄托在异国人身上,这是普遍的现象吗?

我按惯例带他参观了金阁。士兵醉得厉害,摇摇晃晃,把鞋子脱下来随意甩了出去。我用冻僵的手,从口袋里掏出了这种场合下应该照着读的英文说明书。可是美国兵从旁边伸手抢走,用滑稽的语调开始朗读,不需要我说明了。

我背靠着法水院的栏杆,眺望着闪闪发光的池面。金阁从来没有如此明亮地反映在水面上,令人不安。

在我不注意的时候,正往漱清亭方向去的那对男女争吵了起来,渐渐地越吵越凶,我一句也没听清楚。女人也毫不示弱地对骂,但听不清她说的是英语还是日语。两人吵着吵着,忘记了我的存在,又回到法水院这边来。

女人照着伸头大骂的美国兵的脸,干脆地给了一巴掌,然后转身就逃,穿着高跟鞋,向参观道路的入口跑了过去。

我懵懵懂懂,下了金阁就沿着池畔跑起来。然而等我追上那女人,她已经被长腿的美国兵追上,抓住了鲜红外套的胸襟。

青年就那样瞥了我一眼,然后轻轻地松开了抓着女人鲜红胸口的手。那手上力量不是一般的大。女人直挺挺地倒下去,仰面朝天地躺在了雪地上。鲜红色外套的下摆绽开,白皙的大腿在雪上袒露开来。

女人没有要起身,一直从下面睨视高高在上的男人。我不得已跪下,想把女人扶起来。

"哎——"美国兵叫起来。我回头望去。他两腿大大地叉开,站在了我的面前,用手指给了我信号,然后一改之前的粗暴,以极其温柔圆润的声音,用英语说话了。

"踩啊,你踩下试试。"

我一头雾水。可是他的蓝眼睛从高处发令了。在他的宽肩膀后面,头戴白雪的金阁光彩夺目,像洗过一样的冬日碧空温润可爱。他蓝色的眼睛一点也不残酷。为何,我感到这是一个罕见的抒情性的瞬间呢?

他伸出粗大的手,抓着我的领子让我站起来。但是,命令的声音依旧那么温暖柔和。

"踩啊,踩下去!"

我难以抵抗,抬起了穿着橡胶长靴的脚。美国兵拍了拍我的肩膀。我的脚落下,踩到了春泥一样柔软的东西。那是女人的腹部。女人闭上眼呻吟着。

"再踩啊，使劲踩。"

我又踩了。第一次踩的异样感，第二次就变成了迸发的喜悦。边踩边想，这里就是女人的腹部，这里就是胸部。他人的肉体会像球一样如此诚实地回弹，实在是出乎我的意料。

"好了。"

美国兵明确地说道。然后他很有礼貌地抱起女人的身体，拂去泥和雪，没有回头看我，就扶着女人先行离开了。女人直到最后也没有看我。

来到了吉普旁，美国兵先让女人上了车，然后用酒醒后严肃的神情，对我说了声感谢。他要给我钱，但是我拒绝了。他从汽车座位上拿出两条美国烟，塞到我的手里。

我站在大门前的雪的反光中，脸上火辣辣的。吉普扬起了雪雾，小心谨慎地摇晃着，跑远了。吉普消失不见了。我的肉体仍亢奋不已。

……终于，我的亢奋停止了，心中浮起了伪善的欢喜的企图。酷爱香烟的老师收到我的礼物，该有多么高兴啊，在他毫不知情的情况下。

一切都没有坦白的必要。我只不过是被命令的，被强迫的。如果反抗的话，我自己就会倒霉吧。

我去往大书院的老师房间。手巧的执事正在给老师剃头。我在洒满晨光的走廊下等着老师。

庭院里陆舟松上的积雪洁白耀眼，简直就像折叠起来的崭新的白帆一样。

剃头时，老师闭着眼睛，双手捧着纸张，接着掉下来的头发。剃着剃着，那头颅越发清晰地呈现出动物般真实的轮廓。一剃完，执事就用温热的手巾把老师的头裹了起来，过了一会儿又揭开。从手巾下方，露出了刚出生似的热气腾腾的头，又像刚刚煮出来的东西。

我好不容易才说明了来意，将两条契斯特菲尔德香烟递上去，磕了头。

"喔——辛苦了。"

老师脸上掠过了一丝微笑，说道。只有这一句。两大条香烟，被老师的手非常事务性地扔到了堆满各种资料和信件的书桌上，随意地叠在了上面。

执事开始给老师揉肩，老师又闭上了眼睛。

我不得不退下了。不满的情绪让我浑身发热。自己所做的不可理解的恶行，为此得到的奖赏——香烟，毫不知情收下的老师……这一系列的关系，应该更加戏剧性，更加激烈才对。作为老师居然没有发觉这些，又成为了我轻视老师的一大理由。

可是，正当我要退下时，老师叫住了我。他正好要向我施加恩惠。

"我呢，想把你，"老师说道，"一毕业就送到大谷大学去。你去世的父亲肯定担心着你。你一定要好好学习，拿出好成绩去上大学。"

——这个消息很快就通过执事的嘴传遍了整个寺院。老师主动提出来上大学的事,一定是被他格外器重的证据。过去徒弟为了能得到上大学的许可,坚持一百个夜晚都去住持的房间给他揉肩,才总算实现了愿望——这样的传说成百上千。家里出钱供他去上大谷大学的鹤川,拍着我的肩膀替我高兴。而没有从老师那里得到任何承诺的另外一个徒弟,从那以后就再也不理我了。

第四章　柏木

不久就迎来了昭和二十二年的春天，我进入大谷大学预科了。外人看起来，我是在老师不变的慈爱和同门的艳羡的包围之中得意洋洋地入了学，但实际上并非如此。关于这次大学升学，有着不堪回首的个中缘由。

老师在那个雪晴的早晨承诺让我上大学的一周后，我一从学校回来，那个老师没有给他升学机会的徒弟，用异常开心的表情看着我。这之前，他是根本不理睬我的。

僧人们的态度也好，执事的态度也好，都非同往常。表面上他们都装得和平常一样，可是，我看得出来。

当天晚上，我去了鹤川的房间，向他倾诉寺院人们的态度奇怪之事。鹤川开始也和我一起做出不明就里的样子，但不善于伪装感情的他，不久就显出一副不安的表情，紧紧地盯着我。

"我从他，"他说出了另外一个徒弟的名字，"我从他那里听到别人说的。之所以这么说,是因为他也去了学校,之前也不知道的……总之,你不在寺里的时候,发生了一件奇怪的事。"

我心里一震,连忙追问。鹤川让我发誓严守秘密,一边小心翼翼地看着我的脸色,一边说了起来。

那天下午,寺里来了一个身穿鲜红外套的专为外国人服务的妓女,要求和住持见面。执事代他出去见了女人。女人骂了执事,说是无论如何也要见住持。不巧的是正好老师经过走廊,看到了女人就来到门口。女人说,一周前一个雪晴的早晨,她和一个外国兵一起来金阁游玩时,被外国兵推倒在地,寺里的小僧为了讨好外国兵,踩了她的肚子。那天晚上她就流产了。她想向寺里要些赔偿。如果不给的话,就要将鹿苑寺的暴行公之于众。

老师沉默着,给了女人钱让她回去了。他知道那天的导游除了我之外别无他人,但因为没有目击者,所以老师叮嘱绝对不要让我知道此事。这一切,老师都置之不问。

但是,寺里的人们从执事那里听说了这件事,都毫不怀疑我的暴行。鹤川几乎是含着眼泪,拉起了我的手,用他那透明的眼光盯着我,用少年特有的青涩声音击打着我。

"你是真的干了那种事吗?"

……我直面了自己黑暗的感情。鹤川如此直击灵魂的追问，使我不得不面对。

为什么鹤川要问我这个呢？是出于友情吗？他知不知道，他通过这个质问，放弃了自己真正的职责？他知不知道，他通过这个质问，伤及了我的深处，背叛了我？

我不止一次说过，鹤川是我的正片……鹤川如果尽职尽责的话，就不会追究和质问我，而是应该默默地把我黑暗的感情原封不动地翻译成明亮的感情。那时，谎言就会变成真实，真实就会变成谎言。如果鹤川用他那与生俱来的方法，将所有的阴影都变成阳光，将所有的夜晚都变成白天，将所有的月光都变成日光，将所有夜晚苔藓的阴湿都变成白昼闪亮的嫩叶的颤动——如果我能看到他的这种翻译，也许会结巴着，把一切都向他忏悔吧。然而，偏偏就是这个时候，他没有这么做。于是，我黑暗的感情获得了力量……

我暧昧地笑了。在没有火的寺院的深夜，膝盖寒冷，几根古老的粗柱高高地耸立着，包围着窃窃私语的我们俩。

我战栗也许是因为寒冷。但是，第一次公然向这位朋友说谎的快乐，也足以让我只穿着睡衣的膝头颤抖了。

"我啥也没干啊。"

"是吗？那么，就是那个女子跑来撒谎了。畜生，执事居然深信不疑。"

他的正义感渐渐高涨，已经到了明天一定要去老师那里为我辩明清白的地步。那时我心里突然浮现出了老师那像刚煮好的萝卜一样新剃的光头,还有那粉色的无欲无求的脸颊。对这个心象,不知为何我突然感到了一种强烈的厌恶。在鹤川的正义感还没有显露出来的时候,必须用我的手将它埋葬。

"话虽这么说,可老师相信是我干的吗?"

"这个嘛……"鹤川一下子被问住了。

"不管别人在背地里胡说什么,老师只是默默地看着,可以说他很放心。我是这么想的。"

然后,我让鹤川明白了他的解释反而只能增加大家对我的猜疑。我说,正是老师知道我的无辜,才对一切不管不问的。说着说着,我心中的喜悦开始萌发,这喜悦渐渐根深蒂固了。

"没有目击者,没有证人"的喜悦……

其实,我也并不相信只有老师认为我无辜。不如说正相反,老师对一切都不管不问,反而印证了我的推测。

或许,接受了那两条契斯特菲尔德的时候,老师就已经看穿了这一切。之所以不问,也许是为了能一直在远处等待我自发的忏悔。不仅如此,他还把大学升学的诱饵作为我忏悔的交换,如果我不忏悔的话,作为惩罚就会取消我升学的资格。如果我忏悔了,并且由他确认我是真的改过自新了,就会特别恩准我上大学。而更大的圈套就是,老师命令执事不要给我透露任何消息。如果我真是无辜的话,就会毫无所感、一无所知地一天天这样过下去。但是，如果我并非清白，并且多少有点智慧，那么我也完全能够模仿无辜，度过纯洁沉默的日子，也就是绝对不需要忏悔的日子。对，模仿就行，这就是最好的办法，是我自证清白的唯一出路。老师暗示着我，让我落入了那个圈套……想到这里，我怒火上涌。

我也并非没有辩解的余地。如果我不踩踏女子，也许那外国兵就会掏出手枪来威胁我。我无法反抗占领军。我所做的一切都是被迫的。

但是，我橡胶长靴的靴底所感受到的女人的腹部，那像讨好一样的弹力，那呻吟，那被挤压的肉开花的感觉，某种错乱的感觉，以及那时从女人身体贯穿了我身体正中的、隐隐的闪电一般的感觉……这些东西，不能说是我被迫体味到的。我现在也不曾忘记那甜美的瞬间。

老师一定知道我感觉的核心，那甜美的核心！

之后那一年，我成了笼中的小鸟。笼子一直在我眼前闪现。我虽然下决心绝对不忏悔，但我的每天少了无愧的安心感。

真是不可思议。当时没有一点罪恶感的行为，那个踩踏女人的行为，在我记忆当中，变得越发光辉起来。并不只是因为我知道了女人流产这个结果。那个行为就像沙里的金子一样在我的记忆里沉淀，一直绽放着夺目的光彩，恶的光彩。是的，即便我犯的是很小的恶，但作恶这个明了的意识，不知何时我已经具备了。它就像勋章一样,挂在了我的胸膛内侧。

……那么,实际问题就是,我在考大谷大学之前,每天都要小心揣摩老师的心思,别无他法。老师一次也没有说过要推翻让我上大学的口头约定,但是也没有催促我做升学考试的准备。不管怎样,我是多么热切地盼望着老师的一句话啊!老师故意刁难,保持沉默,让我忍受着长时间的拷问。我也一样,不知道是出于恐惧,还是出于反抗,没能就升学的问题再次询问老师。曾经对他保持普通的敬意,有时也会用批判的眼光审视的老师,徐徐地变得如怪物一般巨大,已经不像是有着人类之心的存在了。我曾数次试图转移视线,可是他依然存在,宛如一座奇怪的城堡盘踞在那里。

晚秋的一天,外地一个老施主的葬礼要请我们过去。他家在坐火车也要两个小时的地方。头天晚上老师就告诉我们第二天早晨要五点半出发,执事也一起去。我们为了配合老师出门的时间,必须凌晨四点就起床打扫卫生和准备早饭。

在执事伺候老师的时候,我们一起床就诵了早课的经。

从阴暗寒冷的寺厨,传来了水桶打水的咯咯吱吱的声音,不绝于耳。寺里的人都赶着洗脸。后庭的鸡鸣清爽利落地划破了晚秋黎明的黑暗,听起来光明闪亮。我们拢着法衣的袖子,急急忙忙地赶去客殿的佛坛前。

没有人睡的宽阔的榻榻米席子,在黎明前的寒气中,有种拒人千里之外的寒冷触感。烛台的火焰在跳动。我们进行了三拜。站着叩首，然后随钲声坐下再叩首，如此反复三次。

早课诵经时，我总是感到合诵的男声里面有着蓬勃的生命力。一天的诵经中也属早课的声音最有力，那声音的强大，就像是将整个夜晚的妄念全都吹散，从声带里迸发出黑色的水花一样。我不知道我怎么样。虽然不知道，但一想到我的声音也同样可以将男人的污秽四处散布，莫名地就给了我勇气。

我们还没吃完早餐，老师出发的时刻就到了。按规矩，寺院的人都要在大门前整齐列队，恭送老师出门。

天还没有亮。夜空中洒满了星星。通向山门的石板路，在星光下白晃晃地延伸出去，巨大的栎树、梅和松的影子，四处蔓延，互相交融，占据了大地。我穿着有破洞的毛衣，黎明的寒气从我的手肘处渗入了身体。

一切都在无言中进行。我们默默地低下头。老师几乎不回应。只听见老师和执事的木屐声，在石板路上嘎嘎地响着，离我们远去。一直要目送到看不见背影为止，这是禅宗的礼仪。

他们走出了很远，我们看见的已经不是背影的全部，只有僧衣的白色下摆和白色布袜。有时会觉得已经看不见了，但那是被树影给遮住了。稍后，树影对面又一次出现了白色的下摆和袜子，足音的回声反而更加响亮了。

我们一动不动地目送着。从出了总山门，一直到两人的身影完全消失，这时间对于目送的我们来说，实在是太漫长了。

那时我心里涌起了一种异样的冲动。正如当我要说出重要话语时口吃会阻碍我一样,这个冲动只是在我的喉头燃烧着。我渴望解放。母亲曾暗示过的继承住持之位的希望自不必说,就是我上大学的希望,此时也渺茫至极。我想从无言地支配着我、压迫着我的东西那里逃出来。

我不能说此刻我没有勇气。告白者的勇气谁不知道!二十年来沉默不语地活下来的我,自然知道告白的价值。你想说我是小题大做?我觉得,我是对抗着老师的无言,坚持没有告白,尝试了"作恶是否可能"这件事。而如果我到最后也不忏悔,就是再小的恶行,作恶也已然成为了可能。

然而,当我看到老师白色的下摆和布袜在树丛里若隐若现,渐渐消失在黎明的黑暗中,我喉头燃烧着的力量,就几乎成了难以控制的力量。我想把一切向老师坦白。我想追上老师,紧紧抓住他的袖子,大声地把那雪后发生的一切一一道来。绝不是对老师的尊敬之意让我这么想的。老师的力量,对我来说,类似一种强大的物理性的力量。

……但是,如果坦白的话,我人生最初的小恶也就会瓦解的——这个想法,让我打消了坦白的念头,像是有什么东西紧紧地拽着我的背。老师的背影穿过了总山门,消失在了尚未明亮的天空底下。

大家一下子获得了解放,闹哄哄地跑进了大门里。我站在那里茫然若失。鹤川拍了拍我的肩膀。我的肩膀苏醒过来了。这瘦弱寒酸的肩膀,又找回了自尊。

* * *

　　……尽管经历了这些周折,但如前所述,我最终还是进入了大谷大学,不需要忏悔。那一日后过了几天,老师把我和鹤川叫去,言简意赅地交代了几件事:该开始准备考试了,免去我们每日杂役以便备考等。

　　就这样,我进了大学,但并不是一切都因此而解决了。老师还是这种态度,什么也没说,关于寺院继任者一事,也完全摸不透他的心思。

　　大谷大学,这是我生来第一次接触思想、第一次亲近我自由选择的思想的地方,是我人生的转折之处。

　　这所大学,起源于近三百年前。宽文五年,筑紫观世音寺的大学寮被迁移至京都的枳壳寺内,成为了这所大学的前身。之后一直都是大谷派本愿寺子弟的修道寺,到了本愿寺第十五世常如宗主时,大阪门徒高木宗贤捐出传道所得财产,卜定了位于京都北部乌丸头的此地,创办了这所大学。作为大学,一万两千七百坪①的占地并不算大。但是,不止大谷派,各宗派的青年们都在这里修习印度哲学的基础知识。

---

① 日本传统计量系统尺贯法的面积单位,1 坪合 3.3057 平方米。

古老的砖瓦门，隔着电车道和大学的运动场，与西面天空中连绵不断的比叡山遥遥相对。一进大门，铺满小石子的车道通向主楼前的花坛。主楼是古旧暗沉的二层红砖建筑。正门的屋顶上，高耸着青铜的楼橹。说它是钟楼却没有铜钟，说它是时钟台呢，又没有时钟。那楼橹在纤细的避雷针下，用它空洞的方形窗口，裁剪下了一块蓝天。

正门的旁边，有一棵古老的菩提树。那庄严的叶丛，在太阳的照射下发出古铜色的光彩。校舍从主楼向周边不断增建，毫无秩序地连绵开去，多数为古老的木造平房。校内不准穿鞋，所以房屋和房屋之间都是用老朽的木板延绵连成的走廊连接着。校方就像突然想起来似的，只修补木板破损的地方。所以，在房屋之间穿行时，仿佛是踩在从最新的木色到最古老木色的、各种浓淡相间的马赛克上。

就像任何一所学校的新生一样，我每天带着新鲜的心情来上学，一边又感觉漫无目标，无所事事。认识的人只有鹤川一个，总是想着只和他说话。可是老这样的话，好不容易来到的新世界，就会变得毫无意义。鹤川好像也有同感，在开学几天后，休息时我们两人特意分开，各自努力去发掘新的朋友了。可是，口吃的我没有这样做的勇气，随着鹤川的朋友增多，我越发变得孤独了。

大学预科一年级有修身、国语、汉文、汉语①、英语、历史、佛典、逻辑、数学和体操十门课。逻辑课从开始就令我头疼。一天，下课后午休时，我想去找一个一直以来心有所寄的同学问两三个问题。

这个同学总是一个人在后院的花坛边吃便当。那个习惯好像是一种仪式，并且他那似乎厌恶食物的吃相也拒人千里之外，所以谁都不愿意接近他。他也不和同学们说话，看起来仿佛拒绝交友一般。

我知道他名叫柏木。柏木最显眼的特点，是他两条非常严重的内翻足。他走路实在是费劲，就像一直在泥泞中行走一样，一只脚好不容易刚从泥泞中拔出来，另一只脚又陷进泥泞中去了。而且随着脚的动作，他全身都在跳跃，走路就像一种大费周章的舞蹈，完全失去了日常性。

从入学之初我就注意柏木，并不是没有缘故的。他的残疾令我安心。他的内翻足，从一开始就意味着和我被命运安排的条件完全相同。

柏木在长着三叶草的后院空地上打开了便当盒。空手道和乒乓球社团设在窗户玻璃几乎都掉落的废置房间，这些房间都对着后院。后院种着五六棵瘦松，还有空空如也的小温床架。

---

① 汉文是指用汉字所写的文章（包含中国古代汉字典籍和日本模仿所作汉字文章），是日本古代到近代的官方通用文体。汉语指现代汉语。

温床架上的蓝色油漆已经剥落，木刺粗糙，就像干枯的假花那样蜷缩着。旁边有个两三层的盆栽架，有堆积成山的瓦砾，还有栽着风信子和樱草的花圃。

三叶草草地坐着很舒服。阳光被它柔软的叶子吸收，细碎的影子漾满草地，看起来就像轻轻漂浮在地面上一样。坐着的柏木和走路时不同，与一般的学生无异。不仅如此，他苍白的脸上，还有一种危险的美。肉体上的缺陷者有着与美女一样的无敌美貌。缺陷者也好，美女也好，都疲于被看，厌倦了自己是被看的存在，被追得无路可走，然后，用存在本身回观他人，观者才是胜者。吃着便当的柏木低着头，但是我感到他的目光已经看尽了自己周围的世界。

他在阳光里悠然自得。那种印象打动了我。他坐在春光和花丛中，并没有我所感到的羞耻心和罪恶感，从他的姿势就可以看出。他与其说是有所主张的影子，不如说他就是存在着的影子本身。阳光无法渗入他那坚硬的皮肤。

他一心一意地、皱着眉头吃着难以下咽的便当。那便当质量低劣，但也完全不比我早餐时自备的便当差。昭和二十二年，还是一个不通过黑市就无法满足营养摄取的时代。

我拿着笔记本和便当，站到了他的身边。他的便当被我的影子挡住了光，柏木抬起了头，瞄了我一眼又低下头，继续着像是蚕吃桑叶那般单调的咀嚼。

"不、不、不好意思，刚、刚才上课我、我有点不懂，我、我想请、请教一下。"

我结结巴巴地用标准语说道。我一直想着进了大学就要讲标准语。

"你在说什么呀？一个劲地结巴，听不明白。"柏木突然说道。

我的脸一下子红了。他舔着筷子尖，一口气说了起来。

"我很清楚你为什么要和我搭讪。你是叫'沟口'吧。我们残疾人一起做朋友倒也不错，但和我相比，你的结巴就那么重要吗？你把自己看得太重了。因此，就像对自己一样，把自己的结巴也过于看重了吧。"

之后当我知道他和我一样，也是临济宗弟子时，我才明白我们最初的问答中，他多少带有些以禅僧自诩的意思。即便如此，也不能否定我当时所感受到的强烈印象。

"结巴啊，结巴啊。"柏木冲着不能连续说上两句话的我，兴致勃勃地说道。

"你啊，总算碰上了一个能够安心结巴的人了，是吧？人都是这样找同伙的呀。这些先不说了，你还是个处男吗？"

我连笑都没笑就点头了。柏木的提问方式像是医生，令我有一种为了身体不能撒谎的感觉。

"是吧。你是处男啊，但一点都不美。没有女人缘，也没有买春的勇气。如此而已。但是如果你是抱着和处男交往的想法打算和我交朋友，那就大错特错了。要不要让我来给你讲讲我是如何摆脱童贞的?"

柏木根本不等我回答就讲了起来。

……

……

我是三宫市近郊禅寺的儿子,生来就是内翻足……我就这么开始向你告白,你也许会认为我是一个无论对方是谁,都会给他讲述自己不幸遭遇的可怜病人吧。但我并不是随便就给人讲这些话的。说来不好意思,我其实也是一开始就选择了你作为告白的对象。之所以这么做,是因为我觉得我的经历对你而言大概是最有价值的,按照我的经历去做,对你而言大概是最好的路吧。宗教家就是这样嗅出信者,禁酒者也是这样找出同伙的,这一点你应该是很清楚的吧。

是的。我耻于我存在的条件。我觉得与这种条件和解,与它和谐共存是失败的。说起怨恨来无穷无尽。双亲应该在我还是幼儿的时候给我做矫正手术,现在已经晚了。但是我对父母也只是毫不关心而已,懒得去怨恨他们了。

我曾相信我绝对不会被女人爱上的。也许正如你所知,相比别人的想象,这是一种和平安乐的确信。不与自己存在的条件和解的决心,与这种确信,并不一定是矛盾的。为什么这么说呢?因为如果我相信我能以这种状态被女人所爱,就等于我是与自己存在的条件和解了。我知道,正确判断现实的勇气,以及和这个判断做斗争的勇气,是很容易互相亲近的。因此,即使待着不动，我也能有一种正在战斗的感觉。

这样的我，自然不打算像朋友们那样找个卖春女就交出童贞。为何这么说呢？因为卖春女并不是出于爱情才接客的。老头也好，乞丐也好，独眼龙也好，美男子也好，甚至隐瞒病情的麻风病人也好，她们都会接待的。普通人的话，会安心于这种平等感而去找个卖春女度过初夜吧。但是我并不喜欢这种平等。我无法忍受四肢健全的男人和我这样的男人受到一视同仁的待遇，这对于我来说，是一种可怕的自我冒渎。我的内翻足这个条件被视而不见甚至彻底无视，就等于我的存在完全消失——你现在所怀有的恐惧感，也曾经一度把我紧紧攫住。为了使我的条件得到全面的承认，我应该需要数倍于普通人的豪奢筹划。我想，人生必须得这样才行。

可怕的不满将我们和世界置于对立状态，只要世界或者我任意一方有所改变，这种不满就会被治愈。但是我讨厌盼望变化的梦想，成了一个无可救药的讨厌梦想的人。但是，"世界变化我就不复存在，我变化世界也不复存在"，这种在逻辑上追根到底的确信，却成为了类似于一种和解，或者是一种融合的东西。这是因为残疾的自己不被人爱的想法，可以与世界共存的缘故。最后，残疾人陷入的圈套，不是对立状态的消解，而是对立状态得到全面的承认。如此，残疾就是不治之症……

此时，正值青春（我是非常真诚地使用这个词）的我身上，发生了一件难以置信的事。寺院施主家的女儿，一个以美貌闻名、毕业于神户女子学校的富家女，突然向我表白了。我一时间不敢相信自己的耳朵。

我因为不幸所以长于洞察人的心理。因此，我并没有将她爱的动机简单地归结为同情而拒不接受。我十分明白，她不可能仅仅出于同情心而爱上我。据我推测，她爱上我的原因是她那非同寻常的自尊心。因为她十分明白自己绝美的、作为女人的价值，所以不能接受那些充满自信的求爱，不能将自己的自尊心和求爱者的自恋放在天平上衡量。越是所谓的"良缘"，越让她感到厌恶。最终，她完全摒弃了爱情上的均衡（在这点上她是诚实的），把目光转向了我。

我的答案早就决定了。也许你会笑话我，我当时是对着女人答道"我不爱你"。除此之外，难道还有别的回答吗？这个回答是真诚的，没有一丝的炫耀。对于女人的表白，带着奇货可居的心理回答"我也是爱你的"——如果我这么做的话，简直太滑稽不过，看起来几乎是个悲剧吧。一个有着滑稽外形的男人，十分清楚如何巧妙地避免使自己看起来很悲剧。因为我知道，如果被视为悲剧，人们就再也不能放心地和自己接触了。顾及他人的灵魂，不使自己看起来悲惨，是无比重要的。所以，我干脆地拒绝了她："我不爱你。"

女人没有退缩。她说我的回答是谎言。之后，女人为了不伤害我的自尊心，小心翼翼地想要说服我的做法真是精彩。于她而言，绝不能想象任何一个人身为男人而不爱她。如果有，那他一定是在撒谎。她就这样巧妙地对我进行了精密的分析，最终认定了其实我从以前就一直爱她。她是聪明的。如果她真的爱我，就应该是爱我浑然天成的整体。如果说爱我并不美的脸就会惹怒我，赞美我的内翻足我会更生气，说不是爱我的外表而是爱我内涵的话，我的怒气就会火上浇油——所有这一切她都计算在内，只是不断地说"爱"而已。然后，通过对我的分析，从我的内心找出了与之对应的感情。

我不能理解这种不合理。实际上我的欲望愈来愈强烈，但我不认为欲望能使我和她结合。如果她爱的不是别人而是这个我的话，那必须是爱我和别人不同的地方。那除了内翻足别无他物。所以，结论就是，她虽然没有说出口，但应该是爱着我的内翻足。这种爱，在我的思考中是不可能的。如果我的个别性体现在内翻足之外，爱也许是可能的。可是，如果我承认在内翻足之外有着个别性和我的存在理由的话，那么相应地，就要承认他人的存在理由作为补充。再进一步就是承认被世界包围其中的自己，爱是不可能有的。认为她爱着我就是错觉，并且我也不可能爱着她。于是，我不断地重复"我不爱你"。

不可思议的是，我越说"我不爱你"，她就在爱我的错觉里越陷越深。就这样，终于有一天晚上，她将身体大胆地呈现在了我的面前。她的身体美得炫目，但是我却不能进入。

这种大失败，将一切都干脆利落地解决了。她好像终于证明了我"不爱她"。她离开了我。

我感到很耻辱。不过和我的内翻足相比，什么耻辱都不值得一提。让我狼狈的是别的事情。不举的理由我是知道的。在那个时候，一想到要用自己的内翻足触碰到她那美丽的双腿，我就变得不举了。这个发现，从内部打碎了由我绝对不会被爱的确信所带来的平安。

为何这么说呢？那是因为，当时我生出了一种轻佻的喜悦，想通过欲望和欲望的实行来实际证明爱的不可能，但是肉体却背叛了我，把我要用精神来做的事情，用肉体表演出来了。我陷入了矛盾。用恶俗的表达来说就是，我带着不被爱的确信梦想着爱，在最后的阶段却安于将欲望当成爱的替代了。于是，我终于明白了，欲望本身要求我忘却自己存在的条件，要求我放弃爱的唯一难关，即对不会被爱的确信。我一直深信欲望是一种更加明晰的东西，所以压根没想到它还要求我做一点自我幻想。

从这时开始，对于我来说，比起精神，肉体突然变成了更让我关心的东西。但是，自己不能化身为纯粹的欲望，只是梦想着而已。仿佛变成了风，变成了对面看不见的存在，从这边却能够看透一切，轻易地接近对象，无微不至地爱抚对象，最后悄悄潜入它的内部……你在肉体觉醒之时，可能会想象一种兼具质量的、不透明的、确实存在的"物"的觉醒吧。我却并非如此。我作为一个肉体、一个欲望去完成，就是意味着我变成了透明的、看不见的东西，也就是风。

但是突然间，内翻足前来阻止我了。只有这个绝不是透明的。这与其说是脚，不如说是一个顽固的精神。这是比肉体更加确实的"物"，实实在在地存在着。

人们也许会想，如果不借助镜子就无法看见自己。但是残疾这个东西，就是一直挂在鼻尖上的镜子。在这个镜子里，无时无刻不映照出我的全身。忘却是不可能的。所以在我看来，世间所谓的不安之类的东西都如儿戏一般。不安，是不存在的。我这样存在着，就像太阳、地球、美丽的鸟儿和丑陋的鳄鱼一样，确确实实地存在着。世界就像墓碑一样岿然不动。

完全没有不安，也完全没有立足点，于是我独创的生存方式就开始了。自己是为何而生存呢？很多人会因为这事感到不安，甚至自杀。这对于我却毫无影响。因为内翻足就是我生存的条件、理由、目的、理想……是生存本身。只要是存在着，这一点对我就已足够。原本，存在的不安，不就是源于"自己没有充分地存在"这种奢侈的不满吗？

我注意到了自己村里一个独居的老寡妇。有说她六十岁的，也有说六十多的。她亡父的忌日我代替父亲前去诵经，没有一个亲戚到场，佛前只有我和这个老太婆。诵完经后她招待我在另外的房间喝茶。因为是夏天，我请求她让我冲个澡。老太婆给我赤裸的背上浇水。她很心痛似的盯着我的脚看得入神，此时，我心里浮上了一个企图。

回到刚才的房间，一边擦身子，我煞有介事地说了起来。

我出生的时候，佛祖来到母亲的梦里告诉她，这个孩子成人的时候，从心底里膜拜他双脚的女人就会往生极乐。佛心甚笃的老寡妇，用指甲拨着念珠，直直地盯着我的眼睛。我随意胡诌了几句经文，挂着念珠的手在胸口合十，就像尸体一样，赤裸着身子仰面朝天地躺下了。我闭上了眼睛，嘴里还在诵经。

你可以想象我是如何拼命憋住笑的。我内心笑开了怀。我丝毫没有在幻想自己。我知道老太婆一边诵着经，一边拼命地拜着我的脚。我只消想一下被膜拜的我的双脚，就感觉像要因为那种滑稽而窒息。"内翻足、内翻足"，满脑子里只有这个。那奇怪的形状。那被置于其中的极其丑恶的状况。那无法无天的闹剧。事实上，频频叩头的老太婆的乱发触到了我的脚底，那脚心痒痒的感觉越发让我憋不住笑了。

我觉得自从之前触碰到那双美腿变得不举以后，我就对欲望产生了误解。为何这么说呢？是因为在这个丑恶的礼拜当中，我发现自己勃起了。在对自己没有丝毫幻想的情况之下！在这最不能原谅的状况之下！

我直起身子，一下子把老太婆扑倒了，甚至没有时间对老太婆丝毫没有惊讶感到不可思议。年老的寡妇保持被扑倒的姿势，一直在闭着眼睛念经。

奇妙的是，这时老太婆念诵的《大悲心陀罗尼经》的一节，我却记得清清楚楚。

伊醯伊醯。室那室那。阿罗嘇。佛啰舍利。罚沙罚嘇。佛啰舍耶。

你也知道的吧,根据解释,这句经就是这个意思:"奉召请,奉召请,消灭贪嗔痴三毒的清净无垢之神体。"

在我眼前,有一张闭着眼迎接我的六十岁女人的脸,没有化妆,被晒得黝黑。我的兴奋却丝毫没有减弱。这是这场闹剧的最高潮,我不知不觉中被诱导了……

然而,我不想用"不知不觉"这种文学式的说法。我什么都看见了。地狱的特色,就是能清晰地看见每个角落,并且是在黑暗之中!

年老寡妇布满皱纹的脸,既不美丽,也不神圣。但正是那种丑陋和老态,似乎给我没有任何幻想的内心状态以不断的确证。无论多美的脸,不带丝毫幻想地去看时,谁能说不会变成这个老太婆的脸呢?我的内翻足和这张脸……是的,总而言之,看见实相这件事支撑着我肉体的兴奋。我第一次带着亲和的感情,相信了我自己的欲望。然后我知道了,问题不在于如何缩短我和对象之间的距离,而是在于如何保持距离,使对象成为对象。

好好看吧。那时的我,从停止的同时就已到达的残疾的逻辑,从绝对不会被不安袭击的逻辑出发,发明了我性爱的逻辑。我发明出了一种与世间人们叫作沉溺的东西相似的虚构。

类似隐身衣或风的欲望带来的结合,对于我来说,只不过是梦幻而已。我在看见的同时,也一定会被看得清清楚楚。我的内翻足和我的女人,那时都被抛出了世界之外。内翻足也好,女人也好,都与我保持着相同的距离。实相就在那里,欲望不过是假象。于是,看着实相的我,一边向着假象无尽地坠落,一边对着看见的实相射精。我的内翻足和我的女人,完全不会接触,也绝不会结合,它们都被扔到了世界之外……只有欲望在无限地亢进。因为,那美丽的双腿和我的内翻足,已经永远不需要再触碰到一起了。

我的想法很难懂吗?需要说明吗?但是从那以来,我就变得心安理得地相信"爱不存在"了,这个你也明白的吧。没有不安,也没有爱。世界永远地停止,同时也是到达。有必要给这个世界特地标注上"我们的世界"吗?我就这样,能够用一句话给世间关于"爱"的迷茫下定义——这就是假象要和实相结合的迷茫。我终于明白了,对于我绝对不会被爱的确信,就是人类存在的根本样态。这就是我失去童贞的始末。

……

……

柏木说完了。

一直听着的我终于松了口气。我被强烈的感动所震撼,无法从触碰到未曾考虑过的思考方法的痛苦之中醒过来。柏木讲完后过了一会儿,那片灿烂的春光才在我周围苏醒,明亮的三叶草草坪才开始重新焕发出生机。从后面的篮球场上,传来了阵阵叫喊声。但是,所有的这一切,虽然还是在同样的春日正午,却完全改换了意义重新显现了出来。

不能一直沉默。我想总得把话接下去吧,就结巴着傻乎乎地说了句:"所、所以,你、你从那以来就很孤独吧。"

柏木又故意坏心眼地做出一副没听清的样子,让我重复了一遍。但是,那回答里却带着点亲切。

"你说孤独?为什么一定要孤独呢?关于那之后的我,日后交往中你慢慢就会明白了。"

下午上课的铃声响了。我要站起来。柏木还坐在地上,硬拽着我的袖子不让我走。我的制服只不过是将禅门学院时代的旧衣服缝补了一下,换上了纽扣而已,布料很旧,已有破损,并且穿在身上紧紧巴巴的,让我原本就瘦弱的身子看起来更小了。

"这节课是汉文吧。不是没意思吗?到那边去散个步吧。"

柏木这么说着,拍打着身体放松了下筋骨,又重新组合似的费了好大力气站了起来。这让我想起了电影里看到的骆驼站起来的样子。

我从未逃过课,但是我想更多地了解柏木,不想放弃这个机会。我们向着正门出发了。

走出正门时,柏木极其独特的走路方式,突然引起了我的注意,让我有了一种近似羞耻的感情。我也这样抱有了世间一般人的感情，和柏木一起走路会感到不好意思，这真是很奇怪。

柏木让我清楚地了解到自己的羞耻所在，同时也催促我面对人生……我所有不敢面对的感情，所有邪恶的心理，都被他的语言所陶冶，变成了一种新鲜的东西。也许是因为如此吧，我们踩着石子路走出红砖的正门时，迎面而来的比叡山在春日中看起来朗润新鲜，像是今天才第一次看到一样。

比叡山就像在我周围一直沉睡的许多事物一样，带着全新的意义苏醒过来。比叡山的山顶虽显突兀，但它的山麓宽阔延绵，就像一个主题的余韵，无尽地鸣响低回。低矮房顶鳞次栉比延伸的远方，比叡山山体褶皱的阴影显得格外真切鲜明，因为褶皱部分山体春色的浓淡色泽都被染成了灰暗厚重的深蓝色。

大谷大学门前人影稀疏，汽车也很少。联结京都站前和乌丸车库的市营电车轨道上，也很少有电车驶过。马路对面是大学体育场的古老门柱，与这边的正门相对耸立，左边是一排嫩叶初绽的银杏树。

"我们去体育场散个步吧。"柏木提议道，赶在我前面横穿过了电车道路。他猛烈地动员全身，像水车一样狂奔着穿过了几乎没有汽车驶过的车道。

体育场非常宽阔。不知道是逃课还是停课的学生，三五成群地在远处做着棒球投接球的练习，近处则有五六人在进行马拉松的训练。战争结束才刚刚两年,青年们就再次企图消耗精力了。我想起了寺院里寒酸的伙食。

我们坐在开始腐烂的浪木上,漫不经心地眺望着椭圆运动场上一会儿靠近一会儿远离的马拉松选手们。逃课的时间有一种宛如新做好的衬衣那样的触感,我从周围的阳光和微风中感受到了。一群竞技者们喘着粗气渐渐逼近,然后将随着疲劳加深、变得凌乱的足音留在升腾弥漫的尘埃里,远离了。

"真是一群笨蛋啊。"柏木用听起来完全没有不甘心的口气断然地说,"那样子到底算啥啊。那群家伙是健康的吗?如果是,那样炫耀自己的健康到底有什么意义呢?

"运动到处都在公开展示吧。这真是末世的征兆啊。应该公开的东西不公开。说起应该公开的东西……就是死刑啊。为什么死刑不公开呢?"他像梦呓一样滔滔不绝,"你不觉得战争中的良好秩序,是因为公开了人们悲惨的死才得以保持的吗?死刑之所以不再公开执行,据说就是怕人心变得残忍呢。真是可笑啊。处理空袭尸体的人们,大家都是一副很温柔快活的样子呢。

"明明是看见人在痛苦、血腥和生死之际挣扎的呻吟,才能让人变得谦虚、细腻、开朗、和善。我们变得暴虐和残忍,绝不会是在那样的时候。我们突然变得残暴,你不觉得就是一瞬间吗?比如在这个春光和煦的下午,躺在精心修剪的草地上,呆呆地望着从树叶间隙漏下来的跳跃的阳光,这样的瞬间。

"世界上所有的噩梦，历史上所有的噩梦都是这样发生的。但是光天白日之下，遍身血污痛苦挣扎的人们的惨状，会给噩梦以清晰的轮廓，将噩梦物质化。噩梦不再是我们的苦恼，而只不过变成了他人惨烈的肉体上的痛苦。而他人的痛苦，我们是无法感知的。这是什么救赎啊！"

但是，现在的我，比起他血腥的独断（当然这也有它的魅力），更想听他失去童贞之后的经历。我一个劲地期待他的"人生"，原因如前所述。我插了一句，暗示了这样的问题。

"女人吗？哼。我现在凭直觉就能知道哪种女人喜欢内翻足的男人。女人当中有这样的类型。喜欢内翻足男人，或许就是这种女人一辈子都隐藏着的，一直带到坟墓去的唯一的恶趣味，唯一的梦想吧。

"对了，一眼就能识别出喜欢内翻足的女人的方法就是，她大概率是绝色美人，鼻头冷峻挺拔，但是嘴角却有些放荡……"

这时，一个女子从对面走了过来。

第五章　同游

那个女子并不是穿过运动场而来。运动场的外侧有一条与住宅街相接的小路，比运动场的地面低大约两尺。她是从那里走过来的。

女子走出的地方，是一座西班牙风格宏伟建筑的耳门。这座宅邸有着两个烟囱，斜纹格的玻璃窗，以及玻璃屋顶的宽阔温室，给人一种脆弱易坏的印象。高高的铁丝网肯定是出于主人的抗议而装设的，隔着小路耸立在运动场的一侧。

柏木和我坐在铁丝网旁的浪木上。看到女人的脸，我不禁惊呆了。那张气质高贵的脸，与柏木告诉我的"喜欢内翻足"的女人相，简直是一模一样。但是，后来我觉得自己的惊奇有点傻，也许那张脸是柏木很久以前就看见过，一直梦寐以求的吧。

我们特意等着那个女人。春天阳光普照，对面是深青的比叡山峰，有一个朝着这边款款而来的女人。刚才我被柏木灌了一堆奇怪的话——什么他的内翻足和他的女人就像两颗星一样互不接触，点缀在这实相的世界里，他自己则无限地埋藏于假象世界里以实现欲望之类，就是现在，我还沉浸在这些话所带来的感动里没有醒来。此时一道云彩遮蔽了阳光，我和柏木被稀薄的阴翳包围着。我们的世界似乎马上就要呈现假象的样态。一切都变成捉摸不定的灰色，我们的存在都变得模糊不清了。对面比叡山紫青的山顶，悠悠走来的高雅女子，只有这两样东西在实相的世界里闪闪发光，让人确切地感觉到它们的存在。

女人的确走近了，时间的推移就像不断增加的痛苦女人虽然走近了，但与此同时，一张完全陌生的他人的脸，渐渐鲜明地显现出来。

柏木站了起来，在我的耳边，重重地，压低声音说道："走。听我的。"

我不得不走了起来。和那女人平行，朝着同一个方向，我们沿着比女人走的路高出两尺的石墙边走着。

"从那里跳下去！"

我的背被柏木尖利的手指推了一下。我跨过十分低矮的石墙，向着道路跳了下去。两尺的高度根本不算什么。但是之后跳下的内翻足的柏木，发出了可怕的声响，在我身旁摔落了下来。当然，他是没站住倒在了地上。

身着黑色制服的背在我眼下抽搐着，那俯身的姿势看起来并不像人，在我看来，那一瞬间倒像是一个巨大而毫无意义的黑色污点，一个雨后路上的浑浊的水洼。

柏木滚落在那女人走来的道路前面，于是女人站在那里不知所措了。我好不容易跪下来准备扶起柏木的时候，瞥见了女人冷峻的高鼻梁，几分放荡的嘴角，水灵灵的眼睛。这所有的一切，一瞬间，让我看到了月光下有为子的面影。

但是幻影倏忽间消失，还没到二十岁的年轻女子，用轻蔑的眼神看着我，想要走过去。

柏木比我更加敏感地捕捉到了她的企图。他叫了起来。那可怕的叫声，回荡在寂静无人的正午的住宅区。

"薄情人！你准备扔下我不管吗？是因为你我才落到这步田地的！"

回过头的女人浑身战栗，用干燥纤细的指尖摩挲着自己毫无血色的脸颊。终于，她问我了。

"我要怎么办才好？"

已经抬起头的柏木，正盯着女人，一字一顿、清清楚楚地说道："难道说你家里没有药吗？"

沉默了一会儿，女人转身向着来时的方向返回了。我把柏木扶了起来。扶之前他好像非常沉重，痛苦的呼吸迫在近前，可是一旦把他扛在肩膀上走起来，那身体出人意料轻快地动了起来……

——我一路跑到乌丸车库前的车站，飞奔上了电车。电车朝着金阁寺驶出时，我总算松了口气，手掌心里全是汗。

　　我扛着柏木，让那女人走在前面，钻过了那座西班牙风格洋房的耳门。被恐怖击倒的我，一进耳门就把柏木放在那里，头也不回地逃走了，连顺道去学校的心情也没有了。飞奔过静谧的人行道，飞奔过药店、点心铺、电器店等店铺门前。那时，我眼角闪烁着紫色和红色的光影，大概是因为正跑过黑墙上悬着绘有圆形梅花家纹的灯笼，门上挂着相同花纹紫色幔帐的天理教弘德分教会的门前吧。

　　到底朝哪个方向逃奔，我自己也不知道。当电车徐徐地临近紫野时，我才知道了我焦灼的心是朝向金阁的。

　　尽管不是节假日，但因为是观光季节，那天金阁寺里还是人潮汹涌。向导老人惊讶地看着我拨开人群奔向金阁的身影。

　　就这样，我终于来到了被漫天的尘埃和丑陋的人群包围着的春天的金阁前。在向导高声解说的回响之中，金阁还是半隐着它的美，装作不自知似的站在那里。只有池中的投影是澄明的。但是换个角度看，好像是《圣众来迎图》中被众菩萨簇拥着迎接的弥陀一样，尘埃的云雾像是笼罩众菩萨的金色祥云，金阁在尘埃中影影绰绰，就像古老褪色的颜料和磨灭的图像。这些杂沓和喧嚣，渗入了纤细伫立的柱子之中，又沿着小小的究竟顶和耸立着的顶上凤凰，被与之连接的白蒙蒙的天空吸了进去，这不足为奇。建筑只需在那里存在，就一直统治着、规定着。西拥漱清亭、二层上有骤然变细的究竟顶的金阁,这不均整的纤细的建筑,起到了将浊水变成清水的过滤器的作用。人们私语的嘈杂,金阁并没有拒绝,而是让它们渗入四面通透的温柔立柱之间,不久就过滤成了一片静寂、一片澄明。不知不觉中,金阁在地面上造就了和纹丝不动的水中投影一样的东西。

我的心情平和下来,恐怖退去了。美对我来说,必须得是这种东西。它替我挡住人生,保护我不受人生的伤害。

"如果我的人生是柏木那样的话,请一定要保护我。因为我真的无法忍受。"

我几乎是在祈祷了。

柏木暗示并在我面前即兴表演的人生当中,生存和破灭只能有同样的意义。那种人生既缺乏自然感,也没有金阁那样的构造之美,只能是一种痛苦痉挛。然而我被它深深吸引,把它认定为自己的方向,也是事实。不过首先必须让布满荆棘的生之碎片把双手划得鲜血直流,这太可怕了。柏木一视同仁地蔑视本能和理智,他的存在本身,就像一个奇形怪状的球到处滚动,试图突破现实的壁垒。那甚至不是一种行为。总之,他所暗示的人生,就是一出危险的闹剧,是为了打破以未知的伪装来欺骗我们的现实,把这世界清扫到再也不含丝毫未知而演出的闹剧。

之所以这么说,是因为我之后在他的住处看到了这样一幅宣传画。

那是旅行协会印制的一幅描绘日本阿尔卑斯山脉的美丽石版画。浮现在蓝天的白色山顶上，横排印刷着一行字——"召唤你，到未知的世界去！"柏木用刺眼的红笔在那行字和山顶上打了个斜着的叉号，又在旁边用令人联想起他那内翻足走路姿态的跳跃字迹潦草地写上了："未知的人生无法忍受！"

第二天，我记挂着柏木的身体，去了学校。当时丢下他不管逃回来这事，回味起来觉得是忠于友情的行为，所以也就没有感到什么责任。可是今天却有一丝不安——如果今天教室里看不见他的话……就在马上要开始上课的时候，我看见柏木和往常一样，不自然地耸着肩膀进了教室。

课间休息时我连忙抓住了柏木的胳膊。这样豪爽的行动，在我身上是很少见了。他歪着嘴角笑着，陪我走到走廊上。

"你的伤没事吧？"

"什么伤？"柏木怜悯似的笑着看我，"我啥时候受伤了？欸？你说啥呢？你是梦见我受伤了吧？"

我一时语塞了。柏木让我狠狠地着了一顿急之后才揭开了谜底。

"那是在演戏啊。我多少次苦练跌跤，为了真的像骨折一样精准又夸张地摔倒在那条路上，我花了多少心血啊。不过女人做出一副视而不见的样子想要走过，倒是有点出乎我的意料。

不过你看着好了。女人已经对我有点动心了。不对，说错了。是对我的内翻足动心了。那女人亲手给我的腿涂满碘酒了呢。"

他把裤管翻上来，给我看了他染成淡黄色的小腿。

那时我好像见证了他的骗术。特意那么夸张地摔倒在路上当然是为了引起女人的注意，但是他难道不是借着伤来掩盖他的内翻足吗？可这个疑问完全没有构成对他的蔑视，反而让我和他更加亲近了。并且，我有一种极其天真的青年人的感受，就是他的哲学越是充满了骗术，似乎越能证明他对人生的诚实。

鹤川对于我和柏木的交往并不赞成。他再三发出充满友情的忠告，但我只觉得很烦。不仅如此，我还反驳道：你鹤川理应能得到好的朋友，可是对我而言，与柏木正好是臭味相投。当时鹤川眼里浮现出了无以言表的悲伤之色。而很久之后，我是带着多么强烈的悔恨回想起这件事的啊！

* * *

时间到了五月。柏木讨厌节假日的人群，计划着平时逃课去岚山玩。他说若是晴天就不去，若是阴天就去，果真符合他的个性。他由那位西班牙风格洋房家的小姐陪伴。为了我，他还安排了他寄宿家庭的房东女儿一起来。

我们约好在被人们称作岚电的京福电铁北野站汇合。幸运的是，当天是五月很少见的阴郁天气。

鹤川因为家族内部闹纠纷，请了一周左右的假回东京了。虽然他从来不会告密，但这也避免了我早晨和他一起上学途中就必须逃跑的尴尬。

对了，那次岚山之游的回忆是苦涩的。游览的一行明明都是年轻人，但年轻所特有的阴暗、焦躁、不安和虚无感却笼罩了游玩的一整天。柏木肯定是事先预见到了这一切，才选择了那样一个阴郁的日子。

那天开始是西南风，本以为风势会变大，没想到却一下子停了，换成不安的微风在嘈杂低语。天空阴暗，但也不至于完全不知道太阳所在之处。一部分云彩，就像从穿了多层衣服的领口窥见的白色胸脯那样发着白光。从那模糊朦胧的白色深处，可以推知太阳的位置，但是那白色又倏忽而逝，融入了阴沉天空的一片深灰色之中。

柏木兑现了给我的承诺。他果真被两位年轻女子簇拥着出现在了检票口。

其中一位的确就是那个美女。冷峻高耸的鼻梁，放荡的嘴角，穿着进口衣料的洋装，肩膀上挂着一个水壶。在她前面是有点婴儿肥的房东女儿，无论是衣装还是容貌都相形见绌，只有小巧的下巴和嘟起的嘴唇还有点姑娘的纯真。

在去往岚山的电车里，就已经没有了本应愉快的游乐气氛。没听清说话的内容，只看到柏木和小姐一直在吵架，小姐还时而为了强忍泪水紧咬嘴唇。房东女儿对这一切毫不关心，低声哼唱着流行歌。突然，这姑娘转向我说了起来。

"我家附近有一位特别漂亮的插花师傅。上次，她给我们讲了一个悲伤的爱情故事。战争中这位师傅有个身为陆军军官的恋人，马上就要奔赴战场，他们只能在南禅寺见了短短的一面。虽然双方父母都不同意，但两人在那分别之前已经有了孩子，可怜的是孩子死产了。军官悲叹不已，说'作为分别的纪念，哪怕让我尝一口作为母亲的你的乳汁也好'，因为没有时间，所以师傅当场把乳汁挤在薄茶里给他喝了。那之后也就过了一个月吧，那位恋人就战死了。从那以后，师傅就坚守贞操，过着独居的生活了。还那么年轻漂亮呢。"

我简直不敢相信自己的耳朵。战争末期和鹤川两人在南禅寺看到的那难以置信的一幕，又复苏了。我故意没有告诉房东女儿我的经历。因为我觉得一旦开口，就是背叛那时的神秘感动，我只要守口如瓶，刚才的故事非但不是揭开谜底，反而又加固了那个神秘的构造，令它变得更加神秘莫测。

电车那时正行驶在鸣泷一带的大竹林边上。正值五月凋落的季节，竹子已经泛黄了。掠过梢头的微风沙沙作响，将枯叶吹进密集的竹林中。竹子根部却好像与己无关似的，粗大的根节杂乱地交叉着、静默着，一直延伸到竹林最深处。只有在疾驰的电车近旁的竹子,激烈地弯曲着、摇动着。其中,有一根青翠欲滴的嫩竹映入了我的眼帘。那竹子疯狂摇曳的样子,在我眼里留下一种妖艳奇异的运动的印象,然后远离、消失了……

到了岚山,我们一行人来到渡月桥边,拜谒了之前不知不觉忽视而过的小督局之墓①。

因忌惮平清盛,小督局隐居在嵯峨野。奉命寻找她的源仲国在中秋月明之夜,循着微弱的琴音找到了小督局的藏身之地。那首曲子就是《想夫恋》。谣曲《小督》里有这样一段唱词:"月出遂参拜法轮,远处似有琴音传来。山岚乎?松风乎?是耶非耶?抑或找寻之人琴音乎?乐曲为何?倾听之下,是为'想夫恋',不由惊喜。"小督局之后还是在嵯峨野的庵中凭吊着高仓天皇,度过了后半生。

墓冢坐落在小径深处,不过是一座夹在巨大枫树和朽烂的古梅之间的小小石塔。我和柏木做出虔敬的样子念了一段短经。柏木那种一本正经而冒渎般的念经方式也传染给了我,我也学着当地学生用鼻子哼歌的样子,装模作样地诵起了经,这种小小的冒渎大大地解放了我的感觉,让我变得充

---

① 中纳言藤原成范之女(一说藤原通宪之女),为高仓天皇所宠爱。但高仓天皇皇后建礼门院是平清盛次女,因忌惮平清盛,隐居于嵯峨野。

满活力了。

"所谓优雅的墓真是寒酸啊。"柏木说道,"政治权力和财力会留下壮观的墓、宏伟的墓。因为那些家伙生前没有一点想象力,所以他们的墓自然也就由那些毫无想象力的庸才来建造。但是,优雅只依靠自己和他人的想象力而活,墓也必须凭借想象力的作用才能留存下来。我觉得这种墓真是悲惨呢。因为死后也要不断乞求人们的想象力呀。"

"优雅只存在于想象力之中吗?"我也起劲地接了一句,"你所说的实相,优雅的实相,指的是什么?"

"这个嘛,"柏木用手掌拍打着长满青苔的石塔顶说,"石头,或者骨头,人死后留下的无机的部分吧。"

"真是非常佛教的说法呢。"

"这和佛教有啥关系!优雅、文化,人类所认为的美的东西,所有这一切的实相都是没有生命的无机物。就是龙安寺①,也只不过是石头而已。哲学,也是石头;艺术,也是石头。说起人类的有机的关心,不是很可悲吗?只是政治罢了。人类真是相当自我冒渎的生物啊。"

"性欲算哪一边呢?"

"性欲?嗯,应该是中间吧。是人和石头之间,绕来绕去的捉迷藏游戏吧。"

---

① 以枯山水闻名的京都临济宗妙心派寺院。

我马上想反驳他关于美的看法，但是厌倦了辩论的两个女人已经沿着小径往回走，我们只好追了上去。从小径朝保津川望去，好像是渡月桥北边堤坝的部分。河对面的岚山郁郁葱葱，而那一段河流充满生机，一条白色蜿蜒而下，水花飞溅，水声轰鸣。

河流上漂着不少小船。但是，当我们沿着河边的路来到尽头的龟山公园，一进门就看见地上满是纸屑，并没有什么游客。

在门口，我们再次回头遥望了保津川和岚山的青翠景色，对岸有一个小瀑布。

"美丽的景色是地狱啊。"柏木又说道。

我总觉得柏木这种说法是凭空臆测，可是我也试着模仿他，用地狱的眼光来看景色了。这种努力并非徒劳。眼前青葱寂静、平淡无奇的风景里，也一直摇曳着地狱。好像无论昼夜、何时何地，只要想让地狱出现，它都会出现。好像只要我们随意呼唤一声，它就马上可以出现在那里似的。

据传，岚山的樱花是十三世纪从吉野山移栽过来的。现在樱花都已凋谢，全部长出了新叶。过了花季，在这片土地上，花只不过是死去美人的名字。

龟山公园最多的是松树，所以这里的颜色从来不会因季节而改变。在地势激烈起伏的广阔公园里，松树亭亭而立，没有松针的树枝高高地伸向天空，无数光秃秃的枝条不规则地交叉着，妨碍了公园风景的远近感。

沿着刚登高就又要下坡的宽阔的迂回道路逛了一圈公园，到处都是树墩、灌木和小松。在半露着白色肌理埋在土里的巨岩附近，红紫的杜鹃花挤挤挨挨地盛开着。那颜色在阴沉的天空下，看起来像是带着恶意。

年轻的男女在洼地里荡着秋千，我们从他们身旁爬上山坡，在小丘顶上的一个唐伞风格的亭子里稍事休息。从那里往东望几乎可以看到公园的全貌，朝西边俯瞰，保津川的河水掩映在树丛之中。秋千咯吱咯吱的声音就像磨牙声，不断地朝着亭子传来。

小姐把包袱打开了。柏木说不需要便当，看来是没说谎。那里面有四人份的三明治，很难买到的进口点心，还有专供占领军的、只能在黑市上买到的三得利威士忌。当时的京都，据说是京阪神地带黑市买卖的中心地。

我几乎不会喝酒，不过还是和柏木一起，合掌之后接受了递过来的杯子。两位女子喝了水壶里的红茶。

对于柏木和小姐之间那么亲密的关系，我到现在还是半信半疑。这个看起来心高气傲的女子怎么能和柏木这种内翻足的贫穷书生好上呢？真是匪夷所思。就像要回答我这个疑问似的，两三杯酒下肚后，柏木打开了话匣子。

"刚才在电车里我们吵架了是吧。那是因为她家里天天逼着她和一个讨厌的人结婚，她抵抗不住，马上要屈从了。

于是我就说一定要搅黄这桩婚事,连安慰带吓唬的,折腾了半天。"

　　这种事本来不应该在当事人面前说的。柏木就像这位小姐不在身旁一样,毫不在乎地说了出来。听了这些,小姐脸上的表情也没有发生任何变化。她柔美的脖颈上戴着陶片串成的蓝色项链,在阴沉天空的背景下,卷曲的秀发如云,模糊了原本无比鲜明的脸庞。目似秋水,因此只有那双美目给人一种鲜活的赤裸的印象。有些轻佻的嘴角和平常一样,张着薄薄的嘴唇。那两片薄唇的细小缝隙之间,露出整齐尖细的白牙,晶亮而干燥,就像小动物的牙齿。

　　"好疼!好疼!"柏木突然弯下身子,按着小腿呻吟起来。我慌忙俯下身子准备照顾他,柏木一下子用手把我推开,给我使了个不可思议的冷笑般的眼色。我缩回了手。

　　"疼啊!疼啊!"柏木又逼真地呻吟开了。我不由得看了一眼我旁边的小姐。那张脸明显发生了变化,眼神慌张,嘴角颤抖,只有冷峻高耸的鼻子不为所动,形成了奇异的对照,打破了脸部的和谐与均衡。

　　"忍一下,忍一下,马上就给你治!马上!"我第一次听到她如此旁若无人的高亢声音。小姐抬起天鹅颈环顾了一下四周,忽然跪在亭子的石头上,抱起了柏木的小腿,把脸颊贴上去摩挲,最后就和那小腿亲吻起来。

　　我再次被那时的恐怖击倒了。看了一眼房东女儿,她正看着别的地方哼着歌曲。

……这时太阳好像从云缝里露了一下脸,也许是我的错觉,但是我感到静谧公园的全景构图里产生了一丝不和谐。笼罩着我们的澄静的画面,那松林、流水的闪光、远处的群山、白色的岩石、星星点点绽放着的杜鹃花……被这些景色所充满的画面的角角落落,全都出现了细细的龟裂。

实际上,要发生的奇迹好像已经发生了。柏木渐渐地停止了呻吟,抬起头来。抬头的瞬间,又给了我一个冷笑似的眼色。

"好了!真是不可思议啊。疼起来的时候,只要你这么给我按摩,就能止疼呢。"

然后,他用双手把女人的头发抓住提了起来。被抓住头发的女人,用忠犬的表情仰望着柏木,微微一笑。或许是阴沉的白色光线的缘故,那一瞬间,我看到这美丽小姐的面容,变成了之前柏木给我说过的那六十多岁老太婆的面容。

——但是实现了奇迹的柏木又充满活力了,简直是近于疯狂的活力。他大声笑着,马上把女人抱到膝上亲吻起来。他的笑声回荡在洼地松林的枝头。

"你怎么不去和她聊聊呢?"柏木对沉默的我说道,"难得为了你带来了一个姑娘呢。还是你怕说话结巴被她笑话?结巴呀,结巴呀!她说不定也会喜欢上你的结巴呢。"

"你是结巴吗?"房东女儿好像刚刚发现了似的说,"那

'三个残废'① 已经凑齐两个了呀。"

这话深深地刺痛了我,让我坐立不安。对姑娘的憎恶,伴随着一种晕眩,就那样不可思议地变成了突然的欲望。

"我们两对分别去哪里藏起来,两小时后再回到这个亭子里来吧。"

柏木俯视着下面总也荡不够秋千的男女,这么说道。

与柏木和小姐分手后,我和房东女儿一起,从亭子的小山丘向北下山,然后又爬上了向东迂回的缓坡。

"那个人把小姐奉为'圣女'。还是老一套啊。"姑娘说了。

我结结巴巴地反问她:"你、你、怎么、知道的?"

"那个嘛,就是我,也曾和柏木先生有过一段关系呢。"

"现在完全没关系了吧。不过你还真能毫不在乎啊。"

"当然不在乎啦。那种残废,有啥办法啊。"

这句话反而给了我勇气,让我流畅地反问出了下面的话。

"你不是也曾喜欢过那残废的内翻足吗?"

"别提了,那青蛙一样的腿。我倒是觉得那个人的眼睛挺漂亮的呢。"

于是我又丧失了自信。这是因为,不管柏木怎么想,女人

---

① 古典狂言(滑稽剧)曲目。描写三个人化装为瞎子、哑巴和瘫子被人雇用,趁主人不在家时打开酒藏纵情狂饮,被发觉后乱作一团,狼狈不堪。

爱着柏木自己都没有意识到的优点。而我对于自己的全部都了如指掌的傲慢，使我唯独拒绝接受这种优点的存在。

——我和房东女儿登上山坡来到一片静谧的小原野。从松树和杉树之间，隐约望见了大文字山、如意岳等远山。从这个丘陵延伸到下面城镇之间的斜坡覆盖着竹林，竹林边上，一棵晚樱还挂着花朵。那真是迟开的花，结结巴巴地绽放，所以才会开得这么晚吧。

我的胸口堵得厉害，胃也胀痛，倒不是因为酒。一到重要关头，欲望就增加了重量，拥有了脱离我肉体的抽象的构造，重重地压在我的肩膀上。那简直就像乌黑沉重的铁制机床。

我已经多次说过，我非常看重柏木指引我人生的善意或是恶意。我已经很明确地看到，中学时代就在前辈的短剑剑鞘上划下刻痕的我，已然失去了走向人生光明正面的资格。而柏木就是第一个教给我从背面通向人生黑暗近道的朋友。那道路看起来像是朝着毁灭前进的，但实际上意外地富于计谋，把卑劣变成勇气，把我们叫作恶行的东西还原成纯粹的能量，可以说就是一种神奇的炼金术。事实即是如此，这就是人生。它能够前进、获得、推移和丧失。即便不能称作典型的生，它也具备了生的所有机能。如果在我们看不见的地方，所有的生都被赋予了无目的这个前提，那么它就越发成为与其他正常的生等价的生了。

我想，就是柏木，也不能说没有酩酊大醉吧。我早就知道,无论多么阴郁的认识里,都潜藏着认识本身的醉意。让人大醉的东西,总之就是酒。

……我们在褪了色并被虫蚕食的杜鹃花丛里坐了下来。我不明白房东女儿为何会愿意这样陪着我。我故意用了肮脏的表达来描述自己,可是搞不懂为什么那姑娘会有急于把自己"弄脏"的冲动。世上应该有充满羞耻和温柔的无抵抗,可是这姑娘却一味地让我的手放在她胖胖的小手上,就像苍蝇群集在午睡的身体上那样。

然而,长长的接吻和姑娘柔软下巴的感触,唤醒了我的欲望。虽然是一直以来梦想的东西,但现实感却浅淡稀薄,欲望一直在别的轨道上飞奔着。白蒙蒙的天空,竹林的喧嚣,沿着杜鹃花叶子拼命爬行的七星瓢虫……这些东西,依然没有秩序地、零散地存在着。

不如说,我有要逃避把眼前的姑娘作为欲望对象的想法。应该把这件事作为人生来思考,是为了前进和获得的一道关口。如果错过了这个机会,人生就永远不会造访我了吧。这么想着,我焦急万分的心中,充满了被口吃所阻碍而无法说出口的千百个屈辱的回忆。我应该决然地开口,结巴着说些什么,把生据为己有。柏木那无情的催促,那"结巴呀,结巴呀"的毫不客气的叫喊,在我的耳畔苏醒了,鼓舞着我……终于,我把手滑向了女人的衣服下摆。

这时金阁出现了。

充满威严、忧郁而纤细的建筑,处处残留着剥落金箔的、奢侈豪门的遗骸般的建筑,似近又远,既亲近又疏远,总是和我保持着不可思议的距离,澄澈地浮现在那里。

它高高耸立在我和我所志向的人生之间,起初像微缩画那样小,眼看着变得越来越大,就像在那精巧的模型里可以看见的几乎包容整个世界的巨大金阁那样,它充满了我周围世界的角角落落,严丝合缝地填满了这个世界。就像巨大的音乐一样充满了世界,仅用那个音乐,就充实了整个世界的意义。

有时那么排斥我,屹立在我之外的金阁,现在完完全全地把我包裹起来,在它的内部给我留了一个位置。

房东女儿离我远去了,越来越小,像尘埃一般飞走了。既然姑娘被金阁拒绝,那我的人生也被拒绝了。我被美包围得严严实实,怎么能向人生伸出手呢?就算从美的立场来说,它也有要求我放弃的权利吧。一只手去触摸永远,另一只手去触摸人生,这是不可能的。如果说对人生采取的行动的意义是向某个瞬间宣誓效忠,让那个瞬间永远停留,金阁恐怕是知道的。它在一瞬间取消了对我的排斥,并且亲自化为了这个瞬间来告诉我,我对人生的渴望是虚幻的。在人生当中,化身为永远的瞬间让我们沉醉,但比起现在金阁化身为瞬间的永远之姿,那根本是微不足道的——金阁早就洞悉了这一切。正是这时,美永恒的存在,真正阻挡了我们的人生,毒害着我们的生。生给我们展现的瞬间的美，在这种毒害面前不堪一击。它会在忽然间崩溃、灭亡，将生命本身，显露在灭亡的褪色白光里。

……我完全被虚幻的金阁所拥抱的时间并不长。等我回过神来，金阁已经消失了。它只不过是现在还存在于遥远东北方向的衣笠山麓的一座建筑，从这里不可能看到。金阁像刚才那样接纳我、拥抱我的虚幻时刻已经过去了。我横躺在龟山公园的山丘顶上，周围除了花草和慵懒飞翔的昆虫，只有一个放纵地趴在那里的姑娘。

姑娘对我的畏缩投了一个白眼起身了。她转过腰向后坐着，从手袋里拿出镜子照了起来。虽然一言不发，但那种蔑视就像扎人衣服的秋天的牛膝果那样，密密麻麻地刺痛了我的肌肤。

天空低垂，轻盈的雨滴开始拍打草地和杜鹃花的叶子。我们慌忙站起来，急急地沿着刚才的路返回亭子了。

* * *

游玩非常狼狈地告终了。但那天之所以给我留下特别阴暗的印象，并不仅因为如此。那天晚上就寝前，老师收到了从东京发来的电报，马上就通知了寺院里的人们。

是鹤川死了。电文只是简单地写了事故死亡，我之后才知道了事情的详细经过。前天晚上，并不善饮的鹤川去了浅草的伯父家，被招待喝了酒。回来的路上，在车站附近的巷子里，被一辆突然出现的卡车撞飞，头骨骨折，当场就死了。不知所措的家族好不容易想到应该给鹿苑寺打电报时，已经是第二天中午了。

曾经在父亲死时没有流的泪，现在全给了鹤川。这是因为，鹤川的死比起父亲的死，与我更加息息相关。自从认识了柏木，我就多少和鹤川有些疏远了，但失去了他我才意识到，把我和光明的世界联结起来的一缕丝，随着他的死而断绝了。我为失去的白天、失去的光明、失去的夏天而哭泣。

很想飞奔去东京吊唁，奈何没有路费。从老师那里领到的零花钱，每月只有五百元。母亲本来就穷，一年顶多给我寄一两次钱，每次约莫两三百元。她收拾家产寄身于加佐郡的伯父家，也是因为丈夫死后只靠每月施主们不足五百元的施舍米以及政府极少的补助金难以生活的缘故。

我没见到鹤川的遗体，也没参加他的葬礼，不知道如何才能在心里确认他的死。那曾经沐浴着树叶缝隙漏下来的阳光，露在白衬衫之外起伏的腹部，现在还令我心潮澎湃。谁能想象，那样只为了光明而生，只能和光明相配的肉体和精神，而今要长眠在土里呢？他身上没有丝毫夭折的征兆，天生就被免除了不安和忧愁，完全没有与死相类的要素。也许他突然的死亡就是因为这个。就像纯种生物的生命无比脆弱一样，也许鹤川是用纯粹的生的成分做成，所以对于死亡毫无办法。那么，与此相对，我是会得到应受诅咒的长寿吧。

他一度居住的透明构造的世界，对我来说一直是个深深的谜团，而他的死使这谜团变得更加可怕。这透明的世界，就宛如透明得像不存在的玻璃一样，被一辆横冲过来的卡车撞得粉碎。鹤川不是病死，正好与这比喻相合。事故死这种纯粹的死，与其生的无比纯粹的构造甚是相符。短短一瞬间的冲突，使得他的生与他的死相融合了。迅速的化学作用……一定是只有通过这种过激的方法，才能使那个没有影子的不可思议的年轻人，和自己的影子、自己的死结合起来。

可以断言，即使鹤川的世界充溢着光明的感情和善意，他也并非因为误解和乐观的判断而住在那里的。他那颗不属于这个世界的光明的心，被一种力量、一种坚韧的柔软所证明，那也是他的运动法则。他把我黑暗的感情一一翻译成光明的感情，他的这种做法，有着某种无比正确的东西。那光明和我的黑暗一一照应，形成了周密详细的对比，我有时甚至不由得怀疑鹤川是不是真的体验过我的心路历程。其实并非如此！他的世界的光明，是纯粹也是偏颇。也许它自身就形成了精致的体系，那种精密和恶的精密几乎一致了。如果不是这个年轻人不屈不挠的肉体的力量，在不断地支撑着它进行运动的话，它那光亮透明的世界倏忽间就会瓦解殆尽了吧。他朝着目标突进，于是那辆卡车碾过了他的肉体。

鹤川给人好感的根源无外乎他那明朗的容貌和修长的躯

体。当这些都消失的现在，它们又引诱我进行对人类可视部分的神秘思考。我觉得我们目之所及之处存在着的所有物体，能够行使那样光明的力量，真是不可思议。精神为了能拥有这种朴素的存在感，不知应该向肉体学习多少东西呢。据说禅是以"无相"为体，知道自己的心既无形也无相，这就是"见性"。能够如实看透无相的见性的能力，恐怕必须得对形态的魅力极度敏锐。不能以无私的敏锐来感受形与相的人，怎么能够那样清清楚楚地看见和感受无形和无相呢？如此，像鹤川那样只要存在就会放射光芒的人，看得见和触摸得到的人，即为了生而生的人，在所有一切都丧失了的现在，那曾经明晰的形态成了不明晰的无形的最明确的比喻，那曾经的存在感成了无形的虚无的最实在的模型，他本人也只不过成了这种比喻而已。比如，他和五月繁花的相似和相配，正是通过他在五月突然的死，变成了和放进他灵柩的繁花的相似和相配。

　　总之，我的生中缺乏鹤川的生那样实在的象征性。也正因如此，我需要他。而最令人嫉妒的是，他丝毫没有带着像我那样的独特性，或者说肩负着独特的使命意识度过一生。正是这种独特性夺去了生的象征性，即人生可以比喻成别的什么东西的象征性。于是，独特性夺去了生的宽广度和连带感，成为催生了如影随形的孤独的源头。这真是不可思议的事情。我甚至和虚无都没有任何关联。

*　*　*

我的孤独又开始了。那之后再也没见柏木房东的女儿,也逐渐和柏木疏远了。柏木生存方式的魅力还是紧紧地吸引着我,但是我觉得哪怕是一点反抗,即便不是出于本意的疏远,也是对鹤川的祭奠。我给母亲写信断然地说,在我出人头地之前就不要来看我了。虽然之前口头上也对母亲说过,但这次觉得必须用书面再次强调,否则我就不能安心。回信是断断续续的文章,写了她帮伯父干农活,以及单纯说教式的话语等等,最后写道"想看一眼你当上了鹿苑寺的住持再死"。这行字我讨厌极了,从那天起后好几天,这行字都让我感到不安。

整个暑假,我都没有去母亲的寄身之处看望她。因为吃得太差,有些苦夏。九月十日后的某一天,天气预报说可能有大型台风。金阁需要有人值守,于是我申请当值了。

从那时开始我对金阁的感情产生了微妙的变化。虽然说不上是憎恨,但我有一种预感,就是我内心徐徐生出的东西,一定会和金阁绝不相容。从游龟山公园那时起,这种感情就变得很明显了,但我害怕给它起名字。不过,我还是很高兴值夜班的任务分配给了我,难掩兴奋之情。

寺里把究竟顶的钥匙交给了我。三楼尤其贵重,楣间有后小松帝御笔亲题的匾额，高雅地悬挂在离地面四十二尺的地方。

广播里一刻不停地播报台风的接近情况，我对此毫不在意。午后的阵雨停了，夜空中一轮皎洁的满月升了起来。寺院里的人们都来到院子里看天空，纷纷说这是暴风雨来临前的寂静。

整个寺院万籁俱寂。我独自一人待在金阁里，待在月光照不到的角落，感到一种被金阁厚重豪华的黑暗包围着的恍惚。这种现实的感觉渐渐地浸透了我，又原封不动地变成了幻觉。当我醒过神来时，才知道自己如今确实已经置身于在龟山公园时把我隔离于人生之外的那个幻影之中了。

我只是孤身一人，绝对的金阁包裹着我。是说我拥有金阁呢，还是说我被金阁所拥有呢？或者哪里又生出了罕见的均衡，能使我就是金阁、金阁就是我的状态得以实现呢？

夜里十一点半，台风开始发威了。我拿着手电筒登上台阶，将钥匙插进了究竟顶的锁眼里。

我靠在究竟顶的栏杆上。风是东南风，但是天空还没有什么变化。月亮在镜湖池的水藻之间生辉，虫声和蛙声占据了四周。

最初，当强风直击我脸颊的时候，一种近似情欲的战栗穿过了我的肌肤。风就那样如地狱之风一般无限地变大，像是要将我连同金阁一起毁灭的征兆。我的心在金阁里面，同时也在风的上面。规定了我的世界构造的金阁,没有在风中摇摆的幔帐,只是泰然自若地沐浴在月光里。而风,我凶恶的意志,肯定会晃动金阁,使之觉醒,在其倒塌的瞬间夺去它倨傲的存在的意义吧。

是的。那时我会被美包围,确实身处美的内部了。但值得怀疑的是,如果没有无限增强的暴风的意志支撑着,我能够那样万全地被美包围吗?就像柏木激励我"结巴啊,结巴啊"那样,我试图叫出鞭打暴风、催赶骏马的话语。

"使劲刮呀!使劲刮!再快点!再有力点!"

森林开始发出吼声。池边树木的枝叶互相碰撞。夜空失去了平静的深蓝色,变成了浓重浑浊的青灰色。虫声还没有消失,可是让森林泛起波涛,让树梢竖起叶尖的风,远远地发出神秘的笛声,临近了。

我看见无数的云飞过月亮表面,从南向北,从群山对面,像大军团一样不断地涌过来。有厚的云,有薄的云,有广阔的云,有小的断云。这一切都从南边涌起,掠过月亮表面,覆盖了金阁的檐顶,仿佛着急去办什么大事一般奔向北方而去。我好像听到我头顶上金凤凰的叫声。

风戛然而止,又突然变大。森林敏感地侧耳倾听,时而安静时而喧噪。池上的月光,也随着风忽明忽暗,有时把四处散乱的光收缩成一道,迅速地一扫整个池面。

群山对面层云叠嶂,宛如一只大手笼罩着整片天空,涌动着、挤压着、轰鸣着逼近，震撼至极。偶尔从云层的缝隙里可以看到澄净的天空，马上又被云遮住了。但是当薄纱般的云掠过时，可以透过它窥见月亮的朦胧光轮。

整个夜晚，天空都是这样激动不息。但是，风并没有变得更加猛烈。我蜷在栏杆下睡着了。晴朗的清晨，寺院干杂活的老人把我叫醒，告诉我，我们很幸运，台风离开京都远去了。

第六章　重逢

我给鹤川服了近一年的丧。一旦开始孤独,我很容易就适应了。我重新认识到,和谁都不说话的生活,对我而言,是最不需要努力的。对于生的焦躁也离我远去了。逝去的每一天都是愉快的。

学校的图书馆成了我唯一的安乐窝,在那里我不读禅书,而是随心所欲地阅读翻译小说和哲学书籍。在这里我就不举出那些作家和哲学家的名字了。我承认多少受到了他们的影响,之后这些也成了我行为的因素,但是我相信行为本身是我自己的独创,最重要的是,我不喜欢将某种行为归结成是某种既成哲学的影响。

我以前也说过,从少年时代开始,不被人理解就成为我唯一的骄傲,我缺乏为了让别人理解事物而表达的冲动。我也想不用任何斟酌地让自己保持明晰,但这是否来自想让别人理解自己的冲动，还是存疑。因为这种冲动跟从人类的本性，自动成为联结他人的桥梁。金阁的美给我带来的沉醉把我的一部分变得不透明，这种沉醉把我从其他所有沉醉那里夺走，为了对抗它，我必须另外用我的意志来保持我明晰的部分。别人怎样我不知道，对我来说，明晰才是我自己，反过来就是说，我并不是那种拥有明晰的自己的人。

……那是进入大学预科的第二年，昭和二十三年春假的时候。那个晚上老师也不在，没有朋友的我，只能把这难得的自由时间用在散步上。出了寺院，穿过总山门。总山门外面围绕着一条沟，沟边立着一块木牌。

这是长年看惯的木牌。可是我无聊至极，回过头读了月光照耀下老旧木牌上的字。

注　意

一、未经允许不能变更现状。
二、禁止其他影响保存的行为。
请注意以上事项。若有违犯者，依国法处罚。

昭和三年三月三十一日　　内务省

木牌上的话明显是关于金阁的禁令,但是不知道那抽象的语句在暗示着什么。我只知道永恒不变、金刚不坏之身的金阁,应该矗立在和这木牌迥然不同的地方。这个木牌好像预示着某种不可解的,或者不可能的行为。立法者肯定也很头疼如何概括这种行为吧。为了惩罚只有狂人才能做出的事情,事前应该怎样威胁狂人呢?或许需要写上只有狂人才能看懂的文字吧……

正在我这么胡思乱想之时,门前广阔的马路上出现了朝这边来的人影。白天的游客人群已经消失殆尽,只有月光下的松树和来往于远处电车大道的汽车前灯闪光,占据了这一片的夜晚。

我突然认出人影就是柏木,因为那独特的走路方式。于是,我将这漫长的一年来我所选择的疏远暂时放下,心里只是充满了对曾经被他治愈的感激之情。是的,从初次见面开始,他用那难看的内翻足、毫不客气的伤人话和彻底的告白,治愈了我残疾的心理。我那时应该第一次感受到了自己和人平等对话的喜悦,体会到了将身体潜沉到光头、结巴等坚固的意识底下、近似作恶的快感。与此相反,和鹤川交往时,以上任何一种意识往往都是被抹消的。

我对柏木笑脸相迎。他穿着制服,手里拿着一个细长的包袱。

"要出门吗?"他问道。

"也不是……"

"能见到你太好了。是这么回事，"柏木在石阶上坐下，解开了包袱，那是两只发出暗淡光泽的尺八，"前一阵，老家的伯父去世了，作为留念我拿来了这只尺八。不过，过去我跟伯父学尺八的时候就得到过一只。作为遗物的这只看起来好像挺名贵，但我觉得还是用惯了的好，有两只也是浪费，想着送给你一只，就拿来了。"

对于从来没有收到过别人礼物的我来说，不管怎样，有礼物是很开心的。我拿过来看了一下，只见尺八前面有四个孔，后面有一个孔。

柏木接着说："我学的是琴古流派。难得月色这么美，如果能让我上金阁吹一曲就好了。这么想着我就来了，正好顺便教下你……"

"现在可以。老师不在，负责扫除的爷爷偷懒，还没打扫完呢。打扫完以后，他就要锁上金阁了。"

如果说柏木的那种出现方式是唐突的，因为月色很美所以想到金阁上去吹尺八的提议也是唐突的，所有这些都与我所了解的柏木背道而驰。即便如此，对于我单调的生活来说，突如其来的吃惊也有相应的欢喜。我手里紧握着柏木送我的尺八，带他去了金阁。

那天晚上，我和柏木都说了些什么，我也记不清了。大概没说什么实质性的话。首先，柏木平常总是挂在嘴边的怪异哲学和有毒反证，那晚却丝毫没有要说出口的意思。

也许，他就是为了故意向我展示我从未想象过的他的另一面才来的吧。这个只对美的冒渎感兴趣的毒舌家，给我展示了他极其细腻的另一面。关于美，他持有远比我精密的理论。这种理论不是通过语言，而是通过动作和眼睛，吹响的尺八音调，以及伸向月光的额头来讲述的。

我们靠着第二层潮音洞的栏杆站着。弧度舒缓的深深庇檐下是阴影中的缘廊，被下方典雅的八根天竺式样的肘托木支撑着，朝着洒满月光的池面伸了出去。

柏木先吹了一首叫作《御所车》的小曲，那精湛的技艺令我惊讶。我也学着把嘴唇放在吹孔上，但是发不出声音。他先教我左手在上握住尺八管，然后是如何把下颚抵在尺八的颚口上，如何张开嘴唇对准吹孔，如何将宽薄片一般的空气送进去等等，手把手地教我。我试了好几次，还是吹不出声。脸颊和眼睛都用上了力气。明明没有风，池中的月亮看起来却好像已经化成了碎片。

筋疲力尽的我，某一瞬间甚至怀疑柏木是故意为了嘲笑我的结巴才逼我吃这样的苦吧。但是渐渐地，我感觉现在尝试吹出声音来的肉体上的努力，正是在净化平时因害怕结巴而试图顺畅地吐出最初字句的精神上的努力。还没有吹出的声音，已经确实存在于这个被月亮照耀着的静寂世界的某处了。我只要通过各种努力最终到达那个声音，让那个声音觉醒过来就好了。

如何才能使那声音成为柏木吹奏的灵妙无比的声音呢？别无他法，唯有熟练。美即是熟练。就像柏木尽管长了一双丑陋的内翻足，但也能够达到那样澄净美好的音色那样，我也能够通过不懈地练习达到那个境界。这个想法给了我勇气。但是我又有了新的认识。柏木的《御所车》之所以那样美妙动听，这春宵一刻值千金的月夜背景当然功不可没，更重要的不就是因为他丑陋的内翻足吗？

随着对柏木了解的加深，我知道了他讨厌永恒存在的美。他的喜好仅限于转瞬即逝的音乐、数日即枯萎的插花等，而憎恶建筑和文学。他来金阁，也一定只是为了寻求月光照耀下的金阁。即便如此，音乐之美是多么不可思议的东西啊！吹奏者成就的短暂的美，将一定的时间变成纯粹的持续而断不反复，宛如蜉蝣那样短命的生物，是生命本身完全的抽象和创造。没有比音乐更像生命的东西了。虽然都是美，没有比金阁更加远离生命、侮辱生命的美了。于是，当柏木吹完《御所车》的瞬间，音乐，这虚构的生命死去了，而他丑陋的肉体和阴郁的认识，丝毫没有被伤害和改变，依然保留在那里。

柏木向美索求的东西，的确不是慰藉！在不言不语的沉默里，我明白了这一点。他用自己的嘴唇向尺八孔洞吹进气息的一瞬间，在半空中成就了美，而后，自己的内翻足和阴郁的认识，随之比以前更加清晰和新鲜地保留下来——他原来是爱着这个。美的无用、美穿过我们身体而消失，它绝对不会改变什么……柏木爱着的只有这个。如果美对我而言也是那样的话，我的人生该有多么的轻松啊。

……在柏木的指导下，我无数次不厌其烦地尝试，满脸涨红，气喘吁吁。这时我突然变成了鸟，就好像从我的咽喉里发出了鸟啼那样，尺八终于迸出了粗哑的一声。

"对了。"柏木笑着叫起来。

绝不是什么美好的音色，但是相同的声音不断地吹了出来。这时，我从这些无法想象是我发出的神秘声音中，幻想着头上金铜凤凰的啼鸣。

* * *

从那之后，我按照柏木给我的自学书，每夜苦练尺八。随着吹会了《白布染上红太阳》等曲子，我和他又恢复了亲密的关系。

五月，为了报答他赠我尺八之情，我想给他还礼，但是没有钱。我大着胆子告诉了他，他回答说不需要花钱的礼物，然后诡异地歪着嘴角，说出了下面的话。

"是啊，难得你一片好意，我还真有个想要的东西。最近我想插花，不过花太贵了。正好现在金阁的菖蒲和杜若在盛开吧。我想要四五枝杜若花，不论是花骨朵，还是刚开的，还是已经开的都行，再加上六七枝木贼草，你能帮我采来吗？今晚也可以的，摘好了你能送到我的住处来吗？"

我不假思索地轻松答应了，然后才发觉他这是让我去偷。不过碍于面子，我也不得不当一回采花大盗了。

当天的晚餐是面食。乌黑厚重的面包上加了煮蔬菜而已。幸好是周六，从下午就开始放假，该出门的都出门了。今夜是"内开枕"，可以早睡，也可以外出到十一点之前回来，并且第二天早晨叫作"睡忘"（睡得忘了时间），可以尽情睡懒觉了。老师也已经出门了。

太阳过了六点半就开始昏暗了，还起风了。我等待着夜晚的第一次钟声。到了八点，中门左侧黄钟调①的钟敲响了"初夜十八声"，音色高亢明净，余音缭绕。

金阁漱清亭旁，莲塘的水注入镜湖池，形成了一个小小的瀑布口，半圆的栅栏围着这个瀑口。那里杜若丛生，这几天花开得美极了。

我一过去，杜若花丛在夜风里喧闹起来。高高顶着的紫色花瓣，在静静的水声中颤动着。那里漆黑一片，花朵的紫色、叶子的深绿都成了黑色。我准备采两三枝。但是花和叶子随风飘动逃开了我的手，一片叶子还把我的手划破了。

---

① 雅乐六调子之一，以黄钟为宫的旋律。

抱着木贼草和杜若花来到柏木住处的时候，他躺在那里读书。我很害怕见到房东女儿，但她好像不在。

小小的偷盗行为让我充满了活力。每次和柏木在一起的时候，我总是会收获一些小小的背德、冒渎和作恶，那必定会给我带来快活，但是我不知道，随着这些恶行的分量不断增大，快活的分量是否也会无限地增大呢？

柏木非常开心地接受了我的礼物。然后他去房东太太那里借了插花用的水盘和把枝茎浸在水里修剪用的水桶。这家的房子是平房，他的房间是四叠半的厢房。

我拿起他竖立在佛龛里的尺八，将嘴唇对着孔洞吹了一首小练习曲，吹得非常熟练，把回房间来的柏木惊呆了。但是今夜的他，不是那晚来金阁的他了。

"你吹起尺八来，可一点也不结巴呀。我是想听结结巴巴的曲子，所以才教你尺八的。"

这一句话，把我们拉回了初次见面时的同一位置。是他把自己的位置复归了原位。于是，我也就能够轻松地打听那位西班牙洋房家的小姐了。

"啊，那个女人啊，早就结婚了哟。"他简单地回了一句，"我投其所好地教了她掩饰不是处女的方法，她新郎是个老实人，好像还挺顺利的。"

他一边说着，一边把浸在水中的杜若花一枝一枝拿出来仔细观察，将剪刀插进水里，在水中剪了花茎。被他拿在手里的杜若花的影子，在榻榻米上剧烈地晃动着。突然，他又开口了。

"你知道《临济录·示众章》里有名的句子吧？'逢佛杀佛，逢祖杀祖……'"

我接了下去："……逢罗汉杀罗汉，逢父母杀父母，逢亲眷杀亲眷，始得解脱。"

"是的，就是那句。那个女人就是罗汉。"

"那你得到解脱了吗？"

"嗯。"柏木将修剪好的杜若花摆放整齐，边看边说，"不过杀的方法还不够。"

清波荡漾的水盘内部涂着银色。柏木仔细地把弯曲的剑山①掰直。

我闲着没事干，接着说下去："你知道'南泉斩猫'的公案吗？老师在战争结束那天，把大家都集中在一起讲了那个故事……"

"'南泉斩猫'吗？"柏木一边对着水盘比较木贼草的长度，一边回答道，"那桩公案啊，能在人的一生里变换成各种不同的形状，出现很多次呢。那可是很可怕的公案哟。每次在人生的拐角处，这同一桩公案都会变换形态和意义呢。南泉和尚斩的那只猫是个妖怪呢。那只猫很漂亮哦，告诉你，它可是无可比拟地美呢。眼睛是金色，毛发温润，这个世界上所有的

---

① 插花用的针盘，在金属制厚板上插满针以固定花枝。

安逸和美丽，像发条一样卷缩在它那小巧柔软的身体里面。猫是美的凝结——这一点几乎所有的注释者都忘了说，除了我。不过，这只猫突然从草丛里跳出来，简直就像故意的，闪着那温柔狡猾的眼睛，被抓住了。这就成了两派争斗的原因。为什么呢？因为美可以委身给任何人，但又不属于任何人。所谓美这种东西，怎么说才好呢？对，就是像龋齿一样的东西啊。它会碰到舌头，牵连舌头，使人疼痛，主张自我的存在。最终不能忍受疼痛，请牙医拔掉。把沾满血的、小小的、茶色的、脏污的牙放在手掌中，人们就会这样说吧：'就是这个啊？就是这样的东西啊？让我痛苦，让我不停地苦恼于它的存在，这样顽固地在我身体里扎根的东西，现在不过是一个死掉的物质。但是那个和这个真的是同一个东西吗？如果这个本来就是存在于我外部的东西，那它是出于什么因缘与我身体内部结合，成了我痛苦的根源呢？这个东西存在的根据是什么呢？它的根据在我的内部吗？还是在它自身？即便如此，从我身上拔下来，现在放在我手掌中的这个东西，绝对是另外的东西，断乎不是那个东西。'

"好吧。所谓美，就是这样的东西啊。所以斩猫这件事，看起来就像拔掉蛀牙、剔抉美一样，不过不知道那到底是不是最终的解决之道。因为如果美的根不断绝，即便是猫死了，也许猫的美还没有死。因此，为了暗讽这种解决方式的简单粗暴，赵州才把草鞋放在了头顶上。就是说他知道除了忍受牙疼，没有别的解决方法。"

这解释的确是柏木一派的。大概是借着我的话题，看透我的内心，讽刺我优柔寡断吧。我第一次觉得柏木可怕。沉默更加可怕，我又问了："那你觉得谁对呢？南泉和尚，还是赵州？"

"是呀，谁呢？当下，我觉得我是南泉，你是赵州。不过也许哪一天你会变成南泉，我变成赵州。这桩公案真是像'猫的眼睛'那样千变万化呢。"

一边说着话，柏木的手一边灵巧地动着，把生锈的小剑山摆在水盘里，把挺拔的木贼草插在上面，配上三瓣叶整齐衬托的杜若花，渐渐地做出一个观水型插花的形状。被洗净的白色和褐色的清净细砂也被摆放在水盘旁边，以备最终润色使用。

他的手艺真是巧夺天工。小小的决断一个个地被执行，对比和均衡的效果逐渐集中，自然的植物在一定的旋律下，眼见着被鲜活地移入了人工的秩序之中。天然的花和叶，马上就变成了应有的模样，那木贼草和杜若，已经不是同类中的无名的一株株植物，而是变成了叫作木贼草的本质和杜若的本质的东西，被极其简洁直接地呈现了出来。

但是他手的动作中又带有残酷。对于植物，他似乎带着不快的阴暗特权，杀伐裁剪。也不知道是否因为如此，每当剪刀声响起，茎叶被剪断时，我好像看到了血滴。

观水型插花做好了。水盘的右端，木贼草的直线和杜若叶子的简洁曲线交相缠绕，一朵盛开着，其他两朵是即将绽放的花苞。把它放在狭小的壁龛里，几乎占满了整个空间，水盘中，水的投影安静下来，隐藏着剑山的白砂粒，显示出明亮澄净的水边风情。

"真棒。在哪里学的？"

我问道。

"附近的插花女师傅。她马上就要到这里来了吧。一边和她交往，一边跟她学插花，等到我一个人也能这样插花了，我也厌倦了。还很年轻漂亮的师傅呢。战争中，和一个军人好上了，可孩子死产了，军人也战死了，之后就一直和男人玩乐了。她是有点钱的，插花好像就是教着玩玩。这样吧，今夜你带着她出去玩玩好了。到哪里她都会去的。"

……这时袭来的感动错乱了。从南禅寺山门上看到那个人的时候，我的身旁是鹤川。三年后的今天，那个人却以柏木的眼睛为媒介，就要在我眼前出现。那个人的悲剧曾经被明亮而神秘的眼睛看见过，如今又被没有信仰的黑暗的眼睛所窥视。而且事实就是，那时像白色昼月的遥远的乳房，已经被柏木的手触摸；那时华美的振袖和服所包裹的双膝，已经被柏木的内翻足触碰。千真万确，那个人已经被柏木，抑或被柏木的认识所玷污了。

这种想法令我大为苦恼，简直无法继续在那里待下去了。

但是好奇心让我留了下来。曾经甚至以为是有为子转世的那个人，而今成了被残疾学生抛弃的女人，我盼望着她的出现。不知何时我站在了柏木一边，沉浸在要亲手玷污自己回忆的错觉产生的喜悦中。

……女人终于来了，我心里却没有掀起丝毫的波澜。当时的情景还历历在目，那稍稍沙哑的声音，那得体的举止和高雅的谈吐。然而，她眼里闪烁着粗野的神色，一边顾忌着我一边对着柏木抱怨……那时我才明白柏木今晚叫我过去的理由，他是想把我当成挡箭牌。

女人和我心中的幻影已经没有任何关系。她完全是我初次见到的另外的个体。高雅得体的谈吐逐渐变得粗野，女人根本没有在乎我的存在。

女人好像终于不能忍受自己的悲惨，暂时停止了拼命让柏木回心转意的努力。这时她突然故作镇静，环视了狭窄的房间。进了房间三十分钟，女人好像才发现壁龛中满满的插花。

"好漂亮的观水型插花啊。插得真棒。"

一直等着这句话的柏木终于抓住了时机，精准地反击了。

"插得好吧。正如你所看到的，我已经不再需要你教了。已经用不着你了，真的。"

女人听到柏木这直截了当的薄情话后变了脸色，我看到后赶紧把目光移开了。女人微微一笑，然后彬彬有礼地径直膝行到壁龛。我听到了那女人的声音。

"什么呀,这花!这都是什么东西!"

于是水花飞溅,木贼草倒下,绽放花朵的杜若被撕裂,我偷来的花草一地狼藉。我不由得站起身来,不知所措地背靠着玻璃窗。我看到柏木抓住女人细长的手腕,然后揪住女人的头发,朝她脸上打了个耳光。柏木这一连串粗暴的举动,和刚才用剪子修剪茎叶时安静的残忍毫无二致,仿佛正是它的延长。

女人双手捂脸跑出了房间。

柏木呢,则抬起头看着茫然失措的我,诡异地浮现出孩子般的微笑,说道:"快啊,赶紧去追啊。去安慰她啊。快,快点!"

是被柏木语言的威力压倒了呢,还是从心底里同情女人呢,我自己也搞不清楚,总之我马上撒腿去追女人了。在离柏木寄宿屋大约二三户人家的地方,我追上了她。

那是乌丸车库背后板仓町的一角。进入车库的电车的回响,在阴沉夜色中轰鸣,电线上的火花勾勒出紫色的轮廓。女人从板仓町向东穿行,沿着小路爬上坡。女人一边哭一边走,我默默地跟在她斜后方。不久她发现了我,就朝我靠了过来,然后用因哭泣变得沙哑的声音,却还保持着无限优雅的措辞,不停地向我诉说柏木的恶行。

我们都不知走了多少路!

她在我耳边缕缕不绝地述说着柏木的恶行,那邪恶卑劣的细节,所有的一切都化成了"人生"一个词,在我耳边回荡着。他的残忍、计划周密的手法、背叛、冷酷、从女人那里骗钱的各种手段,这些都是在解说他难以言表的魅力罢了。我只需要相信他对于自身内翻足的诚实就好了。

自从鹤川突然去世以来,一直没有接触生的我,终于触碰到了一种别样的、并非薄命的、更阴暗的生,只要存在就会一直伤害他人的生的脉动,并从中受到了鼓舞。柏木那句简洁的"杀的方法还不够"又苏生了,震撼着我的耳朵。此时,我心里想起的,是战争结束时在不动山顶向着京都城内灯火的海洋所许的愿,那句"愿我心中的黑暗,变得和这包容无数灯火的夜的黑暗一模一样吧"。

女人并没有朝自己家走。为了方便说话,我们只挑行人稀少的小路,漫无目的地徘徊。终于我们来到了女人独居的房屋前,可是它到底位于什么地方,我一概不知。

已经十点半了,我准备和她道别回寺,但女人硬拉着我进了屋。

女人在我前面打开了灯,突然这么说了:"你有没有曾经诅咒过一个人,希望他死了就好?"

"有。"我马上答道。真是不可思议,在那之前我一直都淡忘了这事,我无疑是希望我耻辱的见证人——那个房东女儿早点死去。

"真可怕。我也是呢。"

女人瘫了下来，横坐在榻榻米上。房间的电灯大概是一百瓦，这是在限制用电时期很少见的明亮。和柏木寄宿的房间相比，这里的亮度是三倍，明亮地映照出女人的身体。白色博多织①的名古屋带②白得亮眼，友禅织③和服上藤棚霞④的紫色鲜明地浮现出来。

从南禅寺山门到天授庵的客室，是只有鸟才能飞抵的距离，过了数年，我慢慢接近，现在终于到达了。从那时开始，时间一点一滴流逝，我的确在向天授庵的神秘一幕所意味的东西靠近。必须得是那样，我想。就像遥远星光照到地球上时，地上的样貌已经变化了，女人的变质也是无可奈何的事情。如果说从南禅寺天门上看到那一幕时，就注定了我和女人今天的相见，那这些变化可以通过少许的修正使之复原，再次实现那时的我和那时的女人的相见了。

于是我开口了，呼吸急促，结巴着说话了。那时的青叶苏醒了，五凤楼壁顶画中的天人和凤凰苏醒了。女人的脸颊涨满

---

① 博多织，福冈博多地方的丝织品。以纵向细丝包裹横向粗丝的平织手法织成，表面坚硬有光泽，适合制作腰带、钱包等。
② 女装和服腰带的一种，两端分别连有两条较细带子。大正末期出现于名古屋，后因缝制和穿用方便而得以推广。
③ 在布料上使用淀粉或米制成的防染剂，进行手工描绘，染色成形后呈现出缤纷色彩的染色技术。是日本最具代表性的染色技法之一。
④ 藤花盛开时花冠垂在棚架上，远远望去如紫色的薄雾缭绕。这里是指和服颜色是藤花盛开时薄雾般的淡紫色。

了生机勃勃的血色,那双眼睛里,闪烁不定的光代替了之前粗野的光。

"是这样啊,哎呀,是这样啊,这是什么样的奇缘啊,所谓奇缘,就是这样的事情吧。"

此时,女人眼里充满了兴奋喜悦的泪光。她忘记了刚才的屈辱,转身投入到了回忆之中,回忆的兴奋接着变成了别的兴奋,几乎是疯狂了。藤棚紫的下摆散乱了。

"已经没有奶了啊。唉,那可怜的小婴儿啊,虽然已经没有奶了,我也要像那时候一样给你看。是不是从那时候开始,你就喜欢我了啊。现在,我,就把你当成那个人了啊。把你当成那个人,所以我就不害羞了。真的,就像那时候一样给你看呀。"

用下定决心的口吻说完后,女人所做的事,像是狂喜至极,又像是绝望至极。恐怕意识上只有狂喜,但促使她激烈行为的真正力量,是柏木给她的绝望,或者说是绝望的顽固的后劲。

就这样,我目睹了她在我眼前宽衣。和服的腰带和许多小细带发出丝绸的摩擦声解开了。女人的衣领崩开了。从隐约露出白色胸脯的地方,女人把左边乳房抓了出来给我看。

如果说我没有感到某种眩晕,那是在说谎吧。我一直盯着,仔细地盯着。但是我止步于当一位见证人。从那个山门的楼上遥望的神秘白点,并非眼前这团有一定分量的肉。那个印象发酵的时间太久，而眼前的乳房，就是肉本身，只是一团物质而已了。并且它也不是要诉求什么、要诱惑谁的肉了。它是存在本身冷冰冰的证据，是从生的全体割裂出来，仅仅在那里呈现出来的东西。

我还想撒谎。是的，我的确被眩晕袭击了。但是我的眼睛看得太仔细，看到了乳房由女人的乳房，逐渐向着无意义的碎片变化的过程。这个过程，我一一看见了。

……不可思议的是这之后的事情。为何这么说呢？是因为在这场痛苦经历的最后，我终于发现了它的美丽。乳房被赋予了美的荒凉和冷淡的性质，虽然就在我眼前，但渐渐地封闭在它自身的原理里面了，就像玫瑰封闭在玫瑰的原理里面一样。

对我而言，美总是姗姗来迟。比别人晚来，比别人同时发现美和肉欲时，晚得更多。眼看着，乳房恢复了和全体的联系……超越了肉体……成为冷淡而不朽的物质，最终和永远连在了一起。

请理解我要说的话。这时金阁又出现了，不如说，乳房变成了金阁。

我想起了初秋值夜时的台风之夜。即便被月光照耀着，夜晚的金阁内部，那格子门的内侧，木板窗的内侧，金箔剥落的壁顶下，仍沉淀着厚重奢华的黑暗。那是当然的，因为金阁本身就是被用心构建起来的虚无。如眼前的乳房一样，表面上散发着明亮的肉体的光芒，内部却充满了同样的黑暗。它的实质，也是同样的厚重豪奢的黑暗。

我绝不是陶醉在认识里，不如说认识一直在被蹂躏、被侮辱。生和欲望更无需赘言！但是深深的恍惚感控制了我，一时间我像麻痹了一样，呆坐在赤裸的乳房面前。

……

就这样，女人把乳房放进衣服里，我又一次遭遇到了轻蔑冷眼。我请求回去。把我送到玄关的女人，在我身后很响地关上了格子门。

——回到寺院之前，我一直处于恍惚的状态。在我心里，乳房和金阁走马灯似的来回变换。一种无力的幸福感充斥着我。

可是当我看到松涛低啸的黑松林那边的鹿苑寺大山门时，我的心渐渐冷却下去，无力感占了上风，陶醉感变成了厌恶，一种莫名其妙的憎恨涌上了心头。

"我又一次和人生隔绝了！"我喃喃自语，"又一次。金阁为何要保护我？又没有请它帮忙，为什么又要把我和人生分隔？没错，金阁或许是把我从地狱救了出来。但是这样一来，金阁就把我变成了比坠入地狱者更坏的，'比谁都通晓地狱消息的人'了啊。"

山门在黑暗中静默着。晨钟时才会熄灭的耳门的灯发着幽暗的光。我推了下耳门，里面传来吊着铅锤的生锈老旧铁锁的声音，门开了。

看门人已经睡了。耳门内侧贴着寺里的规定：晚上十点之后，最后回寺的人必须锁门。我看到还有两个没被翻过去的名牌。一个是老师的，一个是年老的管理员的。

　　走着走着，我看见右边工地上横放着几根五米有余的木材，就是在夜色中也显现出了明亮的木色。近前一看，锯屑落得到处都是，就像细碎的黄花满地，黑暗中飘散着浓郁的木头香气。我正要从工地尽头的辘轳井边去寺厨，又站住了。

　　睡觉前，必须再去趟金阁。我走过万籁俱寂的鹿苑寺大殿，经过唐门前，走向了金阁。

　　隐约看到金阁了。它被树丛的喧嚣包围着，在深夜里纹丝不动，但绝对不眠不休地屹立在那里，就像夜晚的守卫一样……是的，我从未见过金阁像沉睡的寺院那样酣眠。这座无人居住的建筑，忘记了睡眠。栖居的黑暗，完全被免除了人类的法则。

　　带着近乎诅咒的语调，我对着金阁，平生第一次粗野地叫喊。

　　"总有一天，我一定会制服你。一定会把你变成我的，再也不让你妨碍我！"

　　声音空虚地回荡在深夜的镜湖池上。

第七章　出走

　　总的来说，我的体验中有一种巧合在起作用。就像摆满镜子的长廊，一个影像被无限地反射下去，新遇见的事物里面清晰地映照出过去所见的事物。我被这种相似所引导着，不知不觉走向长廊的尽头，那未知的深处。我们并非是在突然间才碰到命运。日后会被判处死刑的男人，应该是在平时路上遇见的电线杆和铁路道口，都不断地描绘出绞刑架的幻影，并和那幻影亲近的吧。

　　因此，我的体验里也没有重叠，没有重重叠叠地形成地层、堆积成山，达到那样的厚度。除了金阁，对所有事物都没有亲近感的我，对于自己的体验，也不抱有特别的亲近感。只是我明白，从这些体验当中正浮现出一幅画面——没有被黑暗的时间之海吞没的部分，没有陷入无意义的无尽反复的部分，那些细小部分的连锁正在渐渐形成某种令人忌讳的不吉利的画面。

那些一片一片的细小部分都是什么呢？我有时会想，那些发着光的断续的碎片，比起路边闪光的啤酒瓶的碎片，更没有意义，更缺乏规则性。

即使这么说，我也无法把这些碎片当成过去的美丽完整的形态崩落后的碎片。因为在我看来，它们是在无意义之中，在无规则性之中，被悲惨地打碎、丢弃，各自梦想着未来。以碎片的身份，无所畏惧地、令人害怕地、沉静地……梦想着未来！那是绝非意味着痊愈或恢复的、无法企及的、前所未闻的未来！

这种不甚明了的省察，带给我一种抒情般的亢奋，尽管我也知道，这和我完全不相配。这种时候，如果碰巧是月夜，我就会带着尺八到金阁的水边吹奏。如今，柏木曾经吹过的《御所车》的曲子，我也能够不看谱吹出来了。

音乐像梦，同时又像和梦相反的、非常确实的清醒状态。我不由思索，音乐到底是哪一方呢？总之，音乐具有可以将这相反的两者逆转的力量。有时候我能轻松地化身为自己吹奏的《御所车》的曲调。我的精神了解化身音乐的乐趣。和柏木不同，音乐对我而言，的的确确是一种慰藉。

……吹完尺八，我常常在想，金阁为何不怪罪和阻碍我，而是默许了我这种化身呢？另一方面，当我要化身为人生的幸福和快乐时,金阁哪怕有一次放过我吗?马上遮断我的化身,把我拉回我自己,这难道不是金阁一贯的做法吗?为什么只有在音乐上,金阁能够放纵我的沉醉和忘我呢?

……这么想着,只因为是金阁允许这件事情,音乐的魅力就变得稀薄了。为什么这么说呢?因为既然金阁默许了,音乐就只能看似是生,实际却是冒牌的不存在的生,即便我想化身为它,那化身也只能是虚幻的东西罢了。

请不要认为我在女人和人生那里栽了第二次跟头后就一蹶不振、畏缩不前了。直到昭和二十三年末,颇有几次那样的机会,也有柏木牵线搭桥,我毫不退缩地去面对了。但是,结果都是一样。

女人和我之间,人生和我之间,总是横亘着金阁。于是,每当我试图抓住东西,触手之处都瞬间灰飞烟灭,人生展望都变成了荒漠。

有一次我在寺厨后面的地里干活。空闲时,看见蜜蜂嗡嗡地绕着一朵黄色的小夏菊在飞。蜜蜂在阳光灿烂的空气里扑闪着金色的翅膀飞来飞去,从众多夏菊中选择了一朵,在它面前徘徊流连。

我以蜜蜂的眼睛去看。菊花绽放着金黄端正的无瑕花瓣,简直如一座小金阁那样美丽,像金阁那样完整。但它绝不会变成金阁,而是保持着一朵夏菊的形态。是的,它是确实存在的菊,一朵花,绝不暗示着任何形而上的东西,只是停留在形态上。正因为保持了存在的分寸,才会绽放出满溢的魅惑,吸引了蜜蜂的欲望。在无形的、飞翔的、流动的、有力的欲望面前,菊花安静地隐身于作为欲望对象的形态之中,这是怎样的神秘啊!形态逐渐稀薄,吹弹可破,战栗着,颤抖着。的确如此,菊花端正的形态,正是依照着蜜蜂的欲望而创造出来的,那美丽本身,就是向着预感而绽放的。现在正是形态的意义在生命之中闪耀的瞬间。只有形态才是无形的、流动的生的模具。同时,无形的生的飞翔,也是这个世界所有形态的模具……蜜蜂就这样钻进了花心深处,沾满了花粉,沉浸在酩酊之中。迎接了蜜蜂的夏菊,自身就变成了一只身着黄色铠甲的蜜蜂,仿佛马上要离开花茎飞向空中,剧烈地摇动着身子。

我几乎因为这阳光和阳光下的这一幕而头晕目眩了。一瞬间,当我的眼睛从蜜蜂的眼睛还原为自己的眼睛时,我觉得目睹这一切的我的眼睛,正处于金阁眼睛的位置上。是这样的:就像我挣脱了蜜蜂的眼睛回到自己的眼睛那样,生迫近我的那一刹那,我的眼睛又挣脱了我自己,把金阁的眼睛据为己有。那时,我与生之间,金阁又出现了。

……我变回了自己的眼睛。蜜蜂和夏菊在茫茫的物质世界中,只不过是"被配置在那里"的东西。蜜蜂的飞翔和花朵的晃动,与微风吹拂并无两样。在这静止的、冰冻的世界里,一切都是同等的,曾经那样绽放魅惑的形态已经死绝了。菊并非因为它的形态,而是因为我们漠然中称之为"菊"这一约定俗成的名称而美丽。我不是蜜蜂,所以不会被菊花引诱;我不是菊花,所以不会被蜜蜂倾慕。所有的形态和生的流动之间的亲和消失了。世界被抛进了相对性之中,只有时间在流动。

当永恒的、绝对的金阁出现,我的眼睛变成金阁的眼睛时,无需赘言,世界将变成如此模样,而在这面目全非的世界里,只有金阁保持着形态,占有着美,将其余东西统统归于尘埃。自从那个娼妇踏进金阁的庭园,到鹤川猝死以来,我的心中反复翻腾着这样的问题:"即便如此,恶是可能的吗?"

* * *

昭和二十四年的正月。

多亏是周六的"除策"("除去警策"之意,放假),我得以在三番馆这种便宜影院看了电影,回来的路上,一个人在久违的新京极漫步。我在拥挤的人群中碰见了一张熟悉的脸,但还没来得及想起是谁,那张脸就被人潮推到我的背后了。

那人戴一顶软帽和围巾,身穿上等的外套,挽着一个身穿锈红色大衣、一眼就能看出是艺妓的女子。男人的脸粉色富态,有着在普通中年绅士中绝对看不到的婴儿般的清洁感,鼻梁长长的……这不正是我的老师吗?只是这顶软帽,遮住了他脸上的特征。

我明明没做错什么，却害怕被老师看见。因为我想避免成为老师微服出行的目击者或见证人，不愿在无言中和老师结下信赖或不信的关系。

这时，一只黑狗混在正月夜晚的人群中走着。这只黑色长毛狗似乎已经很习惯在人潮中行走，敏捷地穿行在女人的华美大衣和行人的军队外套的下摆间，途中在各处店门前驻足。狗停在圣护院八桥的一家古风土产店前，不停地嗅着。借着店里的灯光，我才看清了狗的脸。它的一只眼溃烂了，烂了的眼角混着眼屎和血，就像玛瑙一样。正常的那只眼直直向下看着地面。长毛的背上到处是紧皱的伤疤，硬直的毛束非常扎眼。

我也不知道，为什么一只狗会引起我如此的关心。狗彷徨在与明亮的繁华街道完全不同的另一个世界，执着地找寻，也许我就是被这一点吸引了。狗游荡在只有嗅觉的黑暗世界里，与人类的城市相重合。那些灯火、唱片的歌声和人的笑声，反而被执拗的黑暗气味威胁着。因为气味的秩序更加切实，狗潮湿的脚爪沾染的尿臊味，与人类的内脏散发的微微恶臭，的确是联系在一起的。

天很冷。两三个像是黑市商人的年轻人走了过去，随手把还没撤下来的门松[①]的松叶薅下来。他们张开戴着崭新皮手套

[①] 日本正月期间立于家门口的新年装饰。

的手掌，互相比谁薅得多。一个人手里只有几根松叶，另一个人的手掌里居然有整一小枝。他们笑着走远了。

  我呢，不知不觉被狗吸引着向前走了。狗时隐时现，在通向河原町的路上转弯了。我就这样来到了比新京极还要黑暗几分的电车大道旁的人行道上。狗的身影消失了。我站在那里左顾右盼，又来到车道的旁边，用目光追寻狗的去向。

  那时一辆车身光亮的出租车在我面前停下了。车门一打开，女人先坐了进去。我不禁朝那里看去。跟在女人后面要上车的男人，突然注意到了我，站在那里愣住了。

  那是老师。不知道为什么，刚才和我擦肩而过的老师，和女人转了一圈以后，又被我碰上了。总之，那个人的确是老师，先上车的女人大衣的锈红色，是还留在我先前的记忆里的颜色。

  这次我避不开了。我慌了神，说不出话来，嘴里结结巴巴地嘟哝着，迟迟发不出声音。终于，我做出了一副自己都没想到的表情。我居然毫无理由地朝着老师笑了起来。

  无法说明这笑的意思。笑从外部而来，就像突然贴在了我的嘴角上。可是，老师看见我的笑容，顿时变了脸色。

  "混蛋！你要跟踪我吗？"

  训斥完，老师瞥了我一眼就上了车，使劲关上车门，出租车开走了。此时我才突然醒悟过来，刚才在新京极碰见老师时，他就注意到我了。

第二天，我反而盼望着老师把我叫出去斥责一顿。那可以成为辩明的机会。然而，就和当时的娼妇事件一样，从第二天开始，我就受到了由老师无言的放任带来的拷问。

偏偏这时母亲又给我来了信。结尾还是同样，盼望着能活着看到我成为鹿苑寺住持的那一天。

"混蛋！你要跟踪我吗？"——老师的这声怒喝，越琢磨越让人觉得不对劲。如果是更加富于谐谑、豪放磊落的禅僧，应该不会劈头对徒弟泼下这种俗恶的叱责，反之，他会吐出寸铁杀人的一句话语直击我的痛处吧。已经无法挽回了。事后再看，肯定是当时老师误解了我，坚信我是特地跟踪他，最后终于抓住了他的狐狸尾巴而嘲笑他的，所以一边带着狼狈，一边口不择言地发泄了怒火吧。

那倒暂且不管，老师的沉默又成了日复一日压在我身上的不安。老师的存在变成了巨大的力量，就像在我眼前盘旋不去的飞蛾。之前老师被请去做法事，惯例是由一两位僧人陪同。原来执事是一定要同去的，现在说什么民主化，就在执事、殿司，再加上我和另外两个徒弟五人之间轮流了。因为严厉至今还被我们津津乐道的舍监被抓去当兵战死了，舍监一职就由四十五岁的执事兼任。鹤川一死，又补充进来了一个徒弟。

碰巧，同属相国寺派、素有来往的寺院住持去世了。老师被召请去参加新任住持的入寺仪式，轮到我陪同。老师没有特意排斥我，所以我盼望能在往返的路上得到辩明的机会。但是就在出发前夜,又追加了一个新来的徒弟陪同,我对那天所寄的希望,一半已成泡影。

熟悉五山文学①的人,肯定会记得康安元年石室善玖进入京都万寿寺当住持时解释佛法的语句。新任住持到了任寺,从山门到佛殿、土地堂、祖师堂,最后向着方丈室前进,一路上都留下了解释佛法的妙语。

指着山门,住持掩不住赴任的喜悦,自豪地吟道:"天城九重内,帝城万寿门。空手拔关键,赤脚上昆仑。"

上香开始了,这是对嗣法师报恩的香,叫作嗣法香。在挣脱了禅宗旧例的束缚、重视个人省悟的系谱的时代,不是师父决定弟子,而是弟子挑选师父。除了最初授业的师父外,弟子从其他各位师父那里也都有所受教,因此会在心中挑选一位师父以继承他的衣钵,并用供奉嗣法香时的佛语公之于众。

看着庄严的上香仪式,我心中暗暗思忖,如果我能继承鹿苑寺,在上香仪式上我会按惯例说出老师的名字吗?也许我会打破七百年的旧例,说出一个其他名字吧。早春的下午,方丈室微寒清冷,烟雾缭绕的五种香、三具足②深处闪耀的璎珞和本尊背后的金光闪闪的光背、满室僧侣袈裟的色彩……我梦想

---

① 指从镰仓时代末期到室町时代,京都、镰仓的五山十刹的僧侣之间兴起的汉文学。
② 指花瓶、烛台和香炉三种佛具。

着，有朝一日我能在这里上嗣法香，把新任住持的样子想象成了自己。

……就是那时，我会被早春凛冽的寒气所鼓舞，以惊世骇俗的背叛践踏这个旧习吧。在座的僧侣也会因为震惊而目瞪口呆，因为愤怒而脸色苍白吧。我不会说出我老师的名字，我会说别的名字……别的名字？但是让我省悟的老师是谁呢？真正的嗣法师是谁呢？我会结巴。那个别的名字被我的口吃所阻碍，说不出口。我会结巴吧。一边结巴着，一边把那个别的名字说成是"美"呀，或是"虚无"什么的。于是满座哄堂大笑，在那笑声里，我会悲惨地呆立吧……

——我的幻梦突然间被打断了。老师有要做的事情，需要我帮忙。对于侍僧来说，能位列这种场合，本来就是无上光荣，何况鹿苑寺住持坐在当日来宾的上座。上座的职责是上香仪式结束后击打白槌，证明新任住持并非赝浮屠，即并非假冒的和尚。

老师口称赞词："法筵龙象众，当观第一义。"

然后用力击打白槌。方丈室里袅袅不绝的槌音，让我再一次领悟到老师的权力之大。

我忍受不了老师无尽的无言放任。只要我有几分人类的感情，我就无法不期待对我感情的回应，无论是爱还是恨。

每次都要看老师的脸色行事，已经成了我可悲的习惯，但那脸色中没有丝毫特别的感情。那种无表情甚至不是冷嘲。即使说无表情意味着侮辱，这种侮辱也不是对着我一个人来的，而是面向更加普遍的东西，比如说人类的一般性，或者各种抽象概念。

我从那时候开始，硬逼着自己去想象他那动物般的头和丑陋不堪的肉体；想象他排便的姿势，还有与那锈红色大衣女子翻云覆雨的样子；想象着他那面无表情的脸放松下来，沉溺在快感之中的既非笑容亦非痛苦的表情。

老师光滑柔软的肉体，和同样光滑柔软的女人的肉体相融合，难分彼此。老师隆起的腹部和女人隆起的腹部互相挤压……但不可思议的是，不论我怎么发挥我的想象，老师的无表情都会直接变成排便、性交的动物性表情，它们之间，没有任何的过渡。不像日常细微的感情如彩虹七色之间的渐变，而是一个一个地，从一个极端直接进入到另一个极端。如果一定要我说那之间有什么联系，有什么微小的线索的话，也只有那一瞬间吐出的、极其卑劣的呵斥了："混蛋！你要跟踪我吗？"

苦苦思索、苦苦等待的最后，我成了一个无法摆脱欲望的俘虏——只想清楚地抓住老师憎恶的嘴脸，哪怕仅有一次。确立这个目标后我采取的计策，可以说有点疯狂，有点孩子气，总之明显是给我带来不利的东西，可是我已经没法控制住自己了。我甚至没有顾及这种恶作剧只会加深老师对我的误解，带来不利后果。

我去学校找柏木问了那家店的名字和地址。柏木没问缘由就告诉了我。当天我马上去了那家店，看了许多明信片大小的祇园名妓的照片。

刚开始我觉得这些浓妆的脸都没什么区别，不久就发现其中存在着微妙的性格差异，透过白粉和胭脂的假面、阴郁和开朗、机敏的智慧和美丽的愚钝、不耐烦和无止境的快活、不幸和幸福，这些多彩的色调就呼之欲出了。终于我找到了我要的那一张。那张照片在店内过于明亮的灯光下，表面反光闪烁，差一点看漏了。等我拿在手中避开反光，锈红色大衣的女人的脸出现了。

"请给我这张。"我对店里的人说。

我也不知道自己为何变得如此胆大妄为。这种不可思议，和自从有了那个计划后我一下子变得开朗外向、因无法言表的喜悦而充满勇气的不可思议，正好互相呼应。首先我想到的是趁老师不在偷偷实行的方法，但是昂扬的心情驱使我选择了一眼就知道是我干的危险的方法。

现在我依然每天去给老师送早报。三月的早晨春寒料峭，我像往常一样去大门口拿报纸。我从怀里拿出了那张祇园女子的照片，把它夹在报纸中间，胸中兴奋起来。

前庭花坛中央，被圆形树篱围绕的一棵苏铁，正沐浴着朝阳。那粗糙的树干，被朝阳勾勒出了鲜明的轮廓。左边是一棵小小的菩提树，四五只晚归的黄雀停在树枝上，发出如捻动佛珠般轻微的叫声。现在居然还有黄雀，我感到有些意外。晨光照射的树枝上，有极小的黄色胸毛在移动，的确是黄雀。前庭的白色砂砾寂静无声。

我草草地擦了地板。走廊上到处是水，我小心翼翼地走着，不让双脚沾湿。大书院里老师的房间，拉门关得紧紧的。天太早，那拉门上的白色还很鲜明。

我跪在走廊上像平常一样开口："打扰了。"

老师应声了。我打开拉门进去，把轻轻折过的报纸放在书桌的一角。老师低着头在读什么书，没看我的眼睛……我退了出去，关上拉门，拼命冷静下来，沿着走廊，朝自己的房间慢慢地走了回去。

一直到去学校之前，我都坐在自己房间里，任由心怦怦地越跳越快。从来没有如此满怀希望地盼望某件事情的发生。明明是期待着老师的憎恨而做的事，我心里却幻想着人和人互相理解的、洋溢着戏剧化的热情场面。

也许老师会突然跑到我的房间里来原谅我。被原谅的我，也许就会有生以来第一次到达像鹤川日常所表现出的那种纯洁明亮的感情。之后肯定就是老师和我拥抱在一起，慨叹互相理解得太迟。

哪怕只持续了很短的时间，我也无法说明，为何会如此热衷于这种荒唐的空想之中。冷静下来一想，我无聊的蠢行只会激怒老师，把我从住持候补名单里抹去，永久失去成为金阁主人的希望，这一切都是我自掘坟墓。我那时甚至忘记了对金阁永恒的执着。

我专心倾听着大书院老师房间的动静，可是什么声音都没有传来。

我等着老师怒火爆发、雷霆大喝。我想即便是被殴打、被踢倒、头破血流也在所不惜。

但是，大书院那边一片寂静，悄无声息……

终于到了上学的时刻。走出鹿苑寺时，我的心疲倦了，荒废了。尽管去了学校，上课却什么也听不进去。回答老师的提问驴唇不对马嘴，惹得大家哄堂大笑。只有柏木毫不关心地眺望着窗外。柏木肯定发觉了我内心的波澜。

回到寺里，也没有什么变化。寺院生活灰暗的、散发着霉味的永恒性，使得今天和明天之间不会产生任何的差异和悬隔。一月两次的佛典讲座，其中一次就在今天。寺院里的人都集中在老师的房间里听讲，我相信老师大概会借《无门关》的讲义来当着全体的面责问我吧。

我确信的理由是，今夜的讲座我会面对老师坐着，虽然和我甚不相符，但是我感觉自己有一种男性的勇气。于是老师会回应这勇气，也显示出男性的美德，打破伪善，在寺院全体僧人面前坦白自己的作为，并且责问我卑劣的行为吧。

……昏暗的电灯下，寺院的僧人手拿《无门关》的课本齐聚一堂。夜晚寒冷，只有老师身旁有一个小暖炉。能听见有人吸鼻子的声音。低着头的老少僧人的脸被影子晕染，每张脸上都漂着一种难以名状的有气无力的神情。新来的徒弟是白天担任小学教师的男人，他的近视眼镜总要从瘦削的鼻梁上滑落下来。

只有我感到身体里充满了力量。至少我是这么想的。翻开课本，老师环视大家，我的眼睛追着老师的视线。绝对不能让他看到我垂下眼睛。但是，老师那被柔和皱纹包围的眼睛，不露声色地经过我，移到我旁边的脸上。

讲课开始了。我只等待着讲课在什么时候突然转到我的问题上。我竖起耳朵倾听。老师高亢的声音持续着，却完全听不到老师内心的声音……

那天晚上我辗转反侧，从心里轻视老师，想笑话他的伪善，可是渐渐生出的悔恨，不让我一直沉浸在这亢奋的心情中。对于老师伪善的轻蔑，很奇妙地和我的软弱结合起来，最终当我明白了对方是如此不堪的对手时，我终于悟到，即便向他道歉也并非我的失败。我的心刚爬上陡坡，又急忙跑了下去。

我想第二天一早去道歉。到了早晨，我又想今天之内去道歉。老师的表情依然看不出任何变化。

那天风很大。我从学校回来，无意中打开书桌的抽屉，发现了一张白纸包着的东西。包着的，就是那张照片。白纸上一个字也没写。

老师好像是想用这个方法来了结此事。并非不管不问，而是想让我知道我行为的无效。但是，这种奇妙的返还照片的方法，突然让我涌起了大团的想象。

"老师一定也很痛苦吧。"我想，"一定是经历了非同寻常的烦恼，最后才想出了这个办法的。现在他的确是恨我的。他大概并不是憎恨这张照片本身，而是这张照片逼着他身为一个老师，在自己的寺里还要避人耳目，趁人不备偷偷穿过走廊，溜进从未进过的徒弟的房间，简直就像犯罪一样打开我的抽屉，做出如此卑鄙的行为。老师现在有足够的理由恨我了。"

想到这里，我的心中突然迸发出了莫名的喜悦。然后我就开始愉快的工作了。

我将女人的照片用剪刀细细剪碎，拿笔记本的结实纸张包了两层，紧紧捏着去了金阁的水边。

金阁在风声呼啸的月下，保持着与以往无异的阴郁的均衡，静静矗立着。林立的细柱在月光的映照下像是琴弦一般，随着月亮位置的高低变化，金阁宛如一个巨大的奇异乐器。今夜正是如此。但是，风只是从绝对不会鸣响的琴弦缝隙间徒然地吹过。

我捡起脚边的一块小石子，把石子包进纸里，紧紧地拧好。就这样，我把细细剪碎的女人照片加上重物投进了镜湖池心。悠然荡开的水波，不久就涌到了站在水边的我的脚下。

* * *

这年十一月我突然的出走，都是这些事日积月累的结果。

事后回想起来，看似突然的出走固然也有长时间的深思熟虑和犹豫，但我喜欢把它当作被一时冲动驱使的行为。为什么呢？因为我从根本上缺乏冲动，所以我特别喜欢模仿冲动。比如，前一天晚上就计划好要去给父亲扫墓的男人，在当天离开家来到车站前时，突然打消念头跑去酒友家。这种情况，可以说他是一个纯粹的冲动的人吗？他突然改变主意，比起之前为扫墓做的长期准备，难道不是更有意识的、对自己意志的报复行为吗？

我出走的直接动机，是前一天老师第一次用毅然决然的口吻说："明确告诉你吧，我曾经想过将来让你做我的继任，但是现在已经完全没有这个打算了。"

虽然我很早以前就预感到了，心里也有所准备，但被他这么明确地宣告还是第一次。对我来说这并不是晴天霹雳，事到如今更不需要惊讶和狼狈。尽管如此，我还是倾向于认为我的出走是被老师的这番话所触发，出于冲动而为的。

通过照片事件，确认了老师对我的憎恨之后，我的学业一天天懈怠下去。预科一年级时的成绩，以汉语、历史的八十四分为首，总分七百四十八，在八十四人当中排名第二十四。缺勤在全部四百六十四课时中只有十四课时。预科二年级时成绩总分六百九十三，排名在七十七人中滑到第三十五名。从三年级开始，我明明没有可以打发时间的金钱，却单纯为了不上课的闲暇乐趣而开始逃课了。这个新学期，正好紧接在照片事件发生之后。

第一学期结束时，学校给了我警告，老师训斥了我。学习成绩差、缺课多当然是一个理由，更重要的是，一个学期只有三天的"接心"①课我都缺勤，使得老师怒火中烧。学校的"接心"课，是在暑假、寒假和春假前各三天，举行形式和各种专门道场相同。

这次训斥，是我被老师特意叫进他房间的少有的机会。我只是低着头沉默无语。我心里悄悄盼望着的只有一件事，但老师却根本没有提及照片事件，更别说娼妇的勒索事件了。

但从这时起，老师对我的态度就变得特别冷淡了。说起来这也是我希望的结果，是我想看到的证据，某种意义上是我的胜利。何况，想达成目的，只要偷懒就足够了。

三年级的第一学期，我的缺勤时间达到了六十多课时，这

---

① 禅宗里僧人阐释禅的教义。

是一年级三个学期缺勤时间总和的五倍之多。这么多时间里,我没有读书,也没有钱花在娱乐上,除了偶尔和柏木说说话,都是一个人无所事事。我一个人沉默着,什么都不做,直到大谷大学的记忆和无为的记忆混为一体,难以区分。这种无为是不是我自创的一种"接心"呢?在这样度日的时间里,我一刻也没有感到无聊。

我曾经坐在草地上,连续好几个小时呆看蚂蚁搬运细碎红土建造蚁穴,并不是蚂蚁引起了我的兴趣。我也曾久久凝望学校后面的工厂烟囱冒出的薄烟,并不是烟引起了我的兴趣……我把整个人沉浸在自己这个存在之中了。外界处处时而冰冷,时而火热。是的,怎么说才好呢?外界时而是斑斑点点,时而是横竖条纹。自己的内部世界和外界无序地、缓慢地交替出现,周围无意义的风景就那样映在我的眼里,闯入我的内部,而没有闯入的部分在远方鲜活生动地闪耀着。那闪闪发光的东西,有时候是工厂的旗子,有时候是墙上无意义的污渍,有时候是被丢在草里的一只旧木屐。所有的东西在我的内部一瞬间生起,又一瞬间灭绝。应该说是"所有无形的思想"吧……我感到,重要的东西和琐细的东西携起手来,今天报纸上读到的欧洲政治事件和眼下这只旧木屐好像有着千丝万缕的联系。

我一度久久地思考过一片草叶尖的锐角问题。说"一度思考过"并不合适。那些不可思议的琐细思考绝不会持续,只是像乐曲的反复记号一样,在我既非生又非死的感觉中执拗地反复出现而已。为什么这根草的叶尖一定是尖锐的锐角呢?如果是钝角,这根草的种类就会消失,大自然就会从一角崩坏吗?把大自然极小的齿轮卸下来,就能颠覆大自然全体吗?我一个劲地苦苦思索着这颠覆自然的方法。

——老师的叱责一忽儿传遍了寺院,寺里的人们对我的态度日渐险恶起来。嫉妒我上大学的那个徒弟,总是用胜利般的轻蔑笑脸面对我。

无论夏秋,几乎不和人说话的我,在寺内继续生活着。我出走前的那个早晨,老师命令执事叫我过去。

那是十一月九日的事情。因为要去上学,我穿着制服来到了老师面前。

老师本来满是福相的脸,一看见我,就因为必须要和我说话的不快而变得异样地凝重起来。而我呢,看到老师用看麻风病人一样的眼光看我,心里非常快活。这才是我期待的充满人类感情的眼睛。

老师马上把目光移开,在暖炉上搓着双手说起来。那柔软手掌里,肉互相摩擦的声音虽然很小,但在初冬早晨的空气中,可以说是打乱这片清静的噪音了。我感到和尚的肉和肉之间,已经是超乎必要的亲密了。

"去世的令尊该多悲伤啊。看看这封信,学校又来警告了。这样下去最终会怎么样,你想过吗?好好想想吧。"——之后,老师就说了那句话,"明确告诉你吧,我曾经想过将来让你做我的继任，但是现在已经完全没有这个打算了。"

我沉默了许久，开口了："您这不是要放弃我吗？"

老师没有马上回答。不久，他说："你都做到那个地步了，还觉得我不能放弃你吗？"

我无言以对。过了一会儿，我不知不觉地结巴着说起了别的事："老师您对我是无所不知。我对您也算是一清二楚。"

"一清二楚又怎样！"——和尚的目光变得阴暗了，"还不是一点用也没有吗？完全无济于事。"

我从没有见过如此抛弃现世的面孔。生活的细节、金钱、女人，所有的地方他都伸出脏手，现在却如此侮辱现世……我仿佛触到了一具有血色有温度的尸体一般感到恶心。

这时，我心里涌起了一种要远离我身边所有一切的急迫感，哪怕只有很短的时间。离开老师房间后我也不停地在考虑这事，这种想法越发急切了。

我把佛教辞典和从柏木那里得到的尺八包了起来。当我提着书包和包袱急匆匆赶往学校时，满脑子都想着出发的事情。

进了校门，正碰见柏木从我面前经过。我拽着柏木的胳膊走到路边，向他借三千元钱。然后又拜托他收下佛教辞典和尺八，权当是给他的补偿。

柏木的脸上，失去了平时述说反论时的哲学式的爽快。他眯缝着眼，用迷惘的目光看着我。

"你还记得《哈姆雷特》剧中雷欧提斯的父亲给了儿子什

么忠告吗？'不要借别人的钱，也不要借给别人钱。借出去不仅会失去钱，还会失去朋友。'"

"我没有父亲。"我说，"不借的话也没关系。"

"我还没说不行呢。咱们好好商量一下。我把现在身上的钱都拿出来，看看够不够三千。"

我不禁想起从插花师傅那里听到的他榨取女人金钱的巧妙手段，刚要脱口而出，一想又按下了。

"先把这本辞典和尺八处理了吧。"柏木这么说着就掉头往校门口走去。我也转过身放慢脚步和他并肩走起来。柏木说，那个"光"俱乐部的学生经理因为黑市金融嫌疑被逮捕了，九月被释放后信用扫地，日子难过得很。从这个春天开始，"光"俱乐部的经理令柏木非常感兴趣，他也经常出现在我们的话题里。坚信他是社会强者的柏木和我，谁也没想到仅仅两周之后他居然就自杀了。

"你要钱做什么？"他突然这么问道。这不像是柏木的做派。

"想去哪里随便旅行一下。"

"还回来吗？"

"大概吧……"

"是想逃避什么吧？"

"我想从我周围的一切中逃离出去，从我周围事物散发出的无力的气味中逃走……老师也是无力的，非常无力。我都明白了。"

"也想逃离金阁吗？"

"是的，也想逃离金阁。"

"金阁也是无力的吧。"

"金阁不是无力，绝对不是无力。但它是一切无力的根源。"

"这像是你能想出来的。"

柏木一边沿着人行道迈着夸张的舞步，一边愉快地咋着舌头。

在柏木的带领下，我们走进一家寒酸的小古董店卖了尺八。只卖了四百元。接着去了旧书店，好不容易把辞典卖了一百元。为了借给我剩下的两千五百元，柏木带我去了他的住处。

随后他想出了一个奇妙的方案。尺八是我还给他的，辞典是我送他的礼物，这两样东西一旦归他所有，卖了的钱就是柏木的钱，所以这五百加上两千五，借钱的金额当然就是三千元。一直到还清为止，每月要付一成的利息。比起"光"俱乐部每月三成四分的高利贷，几乎是恩惠性的低利息了……他拿出一张练字的和纸和砚台，工整地写上了这些条件，并要求我在借契上按拇指手印。我不想考虑未来的事情，马上就用拇指蘸上印泥按了指印。

——我心里很急。怀揣着三千元，一出柏木的住处，我就乘上电车，在船冈公园前下了车，跑上了通往建勋神社的迂曲的石阶。我想求个签来决定旅行的方向。

· · ·

初登石阶处，右手是义照稻荷神社刺眼的朱红色大殿，我看到了金属网里面有一对石狐。石狐嘴里衔着寿司卷，尖尖竖立的耳朵里面也被涂上了朱红色。

那天天气阴冷，阳光微弱，阵风倏忽而逝。拾级而上的石阶的颜色，看起来像是落了一层细灰，那其实是透过树叶漏下来的昏暗日光。光线实在微弱，所以看起来就像是污浊的灰尘。

一口气爬了上来，来到建勋神社宽阔的前庭时，我身上出汗了。正面有通向拜殿的石阶。石阶前面，是一条平坦的石板路。左右两边低踞的松枝，伏在参拜道路的空中。右侧有破旧的神社事务所，墙壁泛着木色，正门上挂着"命运研究所"的牌子。神社事务所与拜殿之间有一个白色的仓库，从那里延伸出一片稀疏的杉树林，蛋白色的清冷云彩饱含着沉痛的光，散乱无序。天空下，京都西郊的群山一览无余。

建勋神社以织田信长为主祭神，信长的儿子信忠为配祭神。神社简单朴素，只有围绕拜殿的朱红色栏杆增添了些许色彩。

我登上石阶，拜神，拿起了功德箱旁边架子上的古旧六角木箱。我晃了晃木箱，从小孔里掉出了一根削尖的竹签。上面只有用墨写着的两个字"十四"。

我掉头往回走。"十四……十四……"一边嘟哝着一边走下台阶。那数字的发音在我舌头上停滞了，好像慢慢地有了含义。

在神社事务所的正门，我请里面的人帮我解签。一个像是负责厨房和清扫的中年女人，一边用脱下来的围裙使劲擦着手，一边走了过来，面无表情地接过我按规定递过去的十元钱。

"几号？"

"十四号。"

"请在缘廊上稍候片刻。"

我坐在缘廊边等待。等待的过程中，我突然觉得让那双濡湿的、皱裂的女人的手来决定我的命运，真是毫无意义。不过我就是来赌这种无意义的，这也不错。从关着的拉门里，传来了使劲拉开破旧小抽屉时铁环碰撞的声音，然后是翻开纸张的声音。一会儿拉门开了一条小缝。

"哎，好了。"

说着，递出了一张薄纸，拉门又关上了。纸的一角，被女人的手指濡湿了。

我看了。上面写着：

十四号。凶。

汝有此间者遂为八十神所灭大国主命历经烧石落矢等劫难，在御祖神的教示下应从此国退去悄然逃离之征兆。

释语讲了诸事不顺和前途不安。我丝毫没有畏惧。又看见下段众多项目中有"旅行"，上面写着："旅行——凶。西北方向尤甚。"

我决定去西北方向旅行。

* * *

去敦贺的火车早晨六点五十五分从京都站发车。寺院起床时间是五点半。十日早上，我一起床就马上换上制服，也没有人惊讶。谁都习惯了装作看不见我。

黎明时分的寺院里，到处散乱着忙于扫除和擦拭的人们。六点半之前都是清扫的时间。

我打扫着前庭。连一个包也不带，就从那里突然隐身一般跑去旅行，这就是我的计划。拂晓时分，微白的砂砾道上，我和扫帚在动。突然间扫帚倒下，我的身影消失，之后只留下微明中的白色砂砾道。我梦想着这样的出发。

我没向金阁告别也是出于这个原因。因为必须是我一个人突然间从包含着金阁的整个环境中被夺走。我徐徐地朝着山门的方向扫着，从松梢间看到了晨星。

我的心怦怦直跳。必须出发了。几乎可以说是振翅欲飞。总之，我必须从这个环境，从束缚我的美的观念，从我的坎坷遭遇，从我的口吃，从我存在的条件离开，出发了。

就像熟透的果实离开枝头一样，扫帚从我手上自然地掉落到了黎明微暗的草丛里。我藏在树影里朝着山门悄悄走去，一出山门就一溜烟跑了。第一班市营电车开来了。夹杂在稀稀落落的工人中间,我尽情地沐浴着车内明亮的灯光,感觉从来没有到过这么明亮的地方。

那次旅行的细节,现在还清清楚楚地浮现在我的脑海中。那并非是没有目的地的出走。目的地是中学时代修学旅行过的地方。但是在慢慢接近那里的时候,出发和解放的心情实在过于强烈,令我感觉面前只有未知了。

火车行驶的铁路,明明是朝着生养我的故乡而去的熟悉路线,但老旧污黑的火车,看起来从未如此地新鲜和珍奇。车站、汽笛,就连黎明时扩音器中浑浊低音的回响,都在重复着同一种感情,加强这种感情,将令人清醒的抒情般的展望一一呈现在我的眼前。旭日把宽阔的站台分割开来。跑过的足音、木屐敲打地面的声音、响个不停的单调铃声、小贩从篮子里递出来的蜜橘的颜色……这所有的一切,都像是我投身的庞大环境的一个个暗示,一个个预兆。

车站上,无论多么微小的片段,都向着离别和出发这种统一的感情,辐辏集中。我眼前的站台,缓慢、威严,又彬彬有礼地后退着。我感受到了,这毫无表情的混凝土平面,因为从那里移动、离开和出发的人和物,会变得多么的绚烂夺目啊!

我信赖火车。这说法很可笑。虽然可笑,但为了确保自己正在一点点离开京都奔向远方这种难以置信的心情,也只能这么说了。在鹿苑寺的夜晚，我多次听过花园附近行驶的货运列车的汽笛声，而如今居然要乘上那样无论昼夜都确确实实地疾驰在我远方的东西，真是太不可思议了。

火车沿着深青色的保津峡行驶，我曾经和病重的父亲一起眺望过。爱宕连峰和岚山西侧，从这里到园部一带的区域，大概因为气流的影响吧，气候和京都市截然相反。十月、十一月和十二月期间，从夜里十一点到第二天早上十点，保津川上每天都会升起浓雾，把这片地方包围得严严实实。雾气不停地流动，几乎不会断开。

田野在朦胧中铺开，收割过的稻田看起来是灰蓝色的。田埂上稀疏的树木，高低大小各自不同，枝叶都被修剪成高耸的样子，纤细的树干全都被这个地方叫作"蒸笼"的稻束围了起来。它们依次在雾中浮现出来的样子，就像树木的幽灵。有时车窗近旁，会出现一棵非常鲜明的大柳树，背靠着几乎看不清的灰色水田，重重地低垂着湿透的叶子，在雾中轻轻摇摆着，若隐若现。

离开京都时曾经那样雀跃的我的心情，现在变成了对故人的追忆。有为子、父亲、鹤川，唤醒了我无法言表的温柔之情，令我怀疑我是否只能把死者当成人来爱。可是，死者比起生者，是多么的惹人怜爱啊！

在不那么拥挤的三等车厢里，很难让人爱的生者们，心浮气躁地抽着烟，剥着橘子。旁边座位上像是公共团体职员的老人，在大声说着话。他们全都穿着破旧难看的西服，一个人的袖口还露出破了的条纹衬里。我再次确信，人的凡庸是不会因为年龄增长而衰退的。他们被太阳晒焦、满是皱纹的平民风格的大宽脸，和被酒腐蚀的浑浊声音一起，显现出一种可以称作凡庸精华的东西。

他们在谈论人们应该让公共团体捐献的事。一个冷静的秃头老人也不插话，用洗过无数遍的发黄的白麻手巾，不停地擦着手。

"这手黑的。被煤烟熏得自然就变黑了。真头疼啊。"

另一个人接上话了："我说，你是不是曾经给报纸投稿说过这煤烟的问题啊。"

"没有。"秃头老人否认了，"总之，真头疼啊。"

我漫不经心地听着，他们的对话里频频出现了金阁寺和银阁寺的名字。

他们的一致意见是，必须让金阁寺和银阁寺好好捐一笔钱。银阁寺的收入虽然只有金阁寺的一半左右，但也是巨大的金额了。举个例子，金阁寺每年收入五百万以上，寺院的生活就是一般禅寺的水准，水电费加起来一年也不过花费二十多万。剩下的钱都干吗了？寺里给小和尚吃冷饭，住持一个人却每夜跑去祇园吃喝玩乐，还不用交税，简直就是治外法权。就冲着那种事，也该毫不留情地要求他们大捐一笔。两人交头接耳，说个不停。

那个秃头老人，依旧拿手巾擦着手，每到谈话告一段落的时候，就说："真头疼啊。"

那就成了大家的结论。老人的手被擦得发亮，早就没了煤烟的痕迹，散发着挂坠般的光泽。实际上，眼前这双完美打磨的手，与其说是手，不如说是手套更合适。

真是很奇妙。俗世间的批评进入到我的耳朵里，这是第一次。我们属于僧侣的世界，学校也在那个世界里，寺院之间不会彼此批评。但是年老职员们的这番对话，却丝毫没让我感到惊讶。因为那都是明摆着的事情！我们是在吃冷饭。住持一个人每天跑到祇园去玩女人……然而，对于自己被这些老职员用这种方式来理解，我有一种说不出的厌恶。我无法忍受被"他们的语言"说三道四。"我的语言"则另当别论。请回想一下，我发现老师和祇园的艺妓一起散步时，也没有任何道德上的嫌恶感吧。

老职员们的对话，像凡庸的飘香一样，只在我心上留下了少许厌恶就飞走了。我自己的思想里，没有仰仗社会支援的心情。我也没有心情将世间容易理解的框架强加给我的思想。我已经说过多次，不被理解才是我存在的理由。

——突然，车厢的门开了，嗓音沙哑的小贩胸前挂着一个大篮子出现了。我感觉肚子饿了，买了似乎是海草做的绿色面条便当，代替米饭吃了。雾虽然散了，但空中并没有阳光。丹波山边的贫瘠土地上，出现了种植着楮树的造纸人家。

舞鹤湾。不知为何,这个名字一如既往撩动了我的心。从在志乐村度过的少年时代开始,这个名字就是看不见的海的总称,最终成了海的预感本身。

那看不见的海,从志乐村后面高耸的青叶山顶就可以看得很清楚。我曾两次登上了青叶山。第二次,我们恰好看到了进入舞鹤军港的联合舰队。

停泊在波光粼粼的海湾里的舰队,也许是在秘密集结。关于这个舰队的事都属于军事机密,我们几乎怀疑这个舰队是否真正存在。远远望去,联合舰队宛如只知道名字、只在照片里见过的威严的黑色水鸟群,并不知道正被人窥视,被威风凛凛的老鸟警惕地守护着,偷偷享受着沐浴一般。

……"下一站西舞鹤——"列车员在车厢里边走边通报的声音把我唤醒了。慌慌张张挑着行李的水兵们已经不见了。开始做下车准备的,除了我之外,还有两三个黑市商人似的男子。

一切都变了。好像是受到了英文交通标识的威胁一样,这里变成了到处都洋溢着异国风情的港口城市。许多美国兵来来往往。

初冬阴郁的天空下,寒冷的微风饱含盐分,吹过宽阔的军用道路。与其说是海的气味,不如说是一种无机质的、锈铁般的气味。像通向城市深处的运河一样狭窄的海,死寂的海面,系在岩石上的美国小舰艇……这里的确和平,但是太过周到的卫生管理，夺去了军港那曾经杂乱的肉体的活力，把整个城市变成了一座医院。

我没想过会在这里和大海如此亲密。也许从身后驶来的吉普车会半开玩笑似的把我撞到海里去。现在想来，驱使我去旅行的冲动，是来自大海的暗示。那海不是这种人工港口的海，而是我小时候，在故乡成生岬边上接触过的大海，那种原始的、波涛汹涌的大海，是肌理粗糙、始终含着怒气的躁动不安的日本海。

所以，我决定要去由良。夏天的海水浴场很热闹，但是这个季节肯定是满目荒凉，只有陆地和大海在用黑暗的力量搏斗吧。从西舞鹤到由良有三里之远，我的脚依稀还记得路。

路线是从舞鹤市出发，沿着海湾底端向西，垂直穿过宫津线，然后越过泷尻坡，去到由良川。走过大川桥，再沿着由良川西岸北上。之后就是顺着河流走向，最终到达河口。

我离开城市，走了起来……

走着走着，脚一累我就这样问自己："由良有什么呢？我是为了要找到什么明证，才这样拼命地走呢？那里不是只有日本海和荒无人烟的沙滩吗？"

但是我的脚没有要停下来的意思。去哪里都好，总之我想到达某个地方。我要去的地方，地名没有任何意义。无论哪里都行，我心里生出了直面目的地的勇气，几乎是不道德的勇气。

碰巧，天空发出微弱的阳光，路边一棵大毛榉树像是招呼我到它叶隙间洒下的微光里休息。不知为何，我觉得时光荏苒，没有时间休息。

没有渐渐接近宽阔河流的平缓斜坡，在山谷的小路上走着走着，由良川就突然出现在了眼前。河水苍茫，河面宽阔，可是水流却混浊缓慢，在阴郁的天空下，不情愿似的缓缓向大海流去。

来到河的西岸，汽车和行人都消失了踪影。道路两旁不时可以看到夏柑的果园，却杳无人烟。附近有一个叫作"和江"的小部落，那里忽然传来拨开草丛的声音，不过是一只鼻头黝黑的狗探出脑袋而已。

我知道，这一带的名胜就是一个来历不明的山椒大夫[①]的宅邸。我没有心思去拜访，不知不觉从那前面走过去了。这是我一直看着河流的缘故。河中央有一个被竹林笼罩的大沙洲。我走的路上并没有风，可沙洲的竹林却都被风吹向一边。沙洲上有一块靠天上雨水耕种的水田，一二公顷大小，没看见农夫

[①] 丹后国加佐郡由良的一个霸道财主。传说陆奥国（青森县）太守岩城判官正氏因谗言获罪，遭流放筑紫国（九州），其子女二人陪伴母亲寻访途中，在越后国（新泻县）遭人贩子欺骗，母亲被卖到佐渡，子女被卖给了山椒大夫。山椒大夫将二人残酷奴役，二人不堪忍受，姐姐让弟弟逃跑，自己则被折磨致死。弟弟来到京都，向朝廷请愿，获赐丹后、越后和佐渡，亲赴由良诛杀山椒大夫，成功复仇。

的身影，只有一个孤零零垂钓的背影。

久违的人影，令我倍感亲切。

"他是在钓鲻鱼吗？如果钓上来的是鲻鱼的话，这里应该离河口不远了。"

这时，倒伏的竹林的喧噪声盖过了河流的声音，那里看似升起了雾，其实是下雨了。雨滴沾湿了沙洲干燥的河滩。旋即，就有雨点落到我身上了。我被雨淋着，望向沙洲，那里雨已经停了。垂钓的人保持着刚才的姿势，纹丝不动。不久，洒在我身上的阵雨也过去了。

每当道路转弯，野芒和秋草就遮住了我的视野。但是河口马上就要展现在我面前了，因为凛冽潮湿的海风已经刺痛了我的鼻子。

在快到由良川尽头的地方，出现了几处孤寂的沙洲。河水确实临近海边了，被潮水不断侵入。但水面越发平静，不露一点征兆，就像一个失去意识即将死去的人一样。

河口意外地很狭窄。在那里，与河水互相融合、互相侵犯的海，只是争相涌进天空堆积的黑云里，横亘在那儿，海天一色。

为了能触摸和感知到海，还必须顶着横吹过原野和田地的烈风再走一会儿。风全方位地描绘出了北方的海。这么猛烈的风，在空无一人的原野上如此浪费，就是为了海。这就是覆盖此地冬天的气体的海，命令性的、支配性的、看不见的海。

河口对面层层叠叠的波浪，徐徐展示出灰色的海面。一座礼帽形状的小岛，从河口的正面浮现出来。那是距离河口三十多公里的冠岛，是自然保护动物大水雉鸟的栖息地。

我踏进一块旱田。环视四周，是一片荒凉的土地。

此时，某种意念在我心中闪过。灵光乍现后倏忽而逝，也失去了意义。我伫立良久，吹打在脸上的冷风夺走了我的思考。我又迎着风走了起来。

贫瘠的旱地变成了多石的荒芜之地，野草也半枯了。没有干枯的绿色，只有紧贴地面的青苔等杂草，杂草的叶子也都萎缩着，蔫了。这儿已经变成砂石地了。

传来了震颤般的低音。在我不由得背靠烈风，仰望身后的由良岳之时，我听到了人声。

我到处搜寻人影。有一条沿着低矮悬崖下去的小路通向沙滩。我看到，为了对抗严重的海水侵蚀，那里正在沉声进行一项护堤工程。白骨般的混凝土柱散乱地放在沙子上面，新鲜混凝土的颜色看起来生气勃勃。震颤的声音，就是搅拌机搅拌水泥的声音。鼻尖通红的四五个工人，很惊讶地看着身穿学生制服的我。

我也看了一眼他们。人类之间的寒暄就止于此了。

大海从沙滩开始呈擂钵形急剧塌陷下去。我踩着花岗岩质的沙子，朝着波浪走去。朝着刚才我灵光乍现的一个意念，确确实实地、一步一步地走近——这种喜悦再次袭击了我。烈风冰冷，我没有戴手套的手几乎冻僵了，但这都算不上什么。

这里才是真正的里日本①的海！是我所有不幸和阴暗思想的源泉，我所有丑恶和力量的源泉。大海波涛汹涌。波浪一个接一个地涌上来，现在的浪和下一个浪之间，可以看到光滑的灰色深渊。灰暗海面上的天空中，层叠的积云兼有着厚重和纤细。没有分界线的凝重积云，从无比轻盈的冰冷羽毛似的镶边向内延伸，将若有若无的淡蓝的天空围在中央。铅灰色的大海，又紧靠着黑紫色的海角群山。所有的东西都蕴含着一种动摇和不动的对立，有着不断涌动的黑暗力量和矿物般凝结坚固的感觉。

猛然间我想起了第一次见到柏木时他对我说的话：我们突然变得残暴，你不觉得就是一瞬间吗？比如在这个春光和煦的下午，躺在精心修剪的草地上，呆呆地望着从树叶间隙漏下来的跳跃的阳光，这样的瞬间。

现在，我面朝波涛，迎着凛冽的北风。这里没有春光和煦的下午和精心修剪的草地。但是这荒凉的自然，比起春日午后的草地，更讨我的欢心，成为了我亲密的朋友。在这里，我心满意足。我不会被任何东西威胁了。

突然间冒出了一个想法，就是柏木所说的残忍的想法吧。

---

① 指日本本州面向日本海一侧的区域。舞鹤市北临日本海的若狭湾，其中最深入陆地的海湾部分就是舞鹤湾。

总之这个想法突然在我内心生成，点亮了我刚才灵光一现的念头，熊熊地照亮了我的内心。我还没有深思熟虑，这个想法只不过是一道闪光。但是，迄今为止从未有过的这个念头，一旦生成，马上就获得了力量，变得巨大无比。不如说我现在被它包围了。这个念头，就是：

"必须烧掉金阁。"

第八章　决意

我继续走，来到了宫津线丹后由良站前。在东舞鹤中学修学旅行时，也是相同的路线，从这个车站踏上了归途。站前的机动车道上人影稀疏，可知这里就是靠着夏天短暂的景气维持生计的土地。

站前有家小旅馆，挂着"海水浴御旅馆由良馆"的牌子，我突然想在这里住一夜。打开玄关的磨砂玻璃门，我招呼店员，但无人回应。玄关前的铺板积满了灰尘，关着防雨窗的屋内一片昏暗，没有人的气息。

我绕到屋子后面，是一个朴素的小院子，菊花都开败了。有个设置在高处的水槽。水槽上垂着一个淋浴头，可供夏天洗完海水浴回来的客人洗掉身上的沙子。

稍微远点的地方，有一栋应该是旅馆主人家居住的小房子。紧闭着的玻璃门缝里飘出了收音机的声音。那喧嚣的声音听起来无比空虚，反而让人觉得不像是有人在。果不其然，我在散乱放着两三双木屐的玄关，趁着收音机声音的间隙反复地招呼，还是白等了半天。

背后出现了一个人影。那是阴沉的天空中微微渗出了些许阳光，我发现玄关鞋柜的木纹变亮的时候。

我看到了一个女人。身体的轮廓已经融化，肉体荡漾而出，富态白皙，一双眯缝眼似有似无。我请她让我留宿。女人也没说声"跟我来"，就默不作声地转身朝旅馆大门的方向走去了。

——分给我的房间在二楼的角落，是窗户朝着大海方向的一个小间。女人拿来的小火炉炭火微温，烤着尘封已久的房间里的空气，泛起的霉味让人难以忍受。我打开窗户，让自己暴露在北风之下。大海那边也像刚才一样，自娱自乐地继续着云彩悠然而又威严的游戏。云彩仿佛是自然漫无目的的冲动的反映。而它们的一部分里面，必定可以看见明敏理智的蓝色小结晶——碧空的薄片，却看不见大海。

……我站在窗边，又开始追寻刚才的思绪了。我自问，为何在想到烧掉金阁之前，没先想到杀了老师呢？

倒也不是一直没有这个想法。但我马上意识到那是徒劳的。因为我知道，就算是把老师杀了，那光头和那无力的恶，也会源源不断地、无穷无尽地从黑暗的地平线上涌现出来。

凡是有生命的东西，都不会像金阁那样拥有严密的一次性。人类只不过是拥有诸多自然属性中的一部分，用有效的更替方法传播和繁殖下去而已。如果杀人是为了消灭对象的一次性，那么杀人就是永远的误算。我是这么想的。这样一来，金阁和人类存在之间越发显示出明确的对比：从人类易逝的形象中浮现出永生的幻影，而从金阁不灭的美中，却飘出灭亡的可能性。无法根绝有必然灭亡的命运的人类，但却可以毁灭金阁那种不灭的东西。为什么人们没有发觉这一点呢？我的独创性毋庸置疑。如果我烧毁了明治三十年代就被指定为国宝的金阁，那就是纯粹的破坏，是无可挽回的破坏，会确确实实地减少人类所创造的美的总量。

在思考的过程中，我甚至感到了几分滑稽。"如果烧了金阁，"我自言自语道，"那教育效果就会非常显著吧。因为人类就会因此学到，依靠类推得来的不灭没有任何意义；就会因此学到，只是单纯地持续五百五十年屹立在镜湖池畔，并不能成为任何保证；就会因此学到，我们把生存建立于其上的不言自明的前提，可能明天就会崩溃的不安。"

是的。我们的生存的确是被持续一定时间的凝固物所包围和保持着的。例如，工匠为了家居之便打造的抽屉，随着时间的推移，时间就凌驾于其物体形态之上，在数十数百年之后，反而变成了时间凝固于其中的样态。一定的小空间，开始是被物体所占据，但之后就会被凝结的时间所占据。这也许是向某种幽灵的转化。中世的御伽草子①之一的《付丧神记》的开头，这样写道：

> 阴阳杂记云，器物经百年，得化精灵，诓骗人心，号曰付丧神。由是，世俗每年立春之前，家家户户清除旧器，弃于路旁，谓之除煤烟。如此则差一年而不足百年，付丧神的大灾难即可避免。

我的行为，会让人们注意到付丧神的灾祸，把他们从这场灾祸中拯救出来吧。我的这个行为，会把金阁存在的世界推向并展示给金阁不存在的世界吧。世界的意义必会变化吧……

……我越想越快活了。现在包围着我的眼前世界，它的没落和终结已经逼近了。夕阳遍洒，承载着因落日余晖而辉煌粲然的金阁的世界，就像从指缝中漏下的沙子一样，一刻一刻，实实在在地在掉落下去……

* * *

我在由良馆逗留了三天。这三天我足不出户地闷在房间

---

① 日本室町时代和江户时代初期流行的短篇小说，以空想虚构、童话性和教化色彩为特色的作品群，反映了当时的社会状态和思想。

里，旅馆老板娘起了疑心就找来了警官。当身穿制服的警官来到我房间时，我害怕我的计划被发觉，但马上就意识到并没有担心的理由。面对警官的讯问，我老老实实地回答说是想逃离寺院生活一段时间而出走的，并给他看了我的学生证，还故意在警官面前交清了房费。结果，警官采取了保护的态度。他马上给鹿苑寺打了电话，确认我没有弄虚作假，告诉寺里他将护送我回去。而且，为了不伤害有前途的我，他还特意换上了便衣。

在丹后由良站等火车的时候阵雨袭来，露天车站一下子就淋湿了。警官带我进了车站办公室，自豪地给我介绍说，站长和站员都是他的朋友。不仅如此，他还给他们说我是他外甥，是从京都来这里拜访他的。

我理解了革命家的心理。围坐在通红炽热的铁火钵旁谈笑风生的乡下站长和警官，丝毫没有预感到逼近眼前的世界的变动，以及自己世界的秩序近在咫尺的崩塌。

"如果金阁烧毁了……金阁烧毁了，这些家伙的世界就会变样，生活的金科玉律就会被颠覆，列车时刻表就会混乱，这些家伙的法律就会无效吧。"

一个面无表情的未来的犯人就在自己身边坐着，正伸着手烤火——他们却全然不知，这令我感到欣喜。开朗的年轻站员大声吹嘘着下次休假要去看的电影。那是部精彩的催泪电影，也不乏夸张的激烈格斗场面。下一次休假去看电影！这个朝气蓬勃、比我强壮太多、充满活力的青年，会在下一次休假时看电影，抱女人，然后进入梦乡。

他不停地调侃站长，说笑话，然后被训斥，其间还殷勤地往火炉里添炭，在黑板上写一些数字。生活的魅惑，又或是对生活的嫉妒，再次要将我俘获。不去烧毁金阁，逃离寺院还俗的话，我也可以沉浸在这种世俗的快乐里。

……但是，黑暗的力量忽然苏醒，把我从那当中拽了出来。我还是得烧毁金阁。为我特别定制的人生、前所未有的人生将会在那时开启。

——站长去接了电话，不久来到镜子前，认真地戴好了镶着金线的制服帽，清了清嗓子，挺着胸脯，就像去出席典礼一般，来到了雨后的站台上。不一会儿，我们要乘坐的列车就紧贴着铁路边的悬崖峭壁，发出轰鸣滑行过来。那是雨后的悬崖泥土带来的新鲜潮湿的轰鸣声。

* * *

晚上八点十分，火车到达了京都站。我被便衣警官护送到了鹿苑寺的山门。那是个寒冷的夜晚。穿过松林延绵的黑色树干，山门那顽固不化的身影逼近而来时，我看到了站在那里的母亲。

母亲正好站在"若有违犯者，依国法处罚"的木牌旁边。头发乱蓬蓬的，在大门的灯光下，白发看起来像是一根根地直竖着。母亲的头发其实没有那么白，只是在灯光的映照下显得煞白，白发笼罩下的瘦小脸庞一动不动。

母亲瘦小的身子，看起来却无限地膨胀，变得巨大无比。母亲身后洞开的大门里，前庭的黑暗四处弥漫。以这黑暗为背景，母亲系着唯一能穿出门的磨破的金线刺绣腰带，粗陋的和服可笑地变了形，伫立在那里纹丝不动，简直像一具僵尸。

我踌躇不前了，很惊讶为何母亲会来这里。事后才知道，老师得知我出走后就去向母亲询问，母亲张皇失措地来到鹿苑寺，结果就那样住下了。

便衣警官推了下我的后背。随着慢慢接近，母亲的身影却渐渐变小了。母亲的脸在我的眼睛下，抬头看着我，丑陋地扭曲着。

感觉，大概从没欺骗过我。母亲狡黠的深陷小眼，如今更加使我明了了我厌恶母亲的正当性。我前面已经说过，原本对于这个人生下了我的不愉快的厌恶感，那深深的耻辱感……反而把我和母亲隔绝开来，甚至没有给我留下复仇的余地。然而，我们之间的牵绊却没有解开。

……可是现在，看着母亲沉浸在母性的悲叹中，我却突然感觉到了自由。不知为何，我感到母亲已经再也无法威胁我了。

——突然响起了像被绞杀一般刺耳的呜咽声。紧接着,那手就伸过来,无力地扇了我一记耳光。

"你个不孝子!忘恩负义的家伙!"

便衣警官默不作声地看着我被母亲打。打我的手指尖乱了方寸,已经失去了力量,但反而像冰粒一样刮过了我的脸颊。母亲一边打我,一边脸上还是一副苦苦哀求的表情。我看不下去,就把眼睛移开了。过了一阵,母亲的语调变了。

"那么远……你跑去那么远,钱从哪里来的?"

"钱吗?从朋友那里借来的。"

"真的吗?不是偷来的吗?"

"没偷啊。"

这好像是她唯一担心的事情,母亲松了口气。

"是吗……你没干什么坏事吧?"

"没有。"

"是吗?那就好了。去跟方丈好好道个歉吧。我也跟他好好道过歉了,你要诚心诚意地道歉,请求他原谅。方丈心胸宽广,他会放过你的。如果你这次还不洗心革面,妈妈就死给你看。真的。如果你不想让妈妈死,就好好重新做人吧。然后成为一个了不起的和尚……好了,赶紧先去赔罪吧。"

我和便衣警官默默地跟在母亲身后。母亲连应向便衣警官打招呼都忘记了。

看着母亲迈着小碎步、耷拉着腰带的后背,我在想是什么让她变得更加丑陋了。让母亲变丑的……那就是希望。就像在肮脏皮肤上盘踞着的顽固皮癣一样，泛着湿润的淡红色，不断地让人发痒，不输给这世上任何东西的希望。这是无可救药的希望。

* * *

冬天来了。我的决心越发坚定了。计划一再推迟，不过我没有厌倦这种一点点拖延的感觉。

之后的半年里，让我烦恼的倒是别的事情。每个月底柏木都来要债，通知我加上了利息的金额，还口吐脏话地叱责我。但是我已经没有要还钱的打算了。为了避开柏木，我想只要不去上学就好了。

一度下定了的决心，又经历了种种动摇，变得犹豫不定、瞻前顾后。请不要奇怪为什么我没有讲这个经过。我心的易变已经消失。这半年来我的眼睛只盯着一个未来，从未移开。其间，我大概已经明白了幸福的意义。

第一，寺院的生活变得轻松了。一想到反正金阁要被烧掉，无论多么辛苦的工作都变得好忍受了。就像预感到死的人一样，我对寺里人们的态度好了起来，说话带着笑脸，无论何事都小心翼翼地以和为贵。我甚至与大自然也和解了。就连冬天每个早晨都来啄食落霜红残存果实的小鸟,我也对它们的胸毛抱有了亲近感。

甚至连对老师的憎恶,我都忘记了!我从母亲、朋友,从所有事物的束缚之中解脱出来,成了自由之身。但是我还不至于愚蠢到产生这样一种错觉:把现在这个全新世界里每天的舒畅当作是不劳而获的世界的改变。无论何事,从最终的结果来看,都会变得可以原谅。把这种从最终结果来看的眼光据为己有,知道决定最终结果的就是我自己,这才是我自由的根本。

虽说是唐突冒出的念头,可烧掉金阁这个想法就像新做的洋装似的,穿上后越发感觉合身了,就像是从出生起就一直有这个志向一样。至少从父亲陪我看到金阁的那一天起,这个想法就在我内心生根发芽,等待开花了。金阁映照在少年眼里,美得超凡脱俗,其中就已经具备了日后我成为放火者的诸多理由。

昭和二十五年三月十七日,我从大谷大学预科毕业了。两天后的十九日是我的生日,我满二十一岁了。预科三年的成绩很出色。排名是七十九人中第七十九名,各科目的最低分是国语的四十二分。全部六百一十六课时中旷课二百一十八课时,超过了三分之一。即便如此,这所大学出于佛祖的慈悲心,没有设置落榜,所以我还是升入了本科。老师也默认了。

课还是照样逃,我到处游玩免费的寺院神社,度过了从晚春到初夏的美丽时光。只要是能走到的地方我都步行前往。不禁想起了这样的一个日子。

那天我走在妙心寺寺前的大路上。忽然,我发现了前面有一个迈着和我同样步幅的学生。他停下来走近一家古老的屋檐低垂的香烟铺要去买烟,我看到了他头戴制服帽的侧脸。

那是一张长着剑眉、棱角分明的白皙侧脸。从制服帽看,是京都大学的学生。他用眼睛的余光瞥了我一眼,仿佛一道浓重的阴影倾泻而来。这时,我的直觉告诉我:"他一定是放火者。"

那是下午三点,并不是适合放火的时间。一只迷途的蝴蝶飞入了沥青的巴士道路,在香烟铺门前插着的一枝衰败的茶花上流连。白色茶花枯萎的部分呈茶褐色,就像被火烧过的痕迹。巴士一直不来,道路上的时间像是停滞了。

我也不知道,为何我会感到那个学生正在一步步走到放火的边缘。只是我感觉他就是放火者。他特地选择了最为困难的白昼放火,向着他自己坚定的志向,缓缓地走过去。他的前方有火和破坏,他的背后有被抛弃的秩序。从他那带着几分庄严的制服后背,我感觉到了这一点。也许我很久以前就这么想象过,年轻的放火者的后背就应该是这样的。曝晒在阳光下的黑色化纤制服后背,充斥着不吉和危险的东西。

我放慢了脚步,想跟踪这个学生。走着走着,我发现他左肩稍稍下倾,那背影简直和我的一样。他比我英俊得多,但一定是同样的孤独、同样的不幸和同样的对美的妄执,促使他采取了和我同样的行动。不知从何时起,跟踪着他,就好像提前看到了我自身的行为一般。

晚春的下午,阳光灿烂,空气慵懒,正是容易发生这种事的时候。我变成了双重的人,我的分身事先模仿了我的行为,给我清清楚楚地展示了真正付诸行动时我无法看到的自己。

巴士一直没有来,路上的人影也绝迹了。正法山妙心寺巨大的南门逼近眼前。左右两扇大门洞开,仿佛要把所有的现象都吞进肚子里一般。从这边望去,次第层叠的敕使门、山门柱子、佛殿的屋脊、茂密的松林,以及轮廓鲜明的一片蓝天,甚至连几块朦胧的云彩,都被那宏伟的大门吞没了。越接近大门,就看见越来越多的内容加入其中:宽阔寺院里纵横交错的石板路,许多佛塔小院的围墙。然后一旦穿过大门,就明白这神秘的大门将全部的苍穹和云都尽收其中了。大伽蓝就是这个样子的。

那个学生走进了大门。他绕过敕使门外侧,来到了山门前的莲花池畔,站在池塘上面的唐风石桥上,仰望着耸立的山门。我想,他放火的目标是那座山门吧。

那是一座雄伟的山门,作为放火的目标再适合不过了。在这样一个阳光明媚的下午,恐怕看不见火吧。看不见的火焰被浓烟裹挟舔舐天空的情景,只要看到蓝天在扭曲摇动,也就知道了吧。

学生已经靠近了山门,我为了不被他发觉就绕到山门的东侧窥探。已经到了化缘僧归寺的时刻。从东边的道路上，化缘僧一行三人穿着草鞋踩着石瓦路雁行而来。每人手里都拿着竹编斗笠。回到僧房之前都要遵守化缘的规矩，因此他们眼帘低垂，只看前面三四尺远，也不私语，安静地从我前面右拐而去。

学生还在山门处犹豫不决。终于，他靠着一根柱子，从口袋里掏出了刚才买的烟，不安地环视四周。我想，他一定是借着香烟来点火的吧。果然，他叼起了一根烟，将火柴靠近脸颊擦着了。

火柴的火苗，一瞬间发出了小小的透明的闪耀。火的颜色甚至连学生自己都看不见，因为当时午后的阳光正好包围着山门的三个方向，只在我这边落下了阴影。在倚着莲池畔山门柱子的学生的脸颊旁边，一瞬间熊熊燃起了火的泡沫。然后他马上用力挥手把火苗熄灭了。

学生好像并不满足于仅仅熄灭了火柴，又用鞋底仔细地踩了踩扔到基石上的火柴。之后，他一边惬意地吸着烟，一边不顾我的失望，走过石桥，经过敕使门旁边，悠然地走出了南门，走向了两旁延伸着鳞次栉比的人家的大路……

他不是放火者，只是一个散步的学生。可能是有点无聊，有点穷，只是这样的一个青年而已。

对于将这一切尽收眼底的我来说，他不是为了放火，只是为了抽根烟就那样慌张地环视四周的谨小慎微，那种学生哥式的违法的穷酸喜悦，以及其后那种小心仔细地踩踏已经熄灭了的火柴的态度，即他的"文化教养"，令我不满。正是这种无聊的教养，使他成为了小小火苗的奴隶。他也许还以为自己是火柴的管理者，是这个社会尽职尽责的火的管理者，因此洋洋自得了吧。

京都城内外的古寺，明治维新以后很少被烧毁，也是拜这种教育所赐。即便是偶尔的失火，火势也会马上被隔断，被细分，被管理。而那之前绝非如此。知恩院在永享三年遭遇大火，之后又数次蒙受火灾；南禅寺明德四年总本山的佛殿、法堂、金刚殿、大云庵等起火；延历寺在元龟二年化为灰烬；建仁寺在天文二十一年罹难于战火；三十三间堂在建长元年被烧毁；本能寺在天正十年毁于兵火……

那时，火与火是亲密无间的。火不像现在一样被细分，被贬低，它那时总能和别的火联合起来，集结成无数的火。人类恐怕也是如此。火无论在哪里都能够呼唤其他的火，那声音马上就可以传到。寺院的火灾都是缘于失火、延烧或兵火，并没有放火的记录，因为古代即便有我这样的男子，他也只需屏住呼吸躲起来等着就好。寺院必然会在某一天被烧毁。火是丰富的，也是放纵肆意的，只要耐心等待，火必然会伺机而动。火与火，携起手来完成它们应该完成的事情。金阁只是出于难得的偶然才免于火灾。火自然而起，灭亡和否定是常态，建造好的伽蓝必然被烧毁，佛教的原理和法则严密地支配着地上世界。即便是放火，那也是极其自然地诉诸了火的种种力量，历史学家谁也不会认为那是放火吧。

那个时候，地上世界动荡不安。而昭和二十五年的现在，地上世界的动荡不安也不亚于当时。如果说曾经寺院是因为动荡不安而被烧毁的话，那为什么现在金阁还有不被烧毁的道理呢？

* * *

虽然我总是逃课，但图书馆却是经常去的。五月的一天，我见到了我一直躲避的柏木。看到我躲避的样子，他很感兴趣似的追了上来。如果我跑起来的话，内翻足的他是不可能追上我的。这样一想，我反而停下了脚步。

柏木抓住了我的肩膀，喘着粗气。大概是放学后的五点半左右。为了不和柏木迎头碰上，我走出图书馆之后，会特意绕到校舍的后面，沿着西侧临时搭建的教室和高高的石墙之间的道路走。那里是野菊丛生的荒地，其间散落着纸屑和被丢弃的空瓶子，偷偷溜进来的孩子们在练习棒球的抛接球。放学后的教室空无一人，透过破玻璃窗可以看到里面布满尘埃的书桌行列，孩子们喧闹的声音更衬托出教室的寂静。

我穿过那里,来到主楼的西侧,在挂着一块"花道部工房"牌子的小屋前,停下了脚步。墙边高高耸立的樟树丛,越过小屋的屋顶,将它们夕阳下的细长叶影,映照在主楼红色的砖瓦墙上。沐浴着夕阳的红砖墙灿烂辉煌。

柏木一边喘着粗气,一边将身子靠在了那面砖墙上。樟树沙沙作响的叶影,给他一如既往的憔悴脸颊添上了色彩,洒下了神奇跃动的影子。也许是与他不相称的红砖墙的反射,令他看起来如此吧。

"五千一百元噢,"他说道,"这个五月末要还我五千一百元噢。你越发难以靠自己还清了。"

他从胸前的口袋掏出了一直折好放在那里的借据,展开了给我看。或许是看到我要伸手去抓,怕被撕破,他又慌忙折好放回了原处。我眼前只有那恶毒的朱红色拇指印的残影一闪而过。我的指纹看起来太凄惨了。

"快还给我!那样才对你好。不管学费也好,还是别的什么钱,不都是可以挪用的吗?"

我一直沉默不语。世界的毁灭就在眼前,我还有还钱的义务吗?我想稍微暗示一下柏木,这种诱惑驱使着我,可一想又作罢了。

"你不说我哪里知道呢?是因为结巴不好意思吗?事到如今还有啥不好意思?!你是个结巴,就连这个也知道啊,就连这个,"他用拳头击打着夕阳映照下的红砖墙,拳头沾上了黛赭色的粉末,"就连这墙也知道,这个学校里谁不知道啊!"

即使如此,我依然保持沉默与他对峙着。此时,孩子们的球打偏了,滚到了我俩中间。柏木准备拾起来还回去,微微弯下了身子。我心里突然涌起了一种恶趣味,想要看看他是如何调动他那双内翻足,让他的手能够够着一尺前的球的。我的眼睛下意识地盯着他的脚。柏木近乎神速地察觉了我的意图。他直起了还没有弯下的身子盯着我,那双眼里有着不像是他的,失去了冷静的憎恶。

一个小孩战战兢兢地靠近,从我们俩之间捡了球逃走了。终于,柏木开口了:"好。如果你是这个态度的话,我也有我的办法。下个月回老家之前,无论如何,我都会把我的钱要回来的。你最好做好心理准备。"

* * *

进入六月,重要的课程逐渐减少,学生们都各自开始做回老家的准备。这是六月十日的事情,我至今难忘。

从早晨开始下雨,入夜后变成了倾盆大雨。晚餐之后大家都在自己房间里看书。夜里八点左右,从客殿到大书院的走廊传来了脚步声,好像是有客人来拜访难得没出门的老师了。但是那脚步声非常奇特,就像雨点散乱地打在门板上的声音。带路徒弟的脚步声安静而规矩，客人的脚步却把走廊的老旧木板踩得嘎嘎作响，并且非常缓慢。

雨声笼罩着鹿苑寺黑暗的轩廊。大雨如注，泼洒着这古老的大寺，填满了无数空荡荡的潮霉房间的夜晚。寺厨也好，执事寮也好，殿司寮也好，客殿也好，耳之所及，全是雨声。我想看如今占领了金阁的雨，便稍稍打开了房间的拉门。铺满石头的小中庭溢满了雨水，水露出黑色光滑的脊背，从一块石头流向另一块石头。

新来的徒弟从老师的居室回来，朝着我房间探了个脑袋说："有个叫柏木的学生来找老师了。他不是你的朋友吗？"

我瞬间变得不安起来。于是，当这个白天担任小学教师的戴着眼镜的徒弟要告辞而去时，我连忙把他请进了房间。因为我无法忍受一个人待着胡乱想象大书院里的谈话。

过了五六分钟，传来了老师摇响的铃声。铃声劈开了雨声，清脆地响彻整个走廊，又戛然而止。我们互相看着对方的脸。

"叫你呢。"新来的徒弟说道。

我费了好大劲才站起来。

老师的桌子上铺着按了我拇指印的借据，老师拿着纸的一端，给跪在走廊上的我看。我没被允许进到房间里。

"这确实是你的拇指印吧？"

"是的。"我答道。

"你真是给我出了难题啊。今后如果再发生这样的事情，就不能让你待在寺院里了，多加注意吧。其他还有很多……"刚说了一半，老师顾忌一旁的柏木，闭上了嘴，"钱我来还，你退下吧。"

听了这句话，我终于有心情看了一眼柏木的侧脸。他神情老实地坐在那里，根本没朝我这边看。他自己都未曾意识到，作恶时他会现出一副最为无辜纯洁的表情，仿佛他性格的核心脱离了他。知道这一点的只有我。

回到自己房间的我，在激烈的雨声中，在孤独中，一下子被解放了。新来的徒弟已经不在了。

"就不能让你待在寺院里了"，老师这样说了。我是第一次从老师口中听到这个，也就是说，这是老师的口头许诺。突然，事态变得明了了。老师心里已经有了放逐我的念头。我必须马上付诸行动了。

如果柏木没有采取今夜的行动，我就不会有机会听到老师说那句话，也许就会将实际行动向后推迟。一想到给予我下决心的力量的是柏木，我心头就涌上了对他奇妙的感谢之情。

雨势丝毫没有减弱的迹象。虽是六月却感到寒意，被门板围起来的五叠榻榻米的仓库，在昏暗的电灯下显得荒凉。这就是我也许不久就会被赶出去的住所。没有一丝装饰，变色的榻榻米席子，黑色的布边已经破烂、卷曲，露出了里面的硬线。进入黑暗的房间打开电灯时，我的脚趾经常会被钩住，但我也没想去修补。我对生活的热情和榻榻米席子没有关系。

随着夏天的到来，五叠的空间，充满了我酸臭的体味。可笑的是，我是僧侣，却也有着青年的体臭。臭味浸入了房间四角发着黑光的粗旧柱子和厚门板里，它们经年累月形成锈斑的木纹之间散发着年轻生物的恶臭。那些柱子和门板，已经半化成了带着腥臭的不动的生物。

此时，走廊上又传来了刚才那奇异的脚步声。我起身来到走廊。走廊那头老师居室的灯光照射着的陆舟松，高高抬起濡湿的发黑的绿色船头。柏木背对着松树，像是机器突然停止了一般站住不动了。我呢，脸上浮起了微笑。看到我的笑容，柏木第一次露出了近似恐惧的神情，对此我很满足，开口说道："不来我房间坐一下吗？"

"什么啊。可别威胁我啊。你这个人可真奇怪。"

——柏木还是进来了，像往常一样，用下蹲的动作缓慢地坐在我给他准备的薄坐垫上，把腿伸开，抬头环视了房间。雨声像是厚厚的锦帐屏蔽了外部。打在廊檐上的水花，时而星星点点地反弹到拉门上。

"你就别再恨我了。我之所以不得不出此下策，也是你自作自受。就这样算了吧。"他说着，从口袋里掏出了一个印着"鹿苑寺"字样的信封，数起了纸币。是今年正月刚刚发行的崭新的千元纸币，只有三张。

我开口了："这里的纸币干净吧。老师有洁癖，执事每隔三天就要去银行换零钱。"

"看呀,只有三张。你这里的和尚真够小气的。说是学生之间的借贷,不能算利息。他自己倒是赚得钵满盆满的。"

柏木这意外的失望,令我从心底感到愉快。我不客气地笑起来,他也附和着笑了。可是,这种和解也不过短短一瞬间,收起了笑容的他,看着我的额头,像是要和我撇清关系似的说:"我知道的。你这一阵是在策划着什么毁灭性的事件吧。"

我费了好大劲抵挡他沉甸甸的视线。不过,他所谓的"毁灭性"的理解,和我的志向相去甚远。一想到这一点,我就恢复了平静,回答也丝毫没有口吃。

"不是……完全没有。"

"是吗?你真是个奇怪的家伙啊,是我迄今为止遇见的最奇怪的家伙了。"

我知道这句话是对着我嘴角还没有消失的微笑说的,然而当我确信他绝对不能察觉我心中涌起的感谢的含义时,就更加自然地绽开了笑容。在世间普通的友情的平面上,我这么问他:"你已经要回老家了吗?"

"是啊。打算明天就回去。今年夏天就在三宫过了吧。那里也是挺无聊的……"

"那暂时在学校也见不着了啊。"

"说啥啊。明明你根本不来上课嘛。"——这么说着,柏木慌忙解开制服的纽扣,摸索着里面的口袋,"……回老家之前,我想让你高兴,就把这个拿来了。因为你太欣赏那个家伙了。"

四五封信被抛在我的桌子上。看到寄信人的名字,我大吃一惊。柏木却轻描淡写地说了起来:"看看吧。都是鹤川的遗物哟。"

"你曾经和鹤川很亲密吗?"

"算是吧,是按照我的方式的那种亲密。可是,那家伙生前极其讨厌被人看作是我的朋友。即便如此,他还是只向我袒露心声。他已经死了三年,也可以给外人看了吧。特别是你也和他很亲近,所以我就想着只给你看。"

信的落款日期都是他死前不久。昭和二十二年的五月,他基本上每天都从东京给柏木寄信,却没给我写过一封信。这么看来,他从回东京第二天开始就每天给柏木写信了。笔迹无疑是鹤川的,四四方方、带着棱角的幼稚的字。我生出了一丝嫉妒。在我面前,鹤川透明的感情似乎没有丝毫的伪装,有时候还说柏木的坏话,非难我和柏木的交往,没想到他自己却深深隐藏着和柏木如此密切的关系。

我按照落款日期的顺序,开始读薄便签纸上的小字。文章是无法形容的拙劣,思路不通,很难从头读到尾。但是,从颠三倒四的文章背后,我感受到了一种模糊的痛苦。再接下去读之后的信时,鹤川的痛苦愈发鲜明地跃然纸上。往下读着,我忍不住潸然泪下,一边哭着,一边被鹤川凡庸的苦恼惊呆了。

那只不过是一个很寻常的小小恋爱事件而已,也只不过是不被父母允许的、不为人所知的不幸的恋爱而已。可是,写下这一切的鹤川自己,在不知不觉中犯下了夸张感情的错误,下面的一句话令我愕然不已。

现在想来,甚至觉得这段不幸的爱情,就是我这不幸的心造成的。我的心生来就是阴暗的。我的心,最终也不知道何为悠然适意的明亮。

最后一封信的末尾,以湍急的调子戛然而止,我这才带着一种前所未有的疑惑醒悟过来。

"难道是……"

对着欲言又止的我,柏木点了点头。

"是的。是自杀。我只能这么想。家人为了世间的面子才说是被卡车撞死的吧。"

我愤怒地口吃着,向柏木索要答案:"你给他回信了吧?"

"回了,可是他死后信才送到。"

"写了什么?"

"写了'不要死'。只有这个。"

我沉默了。

我确信感觉从来不会欺骗我,但这一次却是徒然。柏木又一次直击了我的要害。

"怎么样啊?读了这些,是不是人生观也改变了?你的计划全部失算了吧？"

　　柏木在三年后给我看这个的用意很明显了。但即便受到了这样的打击，躺在夏日茂盛草丛中的少年的白衬衫上，朝阳透过树叶洒下小小的点点光斑——那情那景，也不曾从我的记忆中消逝。鹤川死了，三年后却变成了如此模样。托付在他身上的东西应该随着他的死亡而消失，可是，这个瞬间，它们却带着另外一种现实性苏醒了过来。比起记忆的意义，我变得相信记忆的实质了。如果不相信它，生命本身就会崩溃——我是在这样的状态下相信的⋯⋯但是，柏木俯视着我，满足于他刚才动手进行的心灵杀戮。

　　"怎么样？你心中有什么东西坏掉了吧？我不能忍受看着朋友怀抱着易坏的东西而生存。我的体贴关怀，就是努力去破坏它。"

　　"如果还没坏，你怎么办？"

　　"你就别像小孩似的不服输了，"柏木嘲笑道，"我是想告诉你，让这个世界变化的东西是认识，好吗？别的东西，没有一样能够改变世界。只有认识，能使世界保持原来的状态而变化。从认识的眼睛看，世界是永久不变的，同时也是永久变化的。你会说那有什么用吧。可是，这么说吧，为了忍耐生存，人类才拥有了认识这个武器的。动物不需要这个东西，因为动物没有要忍耐生存的意识。生的难耐原封不动地变成人类的武器，这就是认识。可是尽管如此，生的难耐程度却丝毫没有减轻,仅此而已。"

"为了忍受生,没有别的办法了吗?"

"没有啊。之后就是发狂或者死亡了。"

"让世界变化的绝对不是什么认识,"我不禁冒着接近袒露心声的危险反驳道,"让世界变化的是行为。只有这个。"

果然,柏木用像贴上去的冷冷的假笑接受了我的这句话。

"啊哈,来了。说是行为了。但是你不觉得你喜欢的美的东西,都是在被认识守护着的贪眠的东西么?比如之前说过的'南泉斩猫'中的那只猫啊,那只无法形容的美丽的小猫。两堂的僧人之所以要争抢,就是因为想将猫秘藏在各自的认识之中,养育它,让它悠闲地睡觉吧。可是,南泉和尚是位行动者,干脆利落地把猫斩杀扔掉了。之后的赵州和尚,把自己的草鞋放在头顶上了。赵州要说的话就是这个。他还是知道美应该是被认识守护着安眠的东西。但是,个体的认识,各自不同的认识,是不存在的。认识既是人类的大海,也是人类的原野,是人类普遍存在的样态。我想这就是他要说的话。你现在是要以南泉自居吗?……美的东西,你所喜爱的美的东西,是人类精神中委身于认识的残存部分、剩余部分的幻影,是你所说的'忍耐生的其他方法'的幻影。可以说原本就没有这种东西。虽然可以这么说,但将幻影变得有力,赋予它尽可能的现实性的,还是认识。对于认识来说,美绝不会是慰藉。可能是女人,也可能是妻子,但不是慰藉。可是,这种绝不是慰藉的美，和认识结合之后，就会生出某种东西。像虚幻的泡沫那样，无可奈何的东西。世间称作艺术的，就是这种东西。"

"美是……"我刚一开口，就剧烈地结巴起来。虽然是毫无道理的想法，但这时，我脑子里掠过了一丝疑惑，我的口吃不是从我美的观念中生出来的吗？"美是……美的东西对我来说，已经是怨敌了。"

"你说美是怨敌？"——柏木夸张地瞪大了眼睛。在他兴奋的脸上，恢复了往常带有的哲学意味的爽快。"这是多大的变化啊，能从你的嘴里听到这个。我也必须重新校准自己认识透镜的度数了。"

……此后，我们还进行了很长时间的亲密讨论。雨没有停。告辞之际，柏木讲了我还没见过的三宫和神户港，描绘了夏天离开港口的巨轮。这唤醒了我对舞鹤的回忆。无论怎样的认识和行为，都难以代替出港的喜悦吧——在这个空想上，我们两个穷学生的意见，总算达成了一致。

第九章　肉欲

老师总是以恩惠取代垂训，而且正是应该给予我训诫的场合，老师却施以了恩惠，这恐怕不是偶然。柏木来要钱的五天后，老师把我叫去，亲手递给了我新学年第一学期的学费三千四百元、交通费三百五十元以及文具费五百五十元。学校规定暑假前必须缴清学费，但我没想到出了那事之后，老师还能给我钱。既然知道了我不可信赖，就算有心给我钱，老师也应该直接把钱寄给学校吧。

但是，即使老师是这样亲手把钱交给我，我也比老师更清楚，他对我的信赖是虚伪的。老师默默地给予我的恩惠，与老师那粉色柔软的肉非常相似。那是充满虚伪的肉，以信赖应对背叛、以背叛应对信赖的肉，百腐不侵，悄悄地繁殖着的温暖的、粉色的肉……

就像当时警察来到由良的旅馆时我一瞬间唯恐想法暴露那

样，我又产生了一种近似妄想的恐惧：说不定老师已经看穿了我的计划，给我钱是为了让我错失行动的机会吧。我感觉小心翼翼地拿着这些钱的期间，是不能鼓起付诸行动的勇气的。必须尽快找到花掉这些钱的途径。偏偏穷人就想不出花钱的好办法。必须想到一个花钱的方法，能使老师一旦知道就暴跳如雷，然后即刻把我逐出寺院的方法。

那天我在厨房当值。晚餐后，我在厨房里洗着碗筷，无意中看了一眼已经安静下来的食堂。和厨房的交界处立着一根柱子，在烟熏火燎下黑得发亮，上面贴着一张完全变色的木牌。

　　阿多古　　小心火烛
　　祀符

……我心中看到了被护符囚禁着的火的苍白身姿。我看见曾经豪华绚烂的东西，在古老护符的身后显现出苍白、隐隐的病弱状态。如果说现在的我，对火的幻象能够感受到肉欲，人们会相信吗？如果说我生存的欲望，全部都寄托在火的身上，那么对它感到肉欲，难道不是自然的吗？而我的这种欲望造就了火柔美的身姿，火焰仿佛知道能够通过黑色发光的柱子被我看见，于是温柔地整理仪容，梳洗打扮。那胳膊，那腿，那胸，都婀娜多姿。

六月十八日晚，我把钱放到怀里，悄悄地溜出了寺院，去了通称五番町的北新地。我早有所耳闻那里很便宜，对寺院里的小和尚也很热情。五番町离鹿苑寺不远，走路也不过三四十分钟的距离。

那是一个潮湿的夜晚，薄阴的天空中月色朦胧。我穿着褐色的裤子，身披宽松的外套，脚下趿着一双木屐。也许几个小时之后，我还会以同样的一身装扮回来吧。但是我的本质却变成了另外一个人——这样的预想，如何才能使我自己接受呢？

我的确是为了生存而要烧掉金阁的，但是我现在做的事情却像是死的准备。就像决心自杀的童男，在那之前要去一趟妓院一样，我也准备去。安心就好。这样一个男人的行为，不过是在固定格式后的署名那样，即便失去了童贞，他也绝对不会变成"另外一个人"的。

那数次的挫折，女人和我之间因金阁遮挡而来的那些挫折，这次已经无需害怕了。因为我从来没有梦想过，通过女人来参与人生。我的人生已经被牢固地确定在远方，而到达那里之前的我的行动，只不过是履行阴惨的手续而已。

……我这么说给自己听。于是耳边又回响起了柏木的话。

"卖春女并不是出于爱情才接客的。老头也好，乞丐也好，独眼龙也好，美男子也好，甚至隐瞒病情的麻风病人也好，她们都会接待的。普通人的话，会安心于这种平等感而去找个卖春女度过初夜吧。但是我并不喜欢这种平等。我无法忍受四肢健全的男人和我这样的男人受到一视同仁的待遇，这对于我来说，是一种可怕的自我冒渎。"

回想起的这段话，令现在的我感到不快。但是除去口吃，可以说四肢健全的我，与柏木不同，只需相信自己的丑与常人无异就好了。

"……虽说如此，女人不会以她的直觉，发现我丑陋的额头上有天才犯罪者的印记吗？"

我心中又充满了愚蠢的不安。

我的脚步停滞不前了。思来想去，我已经搞不清楚到底是为了烧毁金阁而舍弃童贞呢，还是为了失去童贞而去烧掉金阁。此时，心头毫无意义地浮上了"天步艰难"这个高贵的词，我反复念叨着"天步艰难，天步艰难……"向前走去。

就这样走着走着，弹子房、小酒馆等明亮的热闹到了尽头，我开始看到一个角落，荧光灯和微微发白的纸灯笼在黑暗中整齐地排成一列。

从走出寺院开始，我一直空想着有为子还活着，在这个角落里隐居着。空想给了我力量。

因为自从下决心烧掉金阁以来，我又重新回到了少年时代初始那纯新无垢的状态，所以我想我是可以再一次邂逅人生伊始时遇见的人和事的。

今后我明明会活着，但不可思议的是，我却一天比一天有强烈的不吉的预感，好像明天就会死去似的。我祈求死神在我烧毁金阁之前一定放过我。绝对不是病，也没有生病的预兆。但是让我活着的各种条件的调整和责任，无一例外地全部压在我的肩头，我日复一日地强烈地感受到那沉甸甸的重量。

昨天扫除时，我的食指被笤帚的竹篾划伤了。连这小小的伤口也成了我不安的种子。我想起了被玫瑰花刺伤指尖而死的诗人。① 那些凡庸的人们不会因为这种事而死，但是因为我成了重要的人，所以就不知道我会招致怎样的宿命般的死了。手指的伤幸好没有化脓，今天一按伤口，也只是微微的疼痛而已。

就是去五番町，不消说我也没有懈怠卫生上的注意。前几天，我就跑到不认识我的远处的药店，买回了安全套。沾满细粉的薄膜呈现出极其羸弱和不健康的颜色。昨夜我试了一个。用洋红色油画棒画的春宫佛画、京都观光协会的日历、打开正好是佛顶尊胜陀罗尼经文的禅林日课、脏污的袜子、刺蓬蓬的榻榻米席子……在这些杂乱之中，我那玩意，像光滑的、没眼没鼻的、不吉利的灰色佛像一样立了起来。这令人不快的姿态，令我想起了如今只留在传说中的那个叫作"罗切"②的残酷行为。

---

① 奥地利诗人里尔克（1875—1926），据说因指尖被玫瑰花刺伤，引起感染而死。
② 切除阴茎以断淫欲。

……我走进了纸灯笼连成一片的巷子。

百数十栋房子都是相同的建筑样式。据说如果能在这里找到总头目帮忙的话，通缉犯也很容易躲藏起来。总头目一按铃，铃声就会传遍整片青楼的每一间房子，给通缉犯发出危险的预告。

无论哪一家，门口旁边都有着暗色的格子窗，都是二层楼的构造。厚重古老的瓦屋顶，都以相同的高度，在朦胧的月下鳞次栉比。哪一家门口都挂着印有"西阵"的白字蓝底的扎染布帘，穿着围裙的老鸨，斜着身子，从布帘的边上窥探着外面。

我丝毫没有快乐的观念。我感觉好像被某种秩序所抛弃，只身一个人离开队列，拖着疲惫的双腿在荒凉的地方行走。欲望在我内心只露出不开心的背部，抱膝蹲踞着。

"总之，在这里花钱就是我的义务，"我继续想道，"总之，在这里把学费全部花光就好。因为这样的话，就会给老师最好的驱逐我的理由了。"

我没有发现这想法中奇妙的矛盾。如果这就是我的本心的话，我理应是非常爱老师的。

也许是还没到来客高峰的时候吧，这条街上的客人出奇地稀少。我的木屐声显得格外响。老鸨们招呼客人的单调乏味的声音，听起来像是在梅雨季节低垂潮湿的空气中四处爬行。我的脚趾紧紧地夹着松了的木屐带，然后这么想道：战争结束后，我从不动山山顶眺望的无数灯火中，确实也包含着这条街的灯火啊。

我信步而至的地方,应该有有为子吧。在一个十字路口的拐角,有一家叫作"大泷"的店。我莽撞地钻进了布帘。进门就是六叠大小,铺着瓷砖的一个房间,里面坐着三个女人,就像火车久等不来而厌烦的样子。一个人穿着和服,脖子上围着绷带。穿着洋装的一个人俯着身子,把袜子拉下来,不停地挠着小腿。有为子不在。她不在,我就安心了。

挠腿的那个女人,像被召唤的狗一样抬起头来。那张有点肿的圆脸,像儿童画一样鲜明,被白粉和胭脂勾勒出轮廓。也许说法有点奇怪,她抬头看我的眼神里,的确有着善意。那女人就像在看街角碰见的陌生人一样,那双眼睛根本不承认我体内有任何情欲。

既然有为子不在,那么谁都可以。我迷信地认为,只要有所选择或期待,就会失败。正如女人无法选择客人那样,我也不需要选择女人。必须让那个可怕的、令人无力的美的观念没有丝毫介入的余地。

老鸨说话了:"你想要哪个女孩子?"

我指了指那个挠腿的女子。那时在她腿上延伸的小小瘙痒,恐怕是被瓷砖表面盘旋的花蚊子叮过的痕迹,成为了连接她和我的缘分……正因为那瘙痒,她之后就会获得成为我证人的权力吧。

女人站起身,来到我的旁边,扬起嘴唇微微一笑,轻轻碰了一下我穿着宽松外套的胳膊。

沿着阴暗的旧楼梯爬往二楼时，我在想有为子的事情。我想，总之，这一刻，这一刻的世界，她是不在的。既然她现在不在这里，那么无论到哪里寻找，有为子一定都是不在的。她似乎是到我们世界之外的澡堂或者别的什么地方入浴去了。

我感觉有为子从她生前就可以自由地出入这二重世界。那个悲剧事件发生时，她也是先拒绝了这个世界，然后又接受了它。死亡，对于有为子来说，也许不过就是个偶然事件。她留在金刚院走廊的血，也许只不过是早晨打开窗子时，飞起的蝴蝶落在窗框上的鳞粉而已。

二楼中央是中庭的挑空部分，围着古老的镂空雕花的栏杆。那里架着一根从一个房间伸到另一个房间的晾衣杆，上面晾着红衬裙、内裤和睡衣等。光线幽暗，模糊的睡衣看起来就像人影。

不知哪个房间里有女人在唱歌。女人的歌声悠扬不绝，时而伴有走调的男人和声。歌声停止，短暂的沉默之后，就像丝线断了一般，女人笑了出来。

"——是她啊！"陪我的女人对老鸨说。

"她老是那个样子。"老鸨顽固地将四方的后背对着笑声传来的方向。我被领进的小房间是个煞风景的三叠间，放茶具的橱子充当了壁龛，里面随意地放着布袋和尚像和招财猫。墙上贴着琐细的条规，挂着年历。房顶吊着一盏三四十烛光①的昏暗电灯。敞开的窗子，偶尔传来嫖客的脚步声。

老鸨问我是短歇还是过夜。短歇是四百元。我又要了酒和小菜。

老鸨下去拿酒菜之后，女人依然没接近我。在拿来酒菜的老鸨的催促下，她才靠到我身边来。靠近了一看，女人鼻子下面有块擦痕，微微发红。不光是腿，她似乎有为了打发无聊而四处搔痒抓挠的怪癖。不过鼻子下面的这点微红，也许是不小心溢出来的口红。

不要惊讶于我生来第一次到青楼时如此仔细地观察。我竭力想从我能看到的东西里找到快乐的证据。所有的一切都如铜版画一般被我精密地观察，并且它们保持着精密的状态，平整地贴在与我拉开一定距离的地方上面。

"先生，我以前见过你啊。"女人在介绍了自己叫作鞠子之后，这么说道。

"我是第一次来呀。"

"你真的是第一次来这种地方吗？"

"是第一次来呢。"

"真是啊，你的手在发抖呢。"

---

① 发光强度的单位。

被她这么一说，我才发觉自己拿着小酒杯的手在颤抖。

"真是这样的话，鞠子今天真是走运了。"老鸨说道。

"是不是真的，马上就能知道了。"鞠子胡乱地应道。但是，那言语里没有肉欲。我感到鞠子的心，在与我的肉体和她的肉体都没有任何关联的地方独自玩耍，像孩子玩得入迷，和伙伴失散了那样。鞠子上身是淡绿色的衬衫，下面穿着黄色的裙子。像是从同伴姐妹那里借来指甲油涂着玩似的，只有两个大拇指的指甲染成了红色。

不久我们进了八叠的卧室，鞠子伸出一只脚踩着被褥，拽了一下从灯罩垂下来的长长的灯绳。灯光下浮现出鲜艳的友禅织的被子。这房间带有装饰着法国人偶的漂亮壁龛。

我笨拙地脱了衣服。鞠子将浅粉色的毛巾质地的浴衣披在肩上，在下面灵活地脱了洋装。我咕咚咕咚地喝了枕边的水。听到喝水声，她背对着我笑着说："你可真能喝水呀。"

然后我们钻进了被窝，脸贴着脸，她还用指尖轻轻点了点我的鼻子，笑道："真的是第一次吗？"

即使在枕边灯笼的昏暗光线里，我也没有忘记观察。因为观察是我生存的证据。看到别人的两只眼睛离我如此之近，也是头一次。我一直看着的世界的远近法崩溃了。他人毫不畏惧地侵犯我的存在，那体温和廉价香水的气味合在一起，如洪水一般一点一点地增高水位侵入进来，把我淹没了。我第一次看见，我的世界和他人的世界如此地融为一体。

我完全被当作一个常见的普通男人来对待了。我从没想象过谁能这样来对待我。口吃从我身上被脱去了，丑陋和贫穷被脱去了，就这样，在脱去衣服之后，无数的脱衣接踵而至。我的确达到了高潮，但是我不敢相信体味到高潮的就是我。一种我在遥远的地方被疏离的感觉涌上心头，马上又消散了……我猛然抽出身子，将额头靠在枕头上，用拳头轻轻击打冰凉而麻痹的头部。之后，被整个世界所抛弃的感觉袭击了我，但也还不至于潸然泪下。

那之后我们说起了枕边话。我朦胧中听着女人说她从名古屋漂泊而来，心里只想着金阁的事。那的确是抽象的思索，完全没有平时那种情欲沉淀的感觉。

"下次再来呀！"

从鞠子的话语里，我感觉她似乎比我大一两岁。事实上也是如此。她的乳房就在我眼前，微微出汗。这绝不是由金阁变化而来，只是人肉而已。我小心翼翼地用指尖戳了一下。

"这种东西，很稀罕吗？"

鞠子这么说着，支起身子，像是逗弄小动物似的，盯着自己的乳房，轻轻地晃了晃。看着那肉体的摇荡，我想起了舞鹤湾的夕阳。我觉得夕阳的易逝和肉体的易逝在我心中结合了。于是，这眼前的肉体也像夕阳一样，不久就会被黄昏的云彩层层包裹，横卧在夜之墓穴的深处了吧——这个想象,让我安心了。

* * *

第二天,我也去了同一家店,找了同一个女人。不只是因为我还有很多钱。我的第一次比我想象中的欢喜逊色很多,所以我想有必要再试一次,哪怕朝着想象中的欢喜,稍微接近一点点也好。我在现实生活中的行为,与常人不同,总是存在以忠实模仿想象而告终的倾向。叫作想象不太恰当,不如换成"我根源上的记忆"更好。人生中我早晚会体味到的所有的经验,都会以一种最辉煌的形式被事先体验到——我无法拂去这种感觉。即便是这种肉体的行为,我也曾在回忆不起来的时间和地点,体验过(大概是和有为子)更强烈的、更让全身麻痹的情欲的愉悦了。它成为我一切快感的源泉,而现实的快乐,也不过是从那里分来的一掬泉水罢了。

的确在遥远的过去,我仿佛在哪里看见过无可匹敌的壮丽的晚霞。那之后看到的晚霞多少都有些褪色,这难道是我的罪过吗?

昨天的女人完全把我当成普通人看待,所以今天我把几天前在旧书店买的旧文库本放进衣兜里去找她了。这是贝卡利亚的《犯罪与刑罚》。这本十八世纪意大利刑法学者的著作,是启蒙主义和理性主义的古典必读书目，我只读了几页就放弃了。不过我想，也许女人会对这个书名感兴趣。

鞠子带着和昨天一样的微笑迎接我。虽然是一样的微笑，但没有留下任何"昨天"的痕迹。对我的亲近，就和对在街角偶然碰见的人一样。这也是因为，她的肉体就像某处的街角一样吧。

在小房间里喝酒聊天，也比昨天游刃有余了。

"今天又来找她了啊，年纪轻轻却是个风流种子呢。"老鸨这么说。

"可是每天都来，不会被和尚骂吗？"鞠子接着说道。看着我被识破的惊讶的脸，她又说："这可是一看就知道的啊。现在人都是大背头，理平头的，肯定是寺里的和尚。听说就是现在许多成名的和尚，年轻时也几乎都来过我们这里呢……好了，我们来唱歌吧！"

鞠子冷不丁地唱起了"港口的女人如何如何"的流行歌曲。

之后，第二次床笫之欢在已经熟悉的环境里，轻松愉快地进行了。这次我好像也瞥见了快乐，但那并不是想象中的欢乐，只不过是感到自己适应了那自甘堕落的满足而已。

事后，女人像姐姐似的给了我有些伤感的训诫，破坏了我转瞬即逝的兴致。

"我觉得你还是不要老来这里的好，"鞠子说道，"你是个老实人。我是这么想的。不要在这里陷得太深，还是把精力放到正经事上去吧。虽然挺想让你来的，但是如果你能理解我的这种心情就好了。我是把你当弟弟一样看待呢。"

这恐怕是鞠子从什么低级小说那里学来的话。这并不是什么认真说的话，而是她把我作为对象构想了一个故事，期待着我与她共情吧。如果我再配合她哭起来，那就更好了。

但是我并没有。我一下子从枕边拿起了《犯罪与刑罚》，戳向了女人的鼻尖。

鞠子顺从地翻了翻文库本，然后一言不发地扔回了原处。那本书已经离开了她的记忆。

我期待着女人能对和我相遇的这个命运，预感到一点什么，期待着她能向着协助我达成世界没落的意识，再稍微接近一些。我想，就是对于女人，这也不是无关紧要的事情。焦急的思虑之末，我终于说出了不该说的话。

"一个月……嗯，一个月之内，报纸上就会大幅报道我。那样的话，就请想起我吧。"

说完，我感到了强烈的悸动。但是鞠子却笑了起来，笑得乳房也摇晃着。眼睛不时地瞟瞟我，咬着衣角拼命忍住笑，然后又重新嗤嗤笑了出来，笑得花枝乱颤。是什么这么可笑呢，鞠子自己肯定也说不清楚。发觉了这一点，她止住了笑。

"有什么可笑的？"我发出了愚蠢的提问。

"我说，你可真是个会胡说的人呢。啊，太搞笑了。你太会说谎了。"

"我从不胡说的。"

"快别说了。啊,太可笑了。我都快笑死了。这么老实的一张脸,净胡说。"

鞠子又笑了起来。她的笑也许只出于一个单纯的理由,就是我说话时因为太激动所以特别口吃吧。总之,鞠子完全没有相信我的话。

她没有相信。就是眼前发生地震,她也一定不会相信吧。即便世界崩塌,也许只有这个女人不会崩溃。为什么这么说呢?是因为鞠子只相信按照自己的道理发生的事情,但世界却不会像她想的那样崩塌,所以鞠子也绝对不会有考虑那种事情的机会。在这一点上,鞠子和柏木很相似。鞠子就是女人中只按自己的思路考虑事情的柏木。

话题中断了,鞠子裸露着乳房,鼻子哼着歌。不久,她的歌声和苍蝇的嗡嗡声混为一体。苍蝇在她的身旁飞来飞去,有时候停在乳房上,鞠子也只会说"好痒啊",而不去追打。停在乳房上的时候,苍蝇完全贴在了上面。让我感到惊讶的是,鞠子还挺满足于这种爱抚。

屋檐上响起了雨声。雨声好像只打在那里似的。雨不再扩散,像是迷失在这条街的一隅,站在这里停步不前了。那声音,就像我所在的地方一样,与无边的夜晚分离开来,只局限在枕边灯笼昏暗灯光下的世界里。

如果说苍蝇喜欢腐烂,那鞠子是否已经开始腐烂了呢?什么都不相信就是腐烂吗?鞠子住在只有自己的绝对世界里,才会被苍蝇光顾的吗?这一点我弄不明白。

可是,女人突然间睡死过去。丰满的乳房被枕畔的灯光照射着,上面明亮处停着的苍蝇,也突然像睡着了一样,一动不动了。

* * *

我再也没去"大泷"。要做的事已经完成了。之后就是等着老师发现我挪用学费寻花问柳,将我放逐了。

但是,我绝没有暗示老师我花钱的途径。不需要告白。即使没有告白,老师应该也会闻得出来的。

为什么我会在某种意义上那么信任老师的力量,借助他的力量呢?很难说明。我也不知道为什么要将自己最后的决断,一而再再而三地委身于老师的放逐。正如我前面说过的那样,我早就看透了老师的无能为力。

在第二次逛青楼的几天之后,我看见了老师不寻常的举动。

那天一大早,老师破例在开园前沿着金阁散步去了。老师身着清凉的白衣,给我们这些打扫卫生的弟子送上慰问的话语,然后登上了通往夕佳亭的石阶。他大概想一个人在那里静坐喝茶、修身养性吧。

那天早晨,天上还飘浮着绚烂的朝霞。湛蓝的天空,处处流动着映得通红的云彩。云彩像是还没从羞怯中完全苏醒。

打扫完了,我们开始各自走回大殿,只有我经过夕佳亭旁,沿着通往大书院后院的小路回去。因为大书院后院还没有打扫。

我拿着扫帚登上被金阁寺寺墙围绕的石阶,来到了夕佳亭的近旁。树木都被昨夜的雨淋湿了。灌木的叶梢上,无数露珠映着朝霞的余韵,像结满了不合时宜的淡红色的果实。连结着露珠的蜘蛛网也发出微微的红色,在风中颤动着。

地上的物象竟会如此敏感地蕴含天上的色彩——我带着一种感动,凝视着这一切。笼罩着寺内绿色的雨的润泽,也是天上的赐物。这一切都像是享受着恩宠一般湿润,散发着混合着腐烂和勃勃生机的香气。之所以这么说,是因为它们不知道如何拒绝这恩赐。

众所周知,夕佳亭紧挨着拱北楼。"拱北"的名字来源于"北辰居其所而众星拱之"。但是现在的拱北楼已经不是足利义满君临天下时代的原样,在一百几十年前就重新建造,变成了圆形的茶室。老师的身影并不在夕佳亭,应该是在拱北楼。

我不想单独和老师碰面。只要弯下腰贴着灌木篱笆走,对面就应该看不见。我就那样悄无声息地走起来。

拱北楼四面开放。像往常一样,壁龛里挂着圆山应举[①]的

[①] 圆山应举(1733-1795),江户时代中期京都画坛大家,圆山派鼻祖。掌握了逼真的描绘方法,重视写生,善画花卉、动物和山水。

画轴。里面装饰着印度舶来的白檀雕刻的精致佛龛,历经岁月的洗礼而变黑了。左边是千利休①喜好的桑木百宝架,还可以看见隔扇壁画,但唯独看不见老师的身影。我不禁将头伸向灌木篱笆上方环视四周。

在壁龛柱子旁的昏暗之处,有一个大白包袱似的东西。仔细一看,原来是老师。他紧紧地蜷曲着身子,将头部放进两膝之间,两袖捂着脸,蹲踞在那里。

老师保持着那个姿势,一动不动,无论怎样都纹丝不动。反而是看着的我,心潮澎湃。

起初,我曾想是不是老师被急病所袭击,正忍受着病痛的发作呢?我马上跑上前去照顾他就好了。

但是,却有另外一种力量拉住了我。因为无论从何种意义上来说我都不爱老师,也已经下了决心恨不能明天就放火,这样的照顾就是伪善。并且我还担心如果因为我照顾了他,被他表示了感谢或者爱意,我就会变得软弱。

仔细一看,老师并不是在生病。不管怎样,那姿势失去了自尊和威信,卑微的样子让人几乎联想到野兽的卧姿。我看到他的衣袖在微微战栗,仿佛有什么看不见的沉重的东西压在了

---

① 千利休(1522-1591),安土桃山时期的著名茶师,日本茶道的集大成者。师从村田珠光、武野绍鸥,将"佗茶"进一步发扬光大。早年名为千宗易,后来在丰臣秀吉的聚乐第举办茶会之后获得秀吉的赐名,才改为千利休。得到织田信长和丰臣秀吉的极大恩宠,但因触怒了秀吉被赐自杀。

他的背上。

我在想，那看不见的重物是什么呢？是苦恼吗？还是老师自己也无法承受的无力感呢？

随着耳朵渐渐熟悉环境，我听到了老师好像在用极低的声音诵经。不知道是什么经文。原来老师也有不为我们所知的黑暗的精神生活。和它相比，我那些拼命尝试而来的小小的罪恶和怠慢，都是不值一提的——这种想法，突然为了伤害我的自尊而出现了。

是的，那时我发觉了，老师蹲踞的姿势，就好像是请求进入僧堂的云游僧被拒绝后，那种整天在大门口将头垂在自己行囊上生活的，叫作"庭诘"的姿势。如果像老师这样的高僧，也模仿新来的旅僧那种修行姿势的话，他的谦虚真让人惊讶。我不知道老师面对什么会如此地谦虚。就像庭院里的小草、树木的叶梢和粘在蜘蛛网上的露水面对天上的朝霞而谦虚那样，老师也是面对并非自己所为的本源性的恶和罪业，以一种野兽的姿势将它们原封不动地反映在自己身上而表达谦虚的吗？

"这分明是做给我看的！"我突然这么想道。一定是这样。老师知道我会经过这里，为了给我看而那么做的。在完全领悟了自己的无力后，老师最后用一种无言的姿势撕裂我的心，唤起我怜悯的感情，最终使我屈膝服从——老师原来发现了这种世上绝无仅有的讽刺意味的训诫方法！

我心里迷乱不已。事实上，在观察老师的姿势的时候，我已经差点被感动了。虽然我极力否定,可是我的确已经到了马上要去爱慕老师的境地。然而,当我悟到"这分明是做给我看的"时,一切都反转了,我的心变得比以前更加坚硬了。

也就是在这时,我下定了决心,不再以老师的放逐作为实施放火的契机了。老师和我,已经成了不会互相影响的不同世界的人。我是自由无碍的。我已经不用期待外力,能够完全按照自己的意志,在自己想干的时候干就行了。

随着朝霞褪去颜色,空中的云涌了起来。绚烂的阳光从拱北楼的缘廊上消失了。老师还是保持着蹲踞的姿势。我疾步离开了。

* * *

六月二十五日,朝鲜发生了动乱。我的预感变成了现实,世界确实要走向没落和破灭了。必须抓紧行动。

第十章　纵火

其实，去五番町的第二天，我就已经做了一个尝试，把金阁北侧门板上两寸左右的钉子拔下了两根。

金阁第一层法水院的入口有两个。东西各一，都是左右对开的两扇门扉。向导老人晚上登上金阁，将西侧的大门从里面关上，然后将东侧的大门从外面关上并上锁。但是我知道没有钥匙也能进到金阁里面的办法。从东侧的门往后绕到北侧，这里的门板恰好保护着阁内金阁模型的背后。那个门板已经老朽不堪，只要将上下的钉子拔掉六七根就能马上卸下来。钉子都松动了，只用手指的力量就能轻松地拔掉。于是，我试着拔了两根钉子。拔下来的钉子我用纸包好，放在了桌子抽屉的最深处保存起来。过了好几天，谁也没有发觉。一周过去了，还是没有人发觉。二十八日晚上，我又偷偷地将两根钉子放回了原处。

看了老师蹲踞的样子，我最终下决心不靠任何人的力量。正是那天，我去千本今出川西阵警察局附近的药店买了镇静剂。开始店员拿了一小瓶三十粒装的，我说要再大点容量的，就花了一百元买了一瓶一百粒装的。接着，我又去西阵警察局南边的五金店，花九十元买了一把四寸刀刃的带刀鞘的小刀。

我在夜里往来于西阵警察局前面。那里有几扇窗口灯火通明，我看见穿着翻领衬衣的警察夹着包匆匆忙忙地进出。没有一个人注意到我。过去二十年，从来没有人注意过我。现在，这个状态仍在继续。现在，我还不是什么重要人物。在这个日本，有着上百万、上千万不引人注目的角落里的人们，我就是其中的一员。这些人生也好，死也好，完全无关这世间的痛痒，但这些人的确让人安心。所以警察们也都很安心，完全不理会我。红色烟雾一样的门灯照耀着脱落了"察"字的"西阵警（察）署"的横排石刻字。

在回寺院的路上，我回顾了今晚的采购。真是一次令人雀跃的采购。

小刀和药是为了万一要赴死做的准备。不过这种采购就像行将拥有新家庭的男人规划未来生活时的采购一样，令我欢欣不已。就是回到寺院后，我也百看不厌。我把刀从刀鞘中拔出，舔了舔刀刃。刀刃马上模糊了，舌头明显感受到一阵冰凉，最后竟感觉到了隐约的甜味。甜味好像是从这薄钢的内部，从无法到达的钢的本质那里出发，微微映照似的传到了舌尖。这种明确的形状，这种宛如深海之蓝的钢铁的光泽……它有一股清甜，和唾液一起不断地缠绕在舌尖。不久，这甜味消失了。我开心地想着，有朝一日，我的肉体将沉醉于这种甘甜的迸发之中。死的天空和生的天空一样明亮。我忘记了阴暗的想法。在这个世界上，痛苦是不存在的。

金阁在战后安装了最新式的火灾自动警报器。只要金阁的内部达到一定的温度，鹿苑寺事务室的走廊里就会警铃大作。六月二十九日晚上，这个警报器出故障了。发现故障的是向导老人。我当时在寺厨，偶然听见了老人在执事寮汇报这件事。我好像听到了上天激励我的声音。

但是第二天的三十日一早，执事就给提供机器的工厂打电话，让他们来修理。善良的向导还特地跑来告诉了我。我紧咬着嘴唇。昨晚明明是行动的好时机，我却把这个千载难逢的机会给错过了。

到了傍晚，修理工来了。我们都很好奇地挤在那里，去看修理的情形。没想到修起来很费劲，工人一个劲地挠头。看热闹的也纷纷离去了。我也在适当的时候离开了。剩下就等着修好之后，工人试着鸣响警铃，那高昂尖利的声音响彻整个寺院。对我来说，那就是绝望的信号……我等待着。金阁里，夜色如潮水一般漫了上来，只有修理的小灯在闪烁着。警报没有鸣响。断了念的工人说了声"明天再来"，就回去了。

七月一日，工人食言了，没有过来。可是寺院也没有那么着急催促人家来修理的理由。

六月三十日，我又去了趟千本今出川，买了夹馅面包和夹馅糯米饼。寺院里没有零食，我只能经常从我少得可怜的零花钱里挤出来一些，去那里买些点心回来。

但是三十日买的点心并不是为了充饥，也不是为了服用镇静剂。勉强要说的话，就是不安让我买了点心。

手里提着的鼓鼓囊囊的纸袋，和我之间的关系，我现在就要着手去做的完全孤独的行为，和寒酸的夹馅面包之间的关系……从阴沉的天空中渗出的阳光，就像闷热的雾霭一般笼罩着古老的城市。突然间，汗水像一道冰凉的丝线，悄悄沿着我的后背流了下来。我疲倦极了。

夹馅面包和我的关系，到底是什么呢？面对行动，精神无论多么紧张和集中地向前进发，我孤零零留在原地的胃，也仍然会寻求孤独的保证吧——我这样预想道。我感觉我的内脏就像我养的那只寒碜但绝不驯服的狗。我知道的。无论精神多么清醒，肠胃这些天然钝感的脏器也会自顾自地梦想起微温的日常生活。

我知道自己的胃梦想的东西。它盼望着夹馅面包和夹馅糯米饼。我的精神在梦想着宝石的时候，它们也还是顽固地梦想着夹馅面包和夹馅糯米饼……不管怎样，夹馅面包会在人们努力去试着理解我的犯罪时,为他们提供一个绝佳的线索吧。人们会这么说吧:"原来那个人是肚子饿了。这是多么合乎人之常情啊!"

* * *

那一天来了。昭和二十五年七月一日。如前所述,火灾警报器不可能在今天之内修好了。这事在下午六点得到了确认。向导老人再一次打了电话催促。工人回答说,不好意思,今天太忙了,明天一定去。

那天参观金阁寺的游客大约百人。因为六点半就要关门,那时已经人影稀疏了。导游的工作已经结束,老人打完电话就站在寺厨东侧的地面上,呆呆地眺望着小菜园。

天上下着毛毛雨,从早晨开始就下下停停。风微微地吹着,也不算太闷热。菜地里,南瓜花在雨中星星点点地开着。另一边,黑得发亮的田埂上,上月初刚播种的大豆已经发芽了。

老人在想事情的时候,经常张闭上下颚,将没镶好的满口假牙使劲咬合,发出咯吱咯吱的声音。虽然每天都重复相同的导游用语,但他的话一天天地愈发难懂,应该是假牙的问题。可是,即便被别人劝说,他也不想去矫正。他盯着园子,嘴里嘟囔着什么,嘟囔一会儿又咯吱咯吱地咬牙,咬完牙又开始嘟囔,大概是在抱怨警报器的修理毫无进展吧。

听着那含糊的嘟囔,我禁不住想,他是在说无论假牙还是警报器都修不好了吧。

那天晚上,鹿苑寺来了一位拜访老师的稀客,是过去老师僧堂时代的学友、福井县龙法寺的住持桑井禅海和尚。既然是老师僧堂时代的学友,那就是说,也是我父亲的学友。

寺院给老师前往的地方打了电话。对方告诉我们老师大约一小时后回来。禅海和尚是抱着在鹿苑寺住上一两夜的打算来京都的。

父亲一有机会就会开心地讲起禅海和尚的事,我很清楚父亲对和尚的敬爱之情。和尚无论外形还是性格都极具男人味,是粗犷豪放的禅僧的典型:身长近六尺,皮肤黝黑,眉毛浓密,声若洪钟。

师兄弟跑来叫我,说是禅海和尚想在等待老师回来的这段时间和我聊聊。我犹豫了。我害怕和尚单纯清亮的眼睛会看透我迫在今夜的计划。

在大殿客殿的十二叠间,和尚盘腿坐在那里,就着素斋,喝着执事精心准备的酒。之前是同辈弟子在斟酒,这次我代替了他,端坐在和尚前面的榻榻米上给他斟酒。我背对着无声的雨夜。于是,和尚只能看到两个黑暗的景象:我的脸和梅雨时节庭院的夜晚。

可是,禅海和尚完全不在意。一看见初次见面的我,他就滔滔不绝地朗声招呼,"和你父亲真像啊""都长成这么大人了""令尊去世真是太可惜了"等等,不一而足。

和尚有着老师没有的质朴,有着父亲没有的力量。他的脸被太阳晒得黝黑,鼻孔张得很大,浓眉隆起,气势逼人,就像照着双唇紧闭、威严庄重的能乐面具做出来的那样。就连突出的颧骨,也像南画的岩石那样奇峭。

尽管如此,如洪钟般大声说话的和尚身上,有着一种震撼我心灵的温柔。这不是世上常见的温柔,而是在村边上给予往来行人以小憩的树荫的大树粗犷的根部那样的温柔,是触感非常粗糙的温柔。聊着聊着,我开始警惕了:今夜,自己的决心不会被这种温柔所消解吧。于是我又怀疑是不是老师专门为了我把和尚请来的呢?不,不可能为了我从福井县请和尚来京都。和尚只不过是位偶然的客人,是见证这个空前绝后的惨剧的证人罢了。

装了二合①酒的大白瓷酒壶已经空了,我鞠了一躬,拿到厨役僧那里去换了一壶。当我捧着温热的酒壶回来时,心里生出了从未有过的感情。从来没有想被人理解的冲动的我,此时此刻,却期望被禅海和尚理解。再来劝酒的我,和刚才不同,一举一动都闪耀着真挚,和尚应该发觉了。

---

① 容积单位。一合为180毫升,二合为360毫升。此处应为七两左右。

"您觉得我怎么样？"我问道。

"嗯，看起来是个认真的好学生啊。不知道你背地里是不是去玩乐。不过可怜的是，你们和过去不同，没有去玩的钱吧。你父亲、我和这里的住持，年轻的时候可是尽情地寻欢作乐了。"

"我看起来像个平凡的学生吗？"

"看起来平凡最好了呀。平凡就好。那样就不会招人怀疑了。"

禅海和尚没有虚荣心。高僧都有个容易犯的毛病，就是因为经常被人拜托去鉴别从人物到书画古董等的真伪高低，为了日后不被人笑话鉴别错误，有人会故意不说断定的话。当然他们会当场做出禅僧风格的断定，留下可以随意解释的模棱两可的余地。禅海和尚不是这样的。我很清楚，他说的话都是他真实看见的和感受到的。对于映入自己单纯锐利的眼睛里的事物，他不会再去寻求什么深层的意义。有意义也好，没有也好。并且，和尚最让我感到伟大的地方，就是他看东西，比如看我，并不是只靠自己眼睛观察到的特别的东西来标新立异，而是保持和别人差不多的眼光来看。对于和尚来说，单纯的主观世界没有意义。我明白了和尚想说的话，渐渐地感到了安心。只要是被他人看成一个平凡的人，那我就是一个平凡的人。无论做出怎样过激异常的行为，我的平凡，还是会像被簸箕扬过的米一样留在那里。

不知不觉中，我把自己想象成了一棵枝叶繁茂的小树，静静地站在和尚的面前。

"按照人们看到的样子活下去就行了吗？"

"也不行吧。如果做出什么出格的事，人们就会那样看你了吧。要知道，世间是健忘的啊。"

"人们看到的我，和我思想中的我，到底哪个更能持久呢？"

"哪个都会马上中断的吧。即便勉强让它持续，也一定会断绝的。火车奔驰的时候，乘客们静止着。火车停下来时，乘客们必须从那里离开。奔驰着的中断了，休息也会中断。死应该是最后的休息吧，但就是如此，我们也不知道它会持续多长时间。"

"请把我看透吧！"我终于说出了口，"我不是您所想象的那种人。请看透我的本质吧！"

和尚抿着杯子，定定地凝视着我。沉默像是被雨淋湿的鹿苑寺的巨大的黑色瓦屋顶，重重地压在我的头上。我浑身战栗了。突然，和尚爆发出世间少有的爽朗笑声。

"没有必要看透你。一切都写在了你脸上啊。"

和尚这么说了。我觉得我完全地彻底地被理解了。我第一次变成了空白。就像朝着这空白渗入的水一样，我又焕发了新鲜的行动的勇气。

老师回来时，已经是晚上九点了。和往常一样，四个警卫出去巡查了。没有任何异常。

归寺的老师与和尚交杯换盏，到了半夜零点左右，才由徒弟带和尚去了寝室。然后老师进了浴室洗澡，二日凌晨一点，梆子声也停息了，寺院安静了下来。雨还是无声地下着。

我独自一人坐在铺好的被褥上估量着鹿苑寺里沉淀下来的夜色。夜色逐渐加大了密度和重量。我所在的五叠铺席仓库的粗柱子和门板，支撑着这古老的夜，显得庄严肃穆。

我在嘴里试着结巴着说话。就像平常一样，一个词语宛如将手伸进袋子里找东西却被其他物品钩住怎么也拿不出来那样，令我焦灼万分之后才到了嘴边。我内部的沉重和浓厚宛如今夜，语言就像那深夜井中沉重的吊桶那样，擦着井壁吱吱嘎嘎地攀升上来。

"快了。再忍耐一会儿，"我这么想道，"我的内部和外部之间生了锈的锁就要成功地打开了。内部和外部连通为一体，风自由自在地穿过。吊桶轻松地上升，像是要飞起来，这世界的一切都变成了广阔的原野展现在我的面前，密室就要毁灭……这幅图景即将出现在我眼前。已经近在咫尺，触手可及……"

我被幸福充溢着，在黑暗中坐了一个小时。我感觉有生以来没有比此刻更幸福的时候了……突然，我从黑暗中站了起来。

我蹑手蹑脚地来到大书院的后面，穿上早就准备好的草鞋，在蒙蒙细雨中沿着鹿苑寺内侧的水沟走，去往工地。工地上没有木材，只有散乱的大锯木屑，在雨里散发着湿润的气味。那里储存着稻草，一次要买四十捆。但是今晚过来一看，几乎都被用掉了，只剩下了三捆。

我抱起三捆稻草，经过菜地旁边回去了。厨房那边鸦雀无声。沿着料理房间的拐角来到执事寮后面的时候，那里厕所的窗户突然亮起了灯光。我马上就地蹲下了。

我听到了厕所里的咳嗽声，好像是执事，不久听到了撒尿的声音，无比地漫长。

我害怕稻草被雨淋湿，就蹲在那里用胸口挡着稻草。因为下雨而变得更加强烈的厕所的臭味，在微风吹拂的羊齿草丛里沉淀……撒尿的声音停止了，传来了脚步踉跄、身体碰到板壁的声音。执事好像没有完全清醒。厕所窗户的灯灭了。我又抱起了三捆稻草，朝着大书院后面走去。

说起我的财产，只有一个装着日用品的柳条包和一个小小的旧皮箱。我想把这些全都烧了。今夜我已经把书籍、衣物和僧衣等零碎的东西全部收进了这两个箱子。请认可我的细心。运送途中容易发出声音的东西，如蚊帐的吊钩什么的，还有烧不掉会留下证据的，如烟灰缸、杯子、墨水瓶等，都包进坐垫里，用包袱皮包起来，另存他处。还有，一床褥子和两床被子必须烧掉。我把这些大件行李一点点地搬运到大书院的后门处。之后，我又去卸了金阁北侧的那个门板。

钉子一根根地像是插在松软的土里，很容易就拔了出来。我用整个身子支撑着倾斜的门板，那潮湿的朽木表面，带着一种温润的膨胀感触到了我的脸颊。并没有我想象的那么重。我把卸掉的门板横放在了旁边的土地上。可以窥见金阁内部，一片黑暗。

门板的宽度正好够我斜着身子进去。我浸入了金阁的黑暗。这时出现了一张不可思议的脸，令我浑身颤抖。原来是进去时放金阁模型的玻璃柜映出了举着火柴的我的脸。

虽然不是时候，但我依然入神地看着玻璃柜里面的金阁。这小小的金阁，在火柴光芒的照耀下蹲踞着，影影绰绰，使那纤细的木造结构充满了不安。忽然间它被黑暗吞没了。火柴燃尽了。

担心火柴燃灰里的那一点红光，我也变得异常紧张，像之前在妙心寺看到的学生那样，全神贯注地把它踩灭了。之后我又擦着了新的火柴。经过六角形的经堂和三尊像，来到功德箱前。为了让人投进钱币，功德箱上方横排着很多的小木条，那些木条的影子随着火柴的火苗摇荡着，像是波浪在起伏。功德箱的后面是鹿苑寺殿道义足利义满的国宝木像。那是一尊穿着法衣的坐像，衣袖长长地左右交叉，右手持笏，横放在左手上。眼睛圆睁，剃发后的头较小，法衣的衣襟高耸，掩住了脖子。那双眼睛在火柴光里闪烁着，但我丝毫不畏惧。小小的木像看起来非常凄惨，虽然镇坐在自己建造的楼阁的一隅，但好像在很久以前就放弃了支配。

我打开了通往漱清亭的西门。这扇门我以前说过，是左右对开的从里面上锁的门。夜雨的天空，比金阁里面还要明亮。潮湿的门吸收了开门时低微的吱呀声，迎进了充满了微风的深蓝色的夜气。

"义满的眼睛，义满的那双眼睛。"从那扇门跃出室外，跑回大书院后面的时候，我不停地在想，"所有的一切都将在那双眼前进行，在什么都看不见的、已经死去的证人的眼前……"

奔跑时，裤子口袋里有个东西在咣当作响。是火柴盒。我停下来，在火柴盒的空隙里填上纸巾，消掉了声音。包在手帕里的镇静剂瓶子和小刀放在了另一个口袋里，倒是没有声音。放了夹馅面包、夹馅糯米饼和香烟的外套口袋一直就没有响过。

那之后我就开始了机械的作业。我先把堆在大书院后门的行李，分四次运到了金阁的义满像前。最先搬运的是除去了吊钩的蚊帐和一床褥子，接着是两床被子，然后是皮箱和柳条包，最后是三捆稻草。我把这些都胡乱堆起来，三捆稻草夹进了蚊帐和被褥之间。蚊帐最易燃，所以我把它的一半摊到了其他物品的上面。

最后一趟回到大书院后面时，我抱起了包着不易燃物品的包袱，来到了金阁东侧的水池旁。近在眼前的水池里，可以看见夜泊石。正好这里有几棵松树，勉强可以避雨。

池面映着夜空，微微发白。无数水藻像是与河岸相连，从它们细碎四散的间隙里可以知道水的所在。雨很小，还没到能在水上绘出波纹的程度。烟雨迷蒙，水汽蒸腾。池子看起来好像无边无际。

我把脚边的一块小石子踢进了水里。那水声像是引起了我周围空气的龟裂似的，发出了夸张的轰鸣。我连忙缩起身子一动不动。我想用沉默来消除刚才无意中发出的声响。

我将手伸进了水里。手被温腥的水藻缠住了。我先把蚊帐的吊钩从浸在水里的手中放了下去，然后像是清洗一般把烟灰缸沿着水滑落下去。杯子和墨水瓶，也用同样的方法沉到水里。我把所有要沉水的东西都沉尽了。只有包裹它们的坐垫和包袱皮放在了一边。剩下就是把这两样东西拿到义满像前点火了。

此时，我突然被食欲袭击了。这太符合我的预想，反而让我感到受到了背叛。昨天吃剩的夹馅面包和夹馅糯米饼还在衣袋里。我用外套的下摆擦了擦湿手，狼吞虎咽地吃起来，完全不知其味。和味觉不是一回事，我的肚子在叫，我只要一个劲慌忙地把点心往嘴里塞就行了。胸口焦急地悸动不已。终于我吞下了点心，掬起池里的水喝了。

……我已经来到付诸行动的最后时刻。通向行动的长长的准备全部结束，我站在准备的尖端上，只需纵身一跃了。只要我付出一举手一投足的劳动，我就能轻易地到达行动了。

我做梦也没想到，在这两者之间，居然有一个足以吞没我整个人生的巨大深渊，正在张着大口。

那时我抱着最后告别的打算，凝望着金阁。

金阁在雨夜的黑暗里隐隐约约，轮廓不定，就像夜的结晶一般黑魆魆地立在那里。要仔细凝视，才能勉强看清三层的究竟顶上突然变细的结构，以及法水院和潮音洞的细柱林。但是曾经那样感动过我的细部，如今已经和沉沉的夜色融为了一体。

可是，随着我对美的回忆越来越强烈，这种黑暗反而成了我恣意描绘幻影的底色。在这黑暗盘踞的姿态中，潜藏着我认为的美的全貌。在回忆的作用下，美的细部一个个从黑暗中闪耀着浮现出来。这闪耀不断扩散，终于，在非昼非夜的不可思议的光照里，金阁徐徐地显出了清晰的身影。金阁从来没有以如此完整细致的身姿，通身每个角落都发着光，展露在我的面前。我好像已经把盲人的视力变成了自己的视力。金阁因为自己发光而变得透明，就是从外侧，也能清楚地看到潮音洞天人奏乐的壁顶画，以及究竟顶墙壁上古老金箔的残片。金阁纤巧的外部和内部已经浑然一体。那结构和主题鲜明的轮廓，那将主题具体化的细部精心的重复和装饰，那对比和对称的效果，都在我眼睛的一望之下，尽收眼底。拥有同样面积的法水院和潮音洞的两层，虽然有着微妙的不同，但被同一个深深的屋檐所守护，宛如重叠着的一双极其相似的梦境，一对极其相似的快乐的纪念。只有其中一个的话就要被忘却，但是如果上下温柔地互相确认，梦就会因此而变成现实，快乐就会变成建筑了。可是又因为上面第三层的究竟顶突然变细，曾经一度被确认的现实崩溃了，被那个黑暗而绚烂的时代的高迈哲学所统摄，最终服从于它。于是薄木片葺成的屋顶高高耸立，金铜的凤凰连接着无明的长夜。

建筑家仍然不满足于此。他还在法水院的西侧建了一座形似钓殿的小巧的漱清亭。他似乎在打破均衡方面，赌上了美的全部力量。漱清亭在这个建筑中，是对形而上学的反抗。它明明不是向着池水伸展出去的，但看起来却像是从金阁中心向无限远处逃走一般。漱清亭就像从这个建筑飞走的鸟儿一样，已经展开翅膀，向着池面，向着一切现世的事物飞走了。它意味着一座从规定世界的秩序飞向无规定的东西（大约是本能）的桥梁。是的，金阁的精灵从这座断桥一般的漱清亭开始，造就了三层楼阁，然后又从这座桥逃遁离开。为什么呢？池面上荡漾着的莫大的本能的力量，是构筑金阁的隐秘力量的源泉，但是当那力量完全被秩序化，完成了美丽的三层建筑之后，它们就无法忍受继续住在那里，只能沿着漱清亭再次向着池面，向着无限的本能的荡漾，向着它们的故乡逃去，别无选择。我一直是这么想的：每次看到镜湖池上弥漫着的朝雾和夕霭时，我就想那里才是构筑了金阁的无数本能力量的栖息之地。

然后,美将这些各个部分的争斗、矛盾和所有的不协调统合起来,并君临于它们之上!就像在深靛色纸上用泥金一笔一画、一丝不苟地抄录的供奉经文那样,金阁是无明的长夜里用泥金建成的建筑。到底美就是金阁本身呢,还是包裹着金阁的虚无长夜呢,我不知道。恐怕美是两者兼具吧。既是细部又是整体;既是金阁,又是包围着金阁的夜。这么想着,曾经让我苦恼的金阁之美的不可解,如今好像明白了一半。为何这么说呢?因为那细部的美,那柱子,那栏杆,那格子板窗,那唐风双开门,那花头窗,那宝形造的屋顶……那法水院,那潮音洞,那究竟顶,那漱清亭……那池面的投影,那小鸟,那松树,那泊舟处,等等,如果点检所有细部的美,就会发现美绝不是完结于细部,而是无论哪一个细部都含有下一个美的预兆。细部的美充满在其自身的不安之中。它梦想着完美却不知道完结,被引诱着走向下一个美,未知的美。然后预兆连着预兆,一个一个不存在于此的美的预兆,就构成了金阁的主题。这些预兆,原来是虚无的预兆。虚无,原本就是这个美的构造。于是,美在这些细部上的未完成,自然就含有了虚无的预兆,这个用细木片筑成的纤细的建筑,就像璎珞在风中颤抖一般,在虚无的预感中战栗着。

即便如此,金阁的美也没有过断绝的时候!它的美总是在某个地方鸣响着。就像有着耳鸣痼疾的人,无论什么地方,我都能听见金阁美的吟啸，并且习惯了它。如果比作声音的话，这个建筑应该是五个半世纪以来一直鸣响的小金铃，或者是小琴那样的声音吧。如果那声音一旦中断……

——我陷入了极端的疲惫当中。

虚幻的金阁依然清楚地显现在黑暗的金阁上方。它并没有收起光芒。水边的法水院栏杆谦卑地退后，屋檐上被天竺式样的肘托木支撑着的潮音洞的栏杆，常常陷入空想似的，向着池面挺出胸膛。庇檐因池水的反射而明亮，光影随水波摇荡不定。在夕阳和月色映照下的金阁，看起来像是不可思议的流动的东西，振翅欲飞，都是因为这水光。因为荡漾的水的反光，金阁得以从坚固形态的束缚中解放，这时的金阁，看起来就像是用永远流动不已的风、水、火焰等材料构筑而成。

它的美无与伦比。我知道我极端的疲惫来自何处。这是美在抓住最后的机会又一次发挥它的力量，想要用曾经多次袭击过我的无力感来束缚我。我的手脚萎靡无力了。距离行动只差一步之遥的我，又从这里远远地后退了。

"我已经准备到只差一步就行动的地步了。"我低声自语，"既然行动自身完全是梦想，我也完全生活在了梦想里，下一步行动还有必要吗？这难道不是徒劳无益吗？

"柏木说过的话大概是真的。他说过，改变世界的不是行动而是认识。也存在着一直到最后关头还想要模仿行动的认识。我的认识就是如此。让行动真正无效的也是这种认识。这么说来，我长期的周密准备，不就是完全为了'不用行动也可以'这个最后的认识吗？

"请看看吧，现在，行动对我来说，只不过是一种剩余物质。它从我的人生里逸出，从我的意志中逸出，像一个完全不同的冰冷的铁质机械一样，在我的面前等待着发动。这种行动和我，简直就像没有任何关系的两个东西。到此为止是我，再往前就不是我了……为何我一定要把我变成非我呢？"

我靠在了松树的根部。那潮湿冰冷的树干使我迷醉。我感到，这种感觉、这种冰冷就是我。世界就此停止，也没有了欲望，我满足极了。

"这种极度的疲劳是怎么回事呢？"我想，"总觉得有点发热，浑身乏力，手不听使唤。一定是我生病了。"

金阁更加熠熠生辉了，就像那个"弱法师"俊德丸[①]面向日落冥想极乐世界时所看到的景色那样。

俊德丸是在双目失明的黑暗中，观想落日余晖中难波的海的。他看到了万里无云的淡路绘岛、须磨明石，一直到纪之海，都在夕阳的映照之下……

我像是过了电一般，不禁潸然泪下。就这样一直到早晨，被人发现也无所谓了。我大概不会说一句辩解的话吧。

---

① 能乐剧《弱法师》中的主角，作者为能乐的创立者世阿弥的长子观世元雅。

……我到现在讲了很多关于幼时开始的记忆的无力,不得不说,有时候突然苏醒的记忆会带来起死回生的力量。过去不只是把我们拉回过去。过去记忆的各处,有着为数不多但强韧的钢制发条,现在的我们一旦触碰它们,发条就会瞬间伸长,把我们弹向未来。

我的身体麻木了,但是心灵却在记忆里搜索着,好像有什么语言浮浮沉沉。心灵的触角马上要够着时,它又消失了……那些语言在呼唤我。它们应该是为了鼓舞我才要接近我的吧。

"向里向外,逢着便杀。"

……最初的一行是这样的。《临济录·示众章》里著名的一节,语言接连不断地流畅地涌出来。

> 逢佛杀佛,逢祖杀祖,逢罗汉杀罗汉,逢父母杀父母,逢亲眷杀亲眷,始得解脱,不与物拘,透脱自在。

语言把陷入无力的我弹了回来。我突然全身充满了力量。虽然,我心的一部分还在执拗地提醒着我下面要做的事情徒劳无益,但我的力量已经不怕这个了。因为是徒劳,所以我才应该去做。

我把身旁的坐垫和包袱皮团起来夹在腋下,站起身来,望向金阁。闪光的虚幻金阁已经变得淡薄。栏杆慢慢地被黑暗吞没,林立的柱子也看不分明了。水光消失,庇檐内侧的反光也消逝了。不久，金阁的细部全部隐入夜色，金阁只剩下了一个纯黑色的模糊的轮廓……

我跑了起来，绕过了金阁的北侧。腿脚已经习惯，没有磕绊。黑暗一个接一个地打开，指引着我。

我从漱清亭边上，跳进了金阁西边的入口，那个打开着的左右对开的门，把抱着的坐垫和包袱皮扔到了堆积着的行李上。

胸中鼓动着阳气，潮湿的手微微颤抖。火柴也打湿了，第一根没擦着，第二根刚点着又断了。我用手挡着风划了第三根，终于在我手指缝隙里明亮地燃烧起来。

我又开始寻找稻草。刚才明明是我自己把三捆稻草到处塞，却忘记了塞的地方。等我终于找到时，火柴也燃尽了。我蹲在那里，将两根火柴一起点燃了。

火苗描绘出稻草堆复杂的影子，浮现出那明亮枯野的颜色，密密地向着四方蔓延。火隐藏在了随后冒起的烟雾中。但是不料远处的蚊帐鼓胀着绿色，火焰升腾。我感到四周顿时变得热闹起来了。

我的头脑此时非常清晰。火柴的数量有限。这次我跑到了另一个角落，珍惜地划着一根火柴，点燃了另外一捆稻草。熊熊燃烧的火给了我安慰。以前和伙伴们一起玩篝火的时候，我是很擅长点火的。

法水院的内部高高地升腾起了摇晃的火影。中央的弥陀、观音和势至三尊像被火映得通红。义满像的眼睛闪闪发光。这尊木像的影子也在它背后跳动着。

我几乎没感到热。当看到火势确实蔓延到了功德箱时,我想应该没问题了。

我忘记了镇静剂和短刀。我突然想在被火焰包围的究竟顶上自杀。于是我逃开火场,沿着狭窄的楼梯飞奔而上。我也没去怀疑为什么通向潮音洞的门是开着的。是老向导忘了锁上二楼的门。

浓烟直逼我的后背而来。我一边咳嗽,一边看着据说是惠心[①]所作的观音像和天人奏乐的壁顶画。潮音洞渐渐地被飘来的烟充满了。我又沿着台阶往上走,准备打开通向究竟顶的门。

门打不开。三楼的门结结实实地上着锁。

我叩门了。叩门声应该很大,但是我完全听不见。我拼命地叩那扇门。我感觉好像有人能从究竟顶里面给我开门。

这时我之所以憧憬着究竟顶,是因为那里将是我的葬身之地。浓烟已经逼近,我简直就像求救一样急切地敲着门。门的那边只有一个仅仅三间[②]四尺七寸见方的小房间。此时我迫切

---

① 即源信(942-1017),平安时代中期天台宗高僧,被日本净土宗奉为教祖之一,居比叡山惠心院,名惠心僧都。
② 间,长度单位,一间等于六尺,约1.818米。

地想要进去。这个小房间里应该是贴满了金箔的,即使如今金箔基本上都已剥落。我无法说明我是如何一边敲着门,一边向往着这个金光炫目的小房间的。总之,我想,只要到达这里就好了,只要到达这个金色的小屋就好了……

我使出全身力气敲门。光用手已经不够,我直接用身体撞了门。但门还是不开。

潮音洞已经充满了浓烟。我的脚下响起火焰爆燃的声音。我被烟呛得几乎要窒息了,一边拼命咳着,我还是使劲敲门。门仍旧不开。

在某个瞬间我清楚地意识到了我被拒绝时,我没有丝毫犹豫,转身跑下了台阶。在浓烟滚滚中我钻过了火,下到了法水院。终于,我来到了金阁西侧的门,纵身跳出门外。之后我就像韦驮天①那样拼命奔跑,自己也不知道要去哪里。

……我一直跑。无法想象我一直不停歇地跑了多少路。我不记得都经过了什么地方,怎样经过的。我大概是从拱北楼旁边跑出了北面的后门,经过了明王殿侧旁,沿着小竹和杜鹃花的山路奔跑上山,来到了左大文字山的山顶。

我倒在红松树荫下的小竹丛里,为了让激烈的心跳平静下来,拼命地喘气。这里的确就是左大文字山的山顶了。它是从

---

① 佛教护法天神,二十四诸天之一,相传跑得很快。

正北方守护金阁的山。

受惊鸟群的啼鸣，让我恢复了清醒的意识。一只鸟猛烈地拍打着翅膀滑到我的脸旁，又飞走了。

我仰面朝天躺着，看着夜空。无数的鸟儿鸣叫着飞过红松的树梢，已经有点点的火星在我头顶的空中浮游着了。

我直起身子，往下眺望着远处山谷间的金阁。从那里传来了异样的声音，像是爆竹一样的声音，也像是无数人的关节齐鸣的声音。

从这里看不到金阁的样子，只能看到滚滚的浓烟和冲天的火焰。林间无数的火星飞散，金阁的天空就像撒下了金沙。

我盘腿而坐，久久地看着这一切。

回过神来，我才发觉自己遍体鳞伤，浑身都是火泡和擦伤，还在流血。手指因为刚才敲门太用劲受了伤，也在渗血。我像是一只逃遁的野兽，舔了舔伤口。

一摸衣袋，又发现了小刀和用手巾包着的镇静剂瓶子。我将它们朝着谷底扔了下去。

在另一个口袋里，我摸到了香烟。我抽起烟来，就像完成了一件工作后抽根烟休息的人经常会想的那样。我想，我要活下去。

译后记

三岛由纪夫和《金阁寺》

日本作家中的作家

三岛由纪夫（1925年1月14日—1970年11月25日），原名平冈公威，日本小说家、剧作家、评论家。

他是日本战后文学界的杰出作家之一，也是诺贝尔文学奖的候选人，在海外享有盛誉。他是第一位被《时尚先生》（*Esquire*）杂志评为"世界百人"的日本人，也是第一个出现在国际电视节目中的日本人。

由于他的出生年份与昭和元年（1926年）很接近，一生的重要节点都与昭和时期日本兴衰起伏的节点相重合，所以又被称为"昭和作家"。

代表作有《假面的告白》《潮骚》《金阁寺》《镜子之家》《忧国》《丰饶之海》等,剧本有《现代能乐集》《鹿鸣馆》和《萨德侯爵夫人》等。其作品精雕细琢,具有以古典戏剧为基调的严密性,同时运用丰富的修辞和华丽绚烂的诗意文体,风格极其唯美。

三岛 1925 年出生在东京,祖父和父亲均为东大毕业的政府官员,母亲则出身于儒学家庭。三岛自幼体质孱弱,被祖母从父母身边夺走严加保护,把他当女孩一样宠爱,并进行严格的贵族教育。和祖母一起生活的日子培养了他成为小说家和剧作家的文学素养,但同时也影响了他异于常人的性取向。

他从小博览群书,很早就显示出极高的文学天分。16 岁发表《鲜花盛开的森林》,被称为天才,也由此在恩师的建议下开始使用"三岛由纪夫"的笔名。之后陆续发表了一些作品,1944 年以首席毕业生的身份从学习院高等科毕业,在父亲的劝说下进入东大法学部法律学科学习。虽然他自己志在文学,但是法律的逻辑性给他的小说和剧本创作带来了莫大的益处,之后他还为此感谢过父亲。

虽然父亲屡屡阻挠儿子的文学创作,但是他坚持让三岛进法律学科读书,从而使三岛的文学具有了日本文学史上罕见的逻辑性。三岛文学的逻辑性（或者说技巧性）就集中体现在长篇小说《金阁寺》里。

《金阁寺》于1956年1月在《新潮》杂志上开始连载，10月完结后由新潮社出版了单行本。这部小说从连载开始就好评如潮，单行本畅销15万册，在朝日新闻社的问卷调查中被选为1956年度最佳作品，并获得了第八届读卖文学奖（小说类）。新潮文库刊行的文库版，截至2020年11月，累计销售近362万册，经久不衰。

在海外，以1959年的伊凡·莫里斯（Ivan Morris）翻译的英译本为首，世界各国争相翻译出版，得到了媒体和读者的极大关注，获得1964年第四届国际文学奖第二名。近年来，随着历史资料的解封，三岛获得了从1963年度到1965年度诺贝尔文学奖提名之事也大白于天下。特别是1963年，三岛以"极富技巧的才能"引人注目，距离获奖仅有一步之遥。

担任1963年诺贝尔文学奖评审委员、著名日本文学研究者唐纳德·基恩（Donald Keene）在被问及对被提名的日本作家（除三岛外还有川端康成、谷崎润一郎等）的评价时说，考虑到日本社会论资排辈的传统，他是按照谷崎、川端、三岛的顺序进行推荐的，但其内心认为三岛才是日本当代作家中最优秀的那一位。

日本经典中的经典

《金阁寺》不仅是三岛最成功的代表作，还是足以代表近代日本文学的杰作。这是一部取材于真实事件的小说，用第一人称讲述了被金阁寺之美附体的学生僧人如何一步步走向放火烧毁金阁寺的故事。在战中、战后的时代背景下，重度结巴的主人公的宿命，以及其对高耸在自己和人生之间的金阁之美的诅咒和执着的矛盾心理，被作者用坚硬而精致的文体娓娓道来。即便是之前对三岛持有怀疑和否定态度的日本旧文坛主流和左翼作家，都给予了这部作品很高的评价，由此奠定了三岛由纪夫作为日本文学代表性作家的地位。

《金阁寺》始终贯穿着二元论的观点：美与丑、善与恶、生与死、存在的绝对和相对、永远和瞬间。这些成对的概念之间又有着或隐或显、千丝万缕的联系。为了阐明作品中人物的思想脉络和理论架构，三岛不惜大费周章地展开长篇大论，比如主人公的自卑又自大、对美极度向往又极度憎恨的心理，柏木回忆失去童贞的经典开场白和关于美的艺术论，两人对于"南泉斩猫"公案的理解和诠释的矛盾，毁灭金阁的可行性和理由……在《金阁寺》中，文字完全不是感性和柔软的，而是理性、坚硬和致密的。这的确与以感性和氛围取胜的绝大部分日本文学作品截然不同，是一种全新的阅读体验。

这是因为作者创作《金阁寺》时正值他开始"自我改造"的时期。源于对孱弱肉体的自卑,三岛的"自我改造"首先是肉体改造。他积极地跟着健身教练进行锻炼,两年后就成果卓著并一直坚持(1961年9月出演细江英公写真集《蔷薇刑》的人体模特,震惊世人)。对肉体改造的痴迷,使他开始探索"行为"的意义。他把1950年"金阁寺放火事件"犯人林养贤的犯罪行为(对美的反感)看成是"向往美的行为",然后又将自身的问题意识和文学动机融入其中,把它当作了赌上自己人生主题的新素材。他在《创作笔记》中写道:"林养贤是不写作的艺术家,犯罪的天才。"对于战后风潮感到违和的三岛,对"(把艺术)以犯罪的形式表现出来的年轻专家"天然地抱有了一种亲近感。

其次是文体改造。《金阁寺》是硬质的、理性的文体。三岛在连载中就自身文体的变迁谈到,他试图通过模仿森鸥外的"清澄的知性文体""丝毫没有感性,或者说感性被完全压抑"的文体来实现自我改造。他意图指向"从感性的到理性的""从女性化的到男性化的""比起个性更追求普遍性"的文体。他认为"对作家来说,文体不是表现作家的实际存在,而总是表现必然",表现"自然应该如此的必然"才是文体,那种"理性的努力"才能和主题产生关系。

《金阁寺》以主人公回忆过去的告白为基本构造,这个设定与《假面的告白》非常相似。三岛在《金阁寺》刊行约两年半后说:"自己终于能够完全利用自身特质,并尝试使之结晶为思想,虽历经曲折,但还是成功了。"与《假面的告白》相同,《金阁寺》也是三岛突破了此前的风格,贯彻了与他实际人生相反的美学,而指向下一个阶段的作品。

三岛说:"在我心目中,被美这种固有观念穷追不舍的男人化作了艺术家的象征……我把从自己人生中汲取的所有东西都注入到了主人公的身上。"

如果金阁烧毁了……

在这部旷世之作中,"金阁"和"女人"分别象征着"美"和"人生"。主人公则是人生中异端者的象征。"金阁"和"我"的关系是规定"我"存在的根本性指标,同时也存在于"世界"和"我"的关系之中。作为美的象征的金阁,分裂为"现实的金阁"和"想象中的金阁",同样地,世界也分裂成"我"的内部世界和外部世界。这两个金阁和两个世界需要一个契机才能统一为整体。而这个契机,就是世界灭亡的日子(比如空袭),只有在这种危机状况下,"我"的疏离感才能消失,现实的金阁和心中的金阁相重叠,熠熠生辉。可是没想到一直等到战争结束,金阁非但没有迎来"我"心心念念的空袭,反而毫发无损,

依旧美丽地屹立在战后的时空里,这让"我"非常失望:

> 我得说明一下,战败对我来说意味着什么。
> 那不是解放,绝对不是解放,而是一种不变的东西,永远的东西,是融入了日常的佛教时间的复活。

原本和金阁活在同一个世界,幻想着与它同归于尽的"我",在战后领悟到金阁已经离"我"远去,成为不会被毁灭的"永远",而自己,只能远远地望着这个永远的美,无可奈何。然而,这个"永远"渗入到了"我"的日常之中,耸立在"我"和"我"所向往的人生之间,阻碍"我"成为一个能够和女人交往的正常人。如何使它属于我,如何合二为一呢?既然不能指望空袭,唯一的办法就是亲手将它毁灭并与之同归于尽吧。"我"只能制造一次"失火"把它毁灭了。

柏木这个人物,是站在美的对立面的存在。他洞察一切,玩世不恭,亲切热情又无情阴暗,他逻辑明晰,能言善辩,就像一个黑洞把周围的人都吸引进去,甚至连"我"之前的挚友、善良纯粹的化身——鹤川都把他当成了倾吐人生烦恼的唯一对象(这对"我"无疑是个巨大的打击)。而"我"也毫不例外地被他吸引了。在和柏木交往的过程中,"我"内心的恶被最大限度地激发出来。

"我"对美极度敏感：一方面向往着金阁的美、有为子的美、插花师傅的美，对描绘它和她们的美不遗余力；一方面内心又潜藏着对丑恶之美的肯定，静静地绽放着"恶之花"。在"我"心中，最美和最丑是相通的，最恶和最善的感情并无径庭。

如果只凝思美这件事，人类就会在不知不觉中碰上世间最黑暗的思想。人类大概生来就是如此。

于是暗自决意：

如果说世间的人们用生活和行动来体味恶，那我就尽可能地深深沉入我内部的恶里面去吧。

战后，"我"又跑到金阁寺的后山上俯瞰整个京都的万家灯火，想道：

请让我心中的邪恶繁殖，无穷无尽地繁殖，绽放光彩，和眼前这些无数的灯一一对应起来吧！请让包容邪恶的我心中的黑暗，变得和这包容无数灯火的夜的黑暗一模一样吧！

本想依靠鹤川的善良解释进行忏悔，但鹤川偏偏没有这么做，于是"我黑暗的感情获得了力量"，作恶变得理所当然了。"我"与老师决裂，出走，然后在旅途中灵光一现，被一个巨大的念头所包围：必须烧掉金阁。

但"我"的恶毋宁说是以恶制恶。在经历了母亲的恶（通奸）、老师的恶（贪腐和狎妓）、军官的恶（倒卖物资）和柏木的恶（对女人始乱终弃）之后，"我"唯有拿内心的黑暗直面现实的黑暗。

这种无力感使"我"把目光转向永恒不灭的美的化身——金阁。如果烧毁了明治三十年代就被指定为国宝的金阁，那就是纯粹的破坏，是无可挽回的破坏，是会确确实实地减少人类所创造的美的总量。

> 如果金阁烧毁了……金阁烧毁了，这些家伙的世界就会变样，生活的金科玉律就会被颠覆，列车时刻表就会混乱，这些家伙的法律就会无效吧。

如果说曾经那些寺院是因为动荡不安而被烧毁的话，那为什么现在金阁还有不被烧毁的道理呢？于是，火焰冲天而起，金阁灰飞烟灭。

而小说结尾处"我要活下去"的"活下去",是"我"完全没有把握的未知的"生"的开始。这个"活"的意义基本和人生无缘,即便是"活",也是难以区分生死的"活"吧。

2021 年 9 月

三岛由纪夫年表

Mishima Yukio

诞生

1925年
（大正十四年）

1月14日，出生于东京都四谷区永住町二番地，为家中长子，本名平冈公威。父亲平冈梓是农林省官吏，母亲倭文重出身于汉学世家。幼时在贵族出身的祖母夏子的溺爱中长大，身体孱弱。

6岁

1931年
（昭和六年）

4月8日，进入东京贵族学府学习院初等科。从此时起显示出对诗歌、俳句的兴趣，爱读铃木三重吉、小川未明等人的童话。

4月8日，于学习院中等科入学，加入文艺部。中等科时期爱读拉迪盖、王尔德及谷崎润一郎等人的作品。

12岁

1937年
（昭和十二年）

13 岁（昭和十三年）

3月，在校内刊物《辅仁会杂志》发表第一篇短篇小说《酸模》，同期发表《坐禅物语》。
10月，在祖母夏子的带领下第一次观赏了歌舞伎和能剧，随之产生兴趣。

14 岁（昭和十四年）

1月18日，祖母夏子去世。
4月13日，升入中等科三年级，由著名学者清水文雄任语法和作文老师，后清水文雄成为其终身恩师。

从2月开始，每月以"平冈青城"为笔名向《山栀》投稿诗歌和俳句。诗歌师从川路柳虹，后以《十五岁诗集》为题结集出版。
6月，当选文艺部委员。

15 岁（昭和十五年）

从 9 月开始，经老师清水文雄的引荐，于文学杂志《文艺文化》连载《鲜花盛开的森林》（12 月完结）。接受老师的建议，自此以"三岛由纪夫"为笔名。

16 岁
（昭和十六年）
1941 年

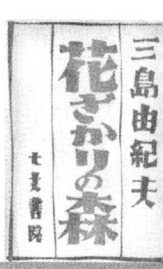

17 岁
（昭和十七年）
1942 年

3 月，以第二名的成绩从学习院中等科毕业。

4 月，升入学习院高等科文科乙类（德语），成为文艺部成员，之后当选委员长。

7 月 1 日，与同学东文彦、德川义恭一起创办同人杂志《赤绘》。同月在《文艺文化》发表评论处女作《古今的季节》。

2 月，就任学习院辅仁会总务部干事。

6 月 6 日，在辅仁会春季文化大会上参演话剧。

10 月 6 日，好友东文彦去世，年仅 23 岁。

18 岁
（昭和十八年）
1943 年

19 岁
（1944年 昭和十九年）

8月，在《文艺文化》发表《夜车》，后改名为《中世某杀人惯犯留下的哲学日记摘抄》。
9月，以第一名的成绩从学习院高等科毕业，天皇授予银怀表。
10月1日，进入东京帝国大学法学部法律学科。

20 岁
（1945年 昭和二十年）

2月，应征入伍体检时因医生将支气管炎误诊为肺结核，被遣返回乡。
8月，在写作短篇《岬角物语》的过程中，迎来了战争终结。
10月23日，妹妹美津子因病去世，年仅17岁。

1月27日，携短篇小说《中世》和《烟草》的手稿前往镰仓拜访川端康成。
6月，在川端康成的推荐下，于《人间》杂志发表《烟草》，步入文坛。
12月14日，在朋友邀请下，参与了太宰治的酒宴集会，两人不欢而散。

21 岁
（1946年 昭和二十一年）

22 岁
（1947 年
昭和二十二年）

11 月 28 日，从东大法学部毕业。

12 月 13 日，高等文官考试合格，进入大藏省银行局工作。

23 岁
（1948 年
昭和二十三年）

7 月，加入《近代文学》同人杂志。

7 月至 8 月，因为工作和写作过度劳累，在出勤途中意外从铁路站台跌落。

9 月 2 日，为了专心创作，从大藏省辞职。

11 月，长篇小说《盗贼》由真光社出版，川端康成作序。

12 月，参与杂志《序曲》的创刊活动。

24 岁
（1949 年
昭和二十四年）

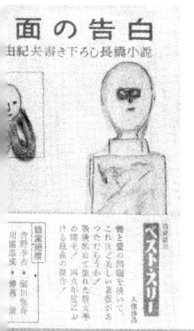

7 月，第一部不经过杂志连载的单行本长篇小说《假面的告白》由河出书房出版。

8 月，小说集《魔群的通过》由河出书房出版。

25 岁（1950年 昭和二十五年）

1月，在《妇人公论》连载长篇小说《纯白之夜》。

6月30日，长篇小说《爱的饥渴》由新潮社出版。

7月，在《新潮》杂志连载长篇小说《青色时代》，小说改编自一个东京大学学生金融犯罪失败后自杀的真实事件。

8月，搬至目黑区绿丘居住。

26 岁（1951年 昭和二十六年）

1月，在《群像》杂志连载长篇小说《禁色》，第一部10月完结。

6月，第一部评论集《狩猎和猎物》由要书房出版。

8月，由大庭秀雄执导的电影《纯白之夜》上映，在剧中客串出演。

11月，《禁色》由新潮社出版。

12月25日，以朝日新闻特派通讯员的身份，出发赴北美、南美和欧洲旅行，翌年五月回国。

27 岁（1952年 昭和二十七年）

8月，在《文学界》杂志连载《禁色》第二部《秘乐》，翌年8月完结。

10月，在《新潮》杂志发表短篇小说《仲夏之死》。游记《阿波罗之杯》由朝日新闻社出版。

年末，与吉田健一、大冈升平、福田恒存等参加"钵木会"。

28 岁
1953 年
（昭和二十八年）

3月4日，从三重县鸟羽港前往神岛，在当地工作生活了一段时间，考察民俗，为小说《潮骚》取材。

7月，《三岛由纪夫作品集》全六卷由新潮社出版。

9月，《秘乐》由新潮社出版。

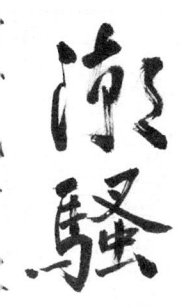

6月，长篇小说《潮骚》由新潮社出版。

10月，《潮骚》被改编为电影，由谷口千吉执导。

11月，担任新潮同人杂志奖的评审委员。

12月，《潮骚》获第一届新潮社文学奖。

29 岁
1954 年
（昭和二十九年）

30 岁
1955 年
（昭和三十年）

1月，在《中央公论》杂志连载长篇小说《沉潜的瀑布》，于4月完结并出版。

7月，作品集《拉迪盖之死》由新潮社出版。

从9月起，开始健美训练，进行肉体改造。同月，在《文艺》杂志上发表剧本《白蚁之巢》。

11月5日，前往金阁寺、南禅寺、东舞鹤等地，为小说《金阁寺》取材。同月，随笔集《小说家的休假》由讲谈社出版。

12月，《白蚁之巢》获第二届岸田演剧奖。

31 岁（1956年 昭和三十一年）

从1月起，在《新潮》杂志连载《金阁寺》，于10月完结出版。

4月，戏剧集《近代能乐集》由新潮社出版。

8月，《潮骚》英译本由纽约克诺夫出版社在美国刊行，为其作品第一次海外出版。

9月，开始练习拳击。

10月30日，《鹿鸣馆》在日本剧团文学座上演。

11月，成为《中央公论》新人奖评审委员。

32 岁（1957年 昭和三十二年）

1月22日，《金阁寺》获第八届读卖文学奖。

7月9日，应克纳福出版社邀请，在密歇根大学发表"日本文学的现状和西方文学的关系"演讲。

33 岁

1958 年

（昭和三十三年）

5月，在《群像》杂志发表剧本《蔷薇与海贼》。

6月1日，在川端康成的撮合下，与画家杉山宁的长女瑶子结婚，随后前往箱根、热海等地蜜月旅行。

7月，在《周刊明星》杂志连载随笔《不道德教育讲座》。《蔷薇与海贼》在文学座上演。

8月，《金阁寺》被改编为电影《炎上》，由市川昆导演。

10月，在杂志《声》创刊号发表长篇小说《镜子之家》的第一章和第二章。

12月，《蔷薇与海贼》获读卖周刊话剧奖。

34 岁

1959 年

（昭和三十四年）

1月，开始练习剑道；在电影《不道德教育讲座》中客串。

3月，随笔《不道德教育讲座》由中央公论社出版。

5月，搬入大田区马达新居。

6月2日，长女平冈纪子出生。

35岁（1960年（昭和三十五年））

3月，在大映映画的电影《风野郎》中饰演主角朝比奈武夫，亲自为主题歌作词（深泽七郎作曲）并演唱。

11月1日，与妻子一起环游世界，游历了英国、法国、西班牙、葡萄牙等国家，翌年1月回国。

同月，长篇小说《宴后》由新潮社出版。

36岁（1961年（昭和三十六年））

1月，在《小说中央公论》杂志发表短篇小说《忧国》。

3月15日，《宴后》被原外相有田八郎以侵犯个人隐私为理由起诉。

4月，取得剑道初段。

9月15日，应美国杂志社邀请，在加利福尼亚大学的研讨会上发表"关于日本青年"的演讲。

12月，在《文学界》杂志发表剧本《十日菊》。

37岁（昭和三十七年）1962年

2月，《十日菊》获第十三届读卖文学奖（戏剧类）。

5月2日，长子平冈威一郎出生。

38岁（昭和三十八年）1963年

1月14日，芥川比吕志等二十九位剧团成员退出文学座。

3月，出任文学座理事，致力于重建工作。同月，亲自担任模特的写真集《蔷薇刑》（细江英公摄影）由集英社出版。取得剑道二段。

9月，新作长篇《午后曳航》由新潮社出版。

11月20日，为文学座创作的戏剧《喜琴》因女演员杉村春子拒绝出演中止；25日宣布退出文学座；27日，在《朝日新闻》上发表《给文学座诸君的公开信——艺术中有针刺》。

39 岁
（昭和三十九年）
1964 年

1 月，在《群像》杂志连载《绢和明察》，于 11 月完结。同月 10 日，由退出文学座的成员组建的剧团 NLT 成立，与岩田丰雄一起担任剧团顾问。

9 月，《宴后》诉讼案初审败诉，东京地方法院支持原告诉求，判决作者和新潮社向原告支付精神损失费，被告向东京最高法院提出上诉（后在 1966 年 11 月 28 日和解）。

11 月，《绢和明察》获第六届每日艺术奖（文学类）。

40 岁
（昭和四十年）
1965 年

3 月 10 日，应英国文化振兴会邀请前往英国，后绕道法国，28 日返回日本。

4 月，自 1963 年 1 月以来停刊的杂志《批评》复刊，加入编辑部。同月，担任电影《忧国》的导演、编剧和主演。

9 月，在《新潮》杂志连载《春雪》（长篇小说《丰饶之海》第一部）。同月，与妻子结伴前往美国、欧洲、东南亚等地进行取材旅行。

11 月，剧本《萨德侯爵夫人》由河出书房新社出版。

41 岁
（昭和四十一年）
1966 年

1 月，电影《忧国》在法国国际短片电影节上映，获故事片单元第二名。同月，《萨德侯爵夫人》获文部省第二十届艺术节奖（戏剧类）。

7 月 18 日，成为芥川龙之介奖评审委员。

6 月，在《文艺》杂志发表短篇小说《英灵之声》。

42 岁（1967年 昭和四十二年）	2月，在《新潮》杂志连载《奔马》(《丰饶之海》第二部)。 7月，开始学习空手道。 9月，随笔《叶隐入门》由光文社出版。
43 岁（1968年 昭和四十三年）	4月17日，退出NLT剧团，成立浪漫剧场剧团，担任干事。 6月10日，就任日本文化会议理事。 7月，带领之后的"盾之会"成员前往自卫队富士学校泷原分屯地入队体验生活。 8月，取得剑道五段。 10月5日，"盾之会"正式结成。在《新潮》杂志连载《晓寺》(《丰饶之海》第三部)。同月，随笔集《太阳与铁》由新潮社出版。
44 岁（1969年 昭和四十四年）	1月，《春雪》由新潮社出版。 2月，《奔马》由新潮社出版。 5月，在东京大学全学共斗会议上与学生讨论。 9月，《春雪》在东宝现代剧场公演。 11月，在国立剧场楼顶举行"盾之会"结成一周年纪念游行。

45 岁

1970 年（昭和四十五年）

3月6日，被美国《时尚先生》杂志编入《世界百人》专刊。

4月5日，参加第一届世界剑道锦标赛。

6月，取得空手道初段。

7月，在《新潮》杂志连载《天人五衰》(《丰饶之海》第四部)。同月，《晓寺》由新潮社出版。

11月25日，将《天人五衰》终章手稿交给新潮社。中午12点15分，在自卫队市谷驻屯地东部方面总监室切腹自尽。26日，密葬仪式在其私宅举行。

1971 年（昭和四十六年）

1月14日，遗体在多摩灵园平冈家墓地入葬。24日，葬礼在东京筑地本愿寺举行，川端康成担任治丧委员会委员长。

2月，《天人五衰》由新潮社出版。

译者｜尤海燕

　　华东师范大学外语学院日语系教授，日本东京大学博士，上海市翻译家协会会员，日本和汉比较文学会会员，日本古代文学会会员。

　　译著有《茶之书》(2010 年)、《日本的诗歌》(2010 年)、《柠檬哀歌：高村光太郎诗选》(2019 年)、《乱发：与谢野晶子短歌 230》(2020 年) 等。译笔优雅隽永，深受读者好评。

　　2021 年全新译作《金阁寺》入选作家榜经典名著系列。

作家榜®经典名著

★★★★★★★★★

读 经 典 名 著 ， 认 准 作 家 榜

作家榜，创立于2006年的知名文化品牌，致力于促进全民阅读，推广全球经典，连续13年发布作家富豪榜系列榜单，引发全球媒体关注华语作家，努力打造"中国文化界奥斯卡"。

旗下图书品牌"作家榜经典名著"系列，精选经典中的经典，凭借好译本、优品质、高颜值的精品经典图书，成为全网常年热销的国民阅读品牌，在新一代读者中享有盛誉。

经典就读作家榜
京东官方旗舰店

经典就读作家榜
当当官方旗舰店

经典就读作家榜
天猫官方旗舰店

经典就读作家榜
拼多多旗舰店

| 策 划 | 作家榜 |
| 出 品 | |

出 品 人	吴怀尧
总 编 辑	周公度
产品经理	丁浩炜
美术编辑	李柳燕
封面设计	梁昌正
内文插图	梁昌正
产品监制	陈　俊
特约印制	朱　毓

| 版权所有 | 大星文化 |
| 官方电话 | 021-60839180 |

作家榜抖音号
每周直播荐好书

作家榜官方微博
每周免费送好书

百态人生
尽在故事会

图书在版编目（CIP）数据

金阁寺 /（日）三岛由纪夫著；尤海燕译. -- 杭州：浙江文艺出版社，2022.1
（作家榜经典名著）
ISBN 978-7-5339-6683-6

Ⅰ.①金… Ⅱ.①三…②尤… Ⅲ.①长篇小说—日本—现代 Ⅳ.①I313.45

中国版本图书馆CIP数据核字（2021）第232852号

责任编辑：陈　园

作家榜®经典名著
读经典名著，认准作家榜

金阁寺

[日]三岛由纪夫 著　尤海燕 译

全案策划
大星（上海）文化传媒有限公司

出版发行
浙江文艺出版社
杭州市体育场路347号　邮编 310006
浙江省新华书店集团有限公司　经销
上海盛通时代印刷有限公司　印刷

2022年1月第1版　2022年1月第1次印刷
787毫米×1092毫米　32开本　9.125印张　10插页
印数：1—10000　字数：188千字
书号：ISBN 978-7-5339-6683-6
定价：39.90元

版权所有　侵权必究
（如有印装质量问题影响阅读，请联系021-60839180调换）